JN173710

サイコさんの噂

長谷川 馨
Hasegawa Kaori

主な登場人物

佐久川 凜子
宙夜のクラスメイトで、玲海の親友。
友人思いで気が強いギャル。

千賀 燈
宙夜のクラスメイトで、玲海の親友。
引っ込み思案で少し天然な女の子。

苅野 玲海
加賀稚高校に通う高校2年生。
宙夜の従姉。バレー部所属。
明るくおせっかいな性格。

真瀬 宙夜
加賀稚高校に通う高校2年生。
冷静沈着でおとなしい少年。
都市伝説やオカルトに詳しい。
森 蒼太
玲海のクラスメイトで、幼馴染。
なぜか宙夜を目の敵にしている。
千賀 悠太朗
民俗学を研究する大学院生。
燈の従兄。

かごめ　かごめ
籠の中の鳥は　いついつ出やる？
夜明けの晩に　鶴と亀が滑った
後ろの正面　だ　あ　れ　？

◆第零夜(だいぜろや)

暗闇の中、頭から布団を被り、ベッドの上に膝(ひざ)を抱えて座っていた。

恐ろしさのあまり歯の根が合わない。全身が細かく震えている。

また夜がやってきた。

もう駄目だ。逃げられない。眠ればまたあの悪夢(ゆめ)を見る。かと言って眠らなくとも、悪夢(ゆめ)は忍び寄ってくる。

頭の中に響き続ける童謡(どうよう)。耳を塞(ふさ)いでもそれは消えない。

どうして。どうしてどうしてどうしてどうして。

同じ疑問が繰り返され、思考を塗(ぬ)り潰していく。自分は悪くない。こんなはずじゃなかった。

あいつらが馬鹿にするから。だから見返してやろうと、自分の正しさを証明しようと、ただそれだけだった。なのに――

恐怖で顔中をぐしゃぐしゃにしながら、スマホの画面を操作する。見慣れた掲示板。軽快なやりとり。そこに何度も登場する自分の名前。『メシウマ』『自業自得』『自殺に追い込め』――

ああ、憎い。こいつらのせいで自分はこんな目に遭(あ)っているというのに。憎い、憎い、憎い、憎い！

そのときだった。

ピンポーン……


突然玄関のチャイムが鳴る。暗闇の中、驚きのあまり飛び上がった。

まただ。またこの時間がやってきた。スマホの右上に表示された時間を確認する――午前二時。

恐怖のあまり視界が歪(ゆが)んだ。ガタガタと全身を包む震えが激しくなる。喉(のど)が引き攣(つ)り、吐き気がした。このまま胃の中のものを全部吐き出してしまえれば、少しは楽になるだろうか？


ピンポーン……ピンポーン……


再び暗闇にチャイムが響く。本当に気が狂いそうだった。いっそ狂ってしまいたかった。気の違ったような叫びを上げて、何もかも吹き飛ぶくらい暴れ回ることができたなら、きっとこの恐怖からも解放されるに違いない。

けれどもそれはこちらに狂う暇(ひま)すら与えずに、

ピンポン

「あ……あ……ああああああ!!」

嫌だ。来るな。来るな来るな来るな！

泣きじゃくり、悲鳴を上げて頭を抱える。耳を塞ぐように体を丸め、しかしそれでもあの歌は耳の奥から聞こえていた。

——誰か助けて。その一心でスマホの画面をタップする。

『サイコさんが来る』

書き込みの送信ボタン。無我夢中でタッチした。

誰か助けて。このSOSを受け取って。誰でもいい。誰でもいいから——助けて。

画面の上のプログレスバーが満タンになり、パッと画面が切り替わった。

けれどそこに見慣れた書き込み完了画面はなく——代わりに映り込んだのは、真っ黒な画面の向こうからこちらを覗く誰かの目。

「見ィツケタ」

絶叫し、手の中のそれを放り投げた。すぐ耳元で聞こえた女の声を振り払い、のたうち回ってベッドから転がり落ち、なおも叫びながら部屋を飛び出していく。

——行かなければ、あの村に。

そんな声が脳裏をよぎった。

行かなければ。

いかなければ。

イカナケレバ……

気がつくと、目の前に見慣れた調理台があった。
その前に佇(たたず)み、手にした刃の閃(ひらめ)きにヒヒッと笑う。
そうだ。皆殺しだ。
皆殺し皆殺し皆殺し皆殺し皆殺し皆殺し皆殺し皆殺し——
「——おい、そこで何をしてる？」
背後から険(けん)のある声がした。ふらふらとその声を振り返る。
口角を吊り上げ、眼窩(がんか)から零(こぼ)れんばかりに目を剥いた。
包丁をきつく握り締める。

●　●　●

その晩、加賀稚町(かがちまち)で一組の夫婦が惨殺された。
殺された二人には息子がいたが、その行方(ゆくえ)は今も分かっていない。

◆第弌夜

「ねえねえ、〝サイコさんの噂〟って知ってる？」

昼休みの開始を告げるチャイムが鳴ってから、三十分ほど過ぎた頃。昼食を終えた生徒たちがぼちぼち集まり、思い思いに休み時間を過ごす２‐Ａの教室で、そう尋ねたのは赤いカチューシャをした千賀燈だった。

県立加賀稚高等学校。それが彼女たちの通う、町内唯一の高校の名だ。

加賀稚町は本州の北、Ｍ県にある人口三万人ほどの田舎町だった。町の東には青々とした大海原が広がり、西には大小の峰を従えた山岳地帯が、更に山沿いには近年開通したばかりの高速道路が走っている。

燈たちの通う高校は、そんな町の中でもやや海寄りの小高い丘の上にあった。おかげで二階にある二年生の教室からは、少し遠いが太平洋が一望できる。その太平洋に向かって開け放たれたいくつもの窓から、微かな潮の匂いを孕んだ風が蝉の声と共に吹き込んでいた――猛暑のためだろうか、今年は蝉の鳴き始めがかなり早い。

初夏。このところ陽射しはじりじりと強さを増し、湿気っぽい日が続いている。梅雨の時期にしては珍しく、今日はからりと晴れた方だが、おかげで教室の隅に置かれたオンボロ扇風機はフル稼働中だ。

今年で創立五十周年を迎える加賀稚高校の校舎は古い。その佇まいは見るからに「田舎の高校です」という雰囲気を醸し出していて、垢抜けたところは一つもなかった。

だが月初に衣替えを迎えた教室の中はいくらか明るい。女子も男子も冬の制服である濃紺の上着を脱ぎ捨てて、白い半袖姿になっているからだ。

中でも今日の燈は特に華やかだった。いつもはふわりとやわらかく波打たせているミディアムヘアを、今は丁寧に編み込んで頭の後ろに上品な膨らみを持たせている。

そこに鮮やかな赤のラインを描くカチューシャには、小振りだが可憐な薄桃色の花の飾りがついていて、それがシャツの襟に走る青いラインと美しいコントラストを奏でていた。

「何、その〝サイコさん〟って？」

「えーっ、玲海ちゃん知らないのぉ。最近流行りの都市伝説だよぉ」

と、燈は大袈裟に驚いてみせる。そんな燈と机を挟んで向かい合っているのは、隣のクラスの苅野玲海だ。二人は中学時代からの友人で、昔からとても仲がいい。

ただ玲海の見た目や性格は、文化部所属でどこかおっとりとした燈とは正反対と言って良かった。中学生の頃からバレー部に所属している玲海は艶のある黒髪をポニーテールに結び、目つきもどこかきりりとしていて、いかにも活発そうな少女という印象を見る者に与える。

「都市伝説ぅ？　あんた、そんなのに興味あったっけ？　確か怖い話とか苦手でしょ？」

「うん、そうだけど、サイコさんは違うんだよぉ。なんかね、よく当たる占いみたいなやつ。最近ネットですっごく流行ってて、みんなやってるんだって！」

「占い？　そのサイコさんって人が占ってくれるの？」

「うーん、ちょっと違うけどそんな感じ！　なんかね、夜になったら赤いペンで自分の知りたいことを十三回書いた紙を用意して、部屋を真っ暗にするんだって。それで、たとえばTmitter

とかFacenoteとかに『サイコさんに質問です』って書き込むの。そのとき紙に書いたのと同じ質問も一緒に書き込むと、サイコさんが来て答えてくれるんだって！　ただ〝私の未来はどうなりますか？〟みたいな漠然とした質問には答えてくれないらしいけど……」

「何それ」

燈が喜々として話してみせるネット受け売りの知識に、玲海はたちまち眉をひそめた。昔から占いとかおまじないの類が大好きな燈は興味津々といった様子だが、現実主義者の玲海にしてみたら、荒唐無稽にもほどがある話だ。

「それってつまり、そのサイコさんって人が色んなＳＮＳのアカウントを持ってて、自分宛の質問を見つけたら答えてくれるってこと？」

「違うよぉ。サイコさんのアカウントはどのＳＮＳにも存在してないの。前にTmitterでサイコさんに答えてもらえたって人がいたんだけど、そのときサイコさんの返信からアカウントを辿ろうとしたら、〝そのアカウントは現在凍結されています〟って出たんだって。しかも質問に成功したって人のうち誰が試してもそうなるから、サイコさんがどこからどうやって答えてくれてるのかは誰にも分からないの」

「んなアホな……じゃあそのサイコさんっていうのは実在してるのかどうかも分からないってこと？　なんか、昔流行ったっていうコックリさんみたいだね」

「そうそう！　でもサイコさんはコックリさんと違って一人で手軽にできるし、しかもほんとによく当たるんだよ！」

「でもあくまで都市伝説でしょ？　どーせ誰かの作り話かヤラセだって。ねえ、凛子？」

と、玲海が話題を振ったのは、燈と玲美に挟まれた机の持ち主――佐久川凛子だった。

凛子はこんな田舎の学校には珍しく都会的な雰囲気をまとった少女だ。校則に触れているにもかかわらず胸まで届く髪は明るい茶色に染められていて、今はそれをサイドテールに結っている。が、当の凛子はスマホをいじることに熱中していて、傍で交わされる燈と玲海の会話も耳に入っていない様子だった。そんな凛子の様子にちょっと首を傾げた玲海が、責めるでもなく言う。

「凛子？　聞いてる？」

「……えっ？　ああ、うん、ごめん、何だっけ？」

「サイコさんだよぉ、サイコさん！　ねえねえ、凛ちゃんはサイコさん信じる？」

「あー……そのサイコさんってさ。具体的な質問ならどんな質問でも答えてくれるの？」

「うん！　なんかね、わたしの見たサイトには〝イエスかノーで答えられるような質問だと答えてもらえる確率が高い〟って書いてあったよ。成功例のスクショもいっぱい載ってたし……」

「ふーん。それってググればすぐ出る？」

「出るよ〜！　〝サイコさん　都市伝説〟で検索かければ、まとめサイトとか実際にやってみた人のブログとか、色々引っ掛かるみたい」

「へえ……なら、今度あたしもやってみようかな」

「ほんとぉ!?　じゃあ凛ちゃんもやるとき教えて！　わたし、タイムラインで待機してるから！」

「あんたたち、そんなのよく信じる気になるねぇ。ねえ、あんたはどう思う――宙夜？」

そのとき若干呆れ顔をした玲海が、斜め後ろにある席を顧みて言った。窓際から二列目、中ほどの席。そこに、ブックカバーつきの文庫本を開いて座った一人の少年がいる。

窓から吹き込んできた風が、ページに目を落とす少年の黒髪を微かに揺らした。昼休みの喧騒をものともしていないその横顔は、従姉である玲海にさえどこか浮世離れして見える。

真瀬宙夜。それが少年の名前だった。名を呼ばれた宙夜は、それまで本の世界へ向けていた視線をつと上げて、涼しげな目を玲海に向けてくる。

「オカルトだよ。その手の話はフィクションとして楽しむ分にはいいけど、自分で手を出したりはしない方がいい」

眼差しだけでなく、宙夜は声色にまで凪のような静けさを湛えていた。その達観した物言いと、透明の壁で隔たれた別世界にでもいるような態度はクラスの中でも特に浮いている。が、当の宙夜にそれを気にした様子はなく、本だけが生涯の友とでも言いたげな振る舞いだ。

「ええっ。もしかして宙夜も信じてるの？　幽霊とかそういうの」

「幽霊は見たことがないから信じるも信じないもないけど、都市伝説は玉石混淆だから。ただのデタラメの場合もあれば、本物の場合もある。でもそんなの素人には見分けがつかないだろ。だから安易な気持ちで手を出すべきじゃない」

「ふーん。まるで自分は素人じゃないとでも言いたげな言い方ね？」

「別に。ただ、そういうオカルト話に詳しい知り合いがいるだけだよ」

「へえ！　それじゃあ宙夜くんも、サイコさんのこと詳しいのぉ？」

思わず身を乗り出して尋ねた燈を、宙夜はちらと一瞥した。

そうしてすぐにまた手元の怪奇ミステリーへと目を落とす。会話の間もまったく動かない表情は、まるで彼の周りだけ気温が涼しく保たれているかのようだ。

「言うほど詳しくはない。でも、あんまりお勧めはしないよ。嘘でも本当でも、都市伝説なんて大抵ろくなもんじゃないから」

「うーん、そっかぁ……でも、本当に当たるって評判なんだけどなぁ」

まるでつれない宙夜の返事に、燈はしょんぼりと肩を落とした。それは宙夜の冷ややかな態度にがっかりしたというよりも、期待がしゅんと萎（しぼ）んだせいだ。

「――だけど知らなかったなぁ、宙夜にオカルト好きの知り合いがいたなんて」

と、玲海が学校指定の学生鞄（かばん）を前後に振りながらそう言ったのは、放課後、川沿いの土手を歩きながら家路に就いたときのことだった。

宙夜たちの通う加賀稚高校の麓（ふもと）には、駒草川（こまくさがわ）と呼ばれるそこそこ大きな川が蛇行（だこう）しながら流れている。西の白雨（しらさめ）山脈から流れる何本もの小さな川が合流して、太平洋へと至る川だ。

その駒草川沿いに伸びる堤防が、宙夜と玲海の帰り道だった。二人は学校から一キロほど行ったところで橋を通り、対岸へ渡る。その先にある住宅街が二人の暮らす蔚染（うつそみ）地区だ。

「別に俺がどんな相手と付き合おうが俺の勝手だろ」

「まあ、そーだけどさ。そんな人とどこで知り合ったのかなぁと思って」

「成り行き。で、気づいたらよくつるむようになってた」

声変わりしたにしてはやや高く、ほとんど抑揚（よくよう）のない声で素っ気なく宙夜は言った。しかし隣の玲海はそんな宙夜の態度にも慣れているから、気にしない。

宙夜は二年前まで、この加賀稚町から電車で一時間ほど行った先にある天岡市（あまおかし）というところで暮らしていた。それが高校入学を機に、母方の故郷であるこの町へ越してきたのだ。

母親が生きていた頃は、宙夜も夏休みや冬休みの度にこの町へ遊びに来ていた。ゆえにずっとこの町で暮らしている玲海とは幼い頃から付き合いがある。

「ふーん、成り行きねぇ。でも、それじゃあ宙夜は知ってたんだ、サイコさんの噂。だけどあれってどうなの？　さっきはあんなこと言ってたけど、所詮はただの都市伝説でしょ？」

「さあ。俺も自分で試したわけじゃないから、真偽のほどは分からないけど。でもサイコさんの噂自体は、もっとずっと前からあったんだよ。ただ昔は今ほどインターネットやＳＮＳが普及してなかったし、当時はコトリバコとかひとりかくれんぼとか、別の都市伝説が流行ってたから」

「な、何？　その〝コトリバコ〟とか〝ひとりかくれんぼ〟って」

「玲海は知らなくていいと思う」

　相変わらず淡々と宙夜は言い、ちらりとも玲海を見ずに歩を進めた。

　時刻は午後四時を回っている。この時期、それでもまだ日は高く、なおも日中の暑さが続いていた。ただ堤防の麓をさらさらと流れる駒草川の水音が少しだけ暑さを和らげてくれる。土手として整備され、道にほとんど木陰などがない川沿いでは、その水音だけが夏の間の慰めだった。

「だけど当時はそれほど有名じゃなかった都市伝説が、最近になって突然流行り出したのには何か理由があると思う。それがオカルト的なものなのか、人為的なものなのかは分からないけど」

「それってつまり、誰かが意図的に噂を広めてるってこと？」

「あるいは噂が本当で、だからこそ爆発的に広まってるんじゃないかってこと」

　返ってきたのは思わせぶりな答えだったが、玲海は逆に興醒めしてしまった。元々オカルトやスピリチュアルといった類のものには否定的な玲海にとって、宙夜の推測はひどくつまらないものに思えたのだ。

「バッカバカしい。幽霊がわざわざネットの書き込みを逐一チェックして、懇切丁寧に返信してくれるなんて普通に考えてありえないでしょ。もしそんな親切な幽霊がいるんなら、ぜひお近づきになりたいけど」

「何かあるの？　サイコさんに訊きたいこと」

「えっ、あ、別に～？　ただ燈がずいぶん熱心に勧めてたから、ちょっと気になっただけで……」

唐突な宙夜の質問に、玲海は目を泳がせながら答えた。そんな自分に宙夜が探るような目を向けてくるのが分かったが、それ以上は答えず無理矢理笑顔を作って言う。

「そ、そう言う宙夜は？　もしサイコさんの噂が本当なら、何か訊きたいことないの？」

「……。あるよ」

「えっ、うそっ。何？」

「俺は本当にあのとき死ぬべきだったのかどうか」

遠くから聞こえていた蝉の声が、突然その音量を増した。そう錯覚するほどの静寂が二人の間に舞い降りる。

玲海は思わず足を止め、サッと顔色を変えて凍りついた。すると宙夜も立ち止まり、何食わぬ顔でけろりと言う。

「冗談だよ」

「宙夜が言うと冗談に聞こえない」

「……ごめん」

それきり、宙夜は玲海から顔を背けた。再び歩き出した玲海もまた、萎れるようにうつむき視線を落とす。

そのまま特に言葉を交わすこともなく、橋を渡った。堤防の上には歩道しかないが、鬼灯橋と呼ばれるその橋の上には車道が走っている。橋の向こうは住宅街を貫くやや広めの町道だ。

町道の両脇には鄙びた商店がぽつぽつと並び、中には年中シャッターが下りっぱなしで、元は何の店だったのか分からない建物も多くあった。そんな寂れた景観の中、唯一異彩を放っているのが三年ほど前にできたばかりのコンビニだ。そのコンビニは宙夜と玲海がいつも曲がる道の角にあって、こんな田舎でもわりといつも繁盛している。

「玲海。ちょっとコンビニ寄っていい？」

「……え？　あ、うん。何か買うの？」

「うん」

宙夜の方から寄り道をしたいと言い出すのは、なかなか珍しいことだった。この朴念仁の従弟はことに出不精で、あまり長時間家の外にいることを好まない。だから学校が終わるとすぐに身を翻して帰ってしまうし、たまに外出しても「早く帰りたい」というオーラを全身から垂れ流す。そんな宙夜が一体何の用事でコンビニに寄るのか、不思議に思いながら玲海もついていく。

「ん」

お世辞にも品揃えがいいとは言えない雑誌コーナー。宙夜の買い物が終わるまでそこで時間を潰していた玲海は、いきなり横から差し出されたそれに目を向けた。

真っ先に目に入ったのは、びっしりと細かく汗をかいたビニール袋。棒アイスだ。それも玲海の好きな、バニラアイスにクランチチョコがかかったタイプの。

「何、これ？」

「お詫び」

「何の？」

「さっきの」

必要最低限の言葉だけ並べて答えると、宙夜はこれで用は済んだと言いたげに踵を返した。ぽかんとしたままひとまずアイスを受け取ってしまった玲海は、そんな宙夜の背中と手元のアイスとを見比べる。

ほどなく口元に浮かんできた笑みを、玲海は抑えることができなかった。

「待ってよ、宙夜！」

冷房の効いた店内にも未練を見せず、さっさと自動ドアを出ていく宙夜を追う。そうして彼の隣に追いつくと、田舎特有の草熱れ（くさいきれ）の中、二人並んでアイスを頬張りながら帰った。

●　●　●

【オカルト☆ナイツ（4）】　《6／26（金）》

みっつん：『ばんわー！(^O^)/』20:09
ハルマ　：『みっつんさん、こんばんは』20:10
やっさん：『ども』20:10
麦（むぎ）　：『おばんでーすｗ』20:11
みっつん：『わ、今日は皆さん揃ってますね♪　なんか嬉しい！(≧∀≦)』20:12
みっつん：『あの、早速なんですけど、皆さん最近噂のサイコさんってどーですか？』20:14
やっさん：『どうって、実際に試してみたかってこと？』20:15
みっつん：『ですです！　最近なんかウチの周りで超流行（はや）ってるみたいで、
本当に答えてもらえた！　とか言ってる子がいて(@_@)

ハルマ：　あれって本当なんですかね？』20:18
ハルマ：『僕、たまに5ちゃんねるの実況スレ覗いてますけど、
　いまいちよく分からないですね。質問者の自演くさいのが大半だし』20:20
やっさん：『サイコさんってコテハンつけてくんないの？』20:21
麦：『コテハンｗｗｗｗｗｗ』20:22
みっつん：『つけてくれたら超親切ですけどね♪(、∀、*)
　ハルマさんは実況板見てるだけですか？
　ご自分でやってみたりとかは？』20:26
ハルマ：『してないですね。サイコさんって何だかんだで準備に手間かかるんで。
　パワーストーン買ったりとか……』20:28
やっさん：『言えてる。ひとりかくれんぼくらいなら自宅で材料揃えられるけどねー』20:30
ハルマ：『僕が住んでるとこ田舎なんで、
　そもそもパワーストーンとか売ってないです』20:31
麦：『そっちかいｗｗｗｗｗ』20:31
みっつん：『麦さんとやっさんさんも？』20:33
麦：『うーん、そっすねー。今のところ予定はないかなｗ』20:34
やっさん：『ケネディ暗殺の犯人とかアポロ計画の真偽とか
　わかるならやってみてもいいよ』20:36
麦：『出たよ陰謀論者ｗｗｗｗｗ』20:37
みっつん：『あの、それじゃあウチやってみようと思うんですけど(*￣▽￣)ノ』20:40

やっさん：『え？　やるって、サイコさん？』20:41
みっつん：『はい！　いきなりなんですけど、今夜の2時とかどーですか？
　　　　　最初は噂がホントかどうか試すために
　　　　　めちゃ簡単な質問にしようと思ってます！』20:44
やっさん：『どこでやるの？』20:45
みっつん：『えっと、それはココとか……ダメですかね？（^^;』20:46
麦　　　：『ＬＩＭＥ(メッセージアプリ)でやるとか新しいなｗｗｗｗｗ』20:47
やっさん：『いや、でも人のブログのコメント欄とか
　　　　　Yafoo! 知恵袋もできたって人いたみたいだし、案外イケるかもよ？』20:49
みっつん：『マジですか!?　ヤバいヤバい超楽しみ!!（≧∀≦）』20:50
麦　　　：『じゃあ2時頃また集合する感じで？
　　　　　自分はいいけど皆さん大丈夫っすか？ｗ』20:52
やっさん：『俺はいいよ』20:53
ハルマ　：『すみません。僕はちょっと明日早いんで……』20:56
みっつん：『そっかー、残念！　でも良かったら履歴(りれき)覗いてみてくださいね！』20:58
ハルマ　：『はい。今日はもう落ちますが、明日ログ見るの楽しみにしてます（^^）』20:59
麦　　　：『じゃ、夜更かし組は今夜また集合ねーｗｗｗｗｗ』21:01
みっつん：『わーい!!　めちゃ楽しみです!!（≧▽≦）』21:02

◆第弐夜(だいにや)

「は〜、疲れた〜」

休みが明けて、迎えた六月二十九日月曜日。他校に比べて少し早めの期末考査初日、相変わらずオンボロ扇風機がカラカラと乾いた音を立てて回る２-Ａの教室で、多くの生徒が各々(おのおの)の机に突っ伏していた。

本日予定されていた二教科の試験が無事終わり、これから帰りのホームルームが始まる。担任がやって来るまでの間、親しい友人とテストの答え合わせに熱中するクラスメイトたちの姿を後目(しりめ)に、宙夜は一人海を見ていた。

今日も空は爽やかに青い。白い浜辺の砂をちりばめたように輝く水平線の手前には、イワシ漁に精を出す何艘(なんそう)もの船が見える。

ちょうどこんなよく晴れた夏の日だったな、と宙夜は思った。

降りしきる蝉の声。

アスファルトからゆるく立ち上る陽炎(かげろう)。

その向こうに見えた白いガーデンハットと――

「――よーしお前ら、席に着けー。ホームルーム始めるぞー」

ざわりと教室の空気が蠢(うごめ)き、思い思いの場所にいた生徒たちが慌ただしく自分の席へと駆け戻った。その合図となった担任教師の声で宙夜はふと我に返る。

たった今自分が何に思いを馳せようとしていたのか自覚して、自嘲的な気分になった。

今年もこの季節がやってきたのか、と思う。

夏は嫌いだ。それはまるで永遠に解けない呪いのように、毎年囁きかけてくる。

お前は私から逃げられない、と。

「燈、凛子！　テストどーだった!?」

手短なホームルームを終え、あまりやる気の窺えない担任がさっさと引き揚げていくと、下校時刻を迎えた教室は再び生徒たちの談笑で溢れ返った。そこに一際よく通る声を上げて飛び込んできたのは、帰り支度を整えた玲海だ。彼女は一足先に今日のテストについて盛り上がっていた二人の傍までやってくると、早速半泣きの燈に迎えられている。

どうやら二人は二限目の数学がボロボロだったようで、夏休みは補習かも、と早くも悲愴感を漂わせていた。一方の宙夜はどの教科も危なげなく、明日の試験のための復習もほとんど済んでしまっている。ゆえに今日は帰ったら、ざっと教科書に目を通してあとは休もう。そう予定を立てて踵を返したところで足を止めた。

何故ならくるりと体を向けた先で、およそ二つほどの眼差しが縋るようにこちらを見ている。言わずもがな、玲海と燈だ。二人は宙夜と目が合ったあとも何も言わなかったが、その沈黙が何を訴えているのかは朴念仁の宙夜でも分かった。

それを受けた宙夜は束の間考えたあと、やがて一つため息を落とし、同情半分諦め半分で言う。

「……叔母さんがいいって言うならいいんじゃない？」

「よしっ！　宙夜がうちで英語教えてくれるって、燈！」

「やったー！　ありがとう、宙夜くん！」

あれは半ば無言の脅迫ではないかと思う宙夜を余所に、玲海と燈は早くも満点を取ったようなはしゃぎようで歓声を上げた。本音を言うと宙夜は一人で粛々と勉強をするのが一番捗るのだが、あそこまで期待に満ちた目で見つめられてはしょうがない。

「ね、それじゃあお昼もうちで一緒に食べようよ。今からお母さんに電話するからさ」

「えっ、いいのぉ？　じゃあ、わたしもお母さんにメールする！」

「凛子は？　あんたもうちで一緒に勉強する？」

「……」

「凛子？　ねー、凛子ってば！　聞いてる？」

「……え？」

と、何度呼んでも返事のない凛子を玲海が覗き込んだところで、ようやくまともな反応があった。どうやら凛子はまたしてもスマホをいじるのに熱中していたらしく、呼ばれて我に返るや慌ててスマホを鞄に入れる。

「あ、ご、ごめん。何の話？」

「だから、これからうちで一緒に勉強するよって。何ならお昼もご馳走するけど、凛子も来る？」

「あー、えっと……ごめん、あたしは今日はちょっとパス。このあと少し用事があってさ」

「えーっ！　凛ちゃん、明日は英語のテストがあるんだよぉ？　なのに用事なんて入れちゃってだいじょぶなの？」

「あはは、用事って言っても大した用じゃないから大丈夫だって。じゃ、あたし先帰るね」

凛子はそう言うが早いか席を立ち、あとは足早に教室を出て行った。いつもなら鬼灯橋のあたりまで玲海や燈と一緒に帰るのだが、よほど急ぎの用事があるらしい。

その凛子から少しばかり遅れる形で、宙夜たちも教室をあとにした。生徒用のロッカーがずらりと並ぶ古い廊下は、試験を終えて帰路に就く生徒たちでごったがえしている。

騒がしい人混みの中を、宙夜は昇降口を目指して歩いた。玲海と燈もついてくる。

ところが一階へ下りる階段を前にしたところで、突然「あっ！」と鋭い声がした。どうしたのかと宙夜が振り向けば、足を止めた玲海が慌てて鞄をあさっている。何か探しているらしい。

「ごめん！　私、教室にスマホ置いてきた！　すぐ取ってくるから先に行ってて！」

恐らく母親——ともえに電話をかけようとしてスマホがないことに気がついたのだろう。玲海は大急ぎで身を翻すと、謝りながら元来た方向へ走り去った。

普段の言動からしっかり者に見える玲海だが、時折こんな風に抜けているところがある。それを子供の頃からよく知る宙夜は内心呆れながら、燈を促して先に昇降口へ向かった。

むわりとした熱気と上履きのにおいが充満する下駄箱の間を抜け、靴を履き替えて外へ出る。昇降口を出た先には小さなタイル貼りのポーチと張り出した二階の床があり、それを二本の柱が支えていた。

宙夜は燈と共にその柱の陰に入り、そこで玲海を待つことにする。昇降口を出れば真っ先に目につく場所だから、ここなら玲海が気づかずに通りすぎるということもないだろう。

「ねえ、宙夜くん。最近、何だか凛ちゃんが変だと思わない？」

と、不意に燈がそんなことを尋ねてきたのは、二人の間にしばしの沈黙が落ちたあとのことだった。それを少し意外に思い、隣に佇む燈を見やる。

宙夜は元々沈黙がこたえる質ではないから、このまま玲海が来るまで待とうと思っていた矢先のことだった。燈は両手で持った鞄の取っ手に目を落とし、その横顔に少しだけ、何か思い詰めたような気配を滲ませている。

「……佐久川さんが？　まあ、確かに最近少し様子がおかしいなとは思ってたけど」

「やっぱり、宙夜くんも？」

ぱっと顔を上げた燈の、日本人にしては色素の薄い瞳が宙夜を見上げた。宙夜は同じ年頃の男子の中では背が低い方だが、燈はそれよりもっと小柄だ。だから隣に立つと、燈の頭を華やがせているカチューシャの赤がよく見える。

「俺は玲海や千賀さんほど佐久川さんと親しくないから、断言はできないけど……佐久川さん、最近やけにスマホを気にしてるよね」

「うん、うん、そうなの。凛ちゃん、確かにSNSとか好きな方だけどね、前はあんな風にずーっとスマホばっかりいじってなかったんだよ。だからわたしちょっと心配で、何かあったの？　って訊いてみたの。だけどすぐに笑って〝何でもないよ〟って言われちゃって……」

――絶対何でもなくないのに。しゅんと肩を落としながら、呟くように燈は言った。そう思いながらも、本人にはそれ以上突っ込んで尋ねることができなかったのだろう。何でもない、という言葉は、当たり障りのない返答であると同時にやわらかな拒絶だ。

「そのこと、玲海にも言ってみた？」

「うん。玲海ちゃんもそれとなく本人に訊いてみたけど、やっぱりはぐらかされたって。でもね、わたしこないだ見ちゃったんだ。凛ちゃんが一人で泣いてるの……」

「泣いてた？」

「うん……こないだね、わたし、凛ちゃんが学校のトイレに入ってくの見て、ちょっとイタズラしようって思ったの。凛ちゃん、最近何だか元気がないみたいだから、入り口のところで待ち伏せて〝わっ！〟ってびっくりさせようかなって。でも凛ちゃん、トイレに入ったままなかなか出てこなくって、もしかしたらお腹痛いのかもって心配になって。それで声をかけようと思って、わたしもトイレに入ったら――」

――一つだけ閉まったトイレの個室から、誰かの啜り泣く声が聞こえた。状況的に考えて、その個室にいたのは凛子以外考えられない。

燈は不安そうな横顔でそう言って、けれどそのときは声をかけられなかった、と小さく零した。泣いているのを盗み聞きしてしまったみたいで気が引けたのだろう。しかしやがて教室に戻ってきた凛子は痛々しいくらいにいつもどおりで、とてもトイレでのことを訊ける雰囲気ではなかったという。

「だからわたし、凛ちゃんが何か一人で悩んでるのかもって心配で……もしそうなら、相談に乗ってあげたいなって思うの。でも、凛ちゃんが誰にも言いたくないって思ってるなら、あんまりしつこく訊かれるのもイヤかなって思っちゃって……」

「そうだね……」

「宙夜くんならこういうときどうする？　それでもやっぱりちゃんと訊いた方がいいって思う？」

急に予想もしていなかった相談を持ちかけられて、宙夜はしばし返答に困った。そもそもどうしてそんなことを自分に訊くのか、と逆に問い返したい気分だったが、従姉の友人を無下に扱うわけにもいかず、しばし考えたのちに口を開く。

「俺は、佐久川さんが自分から話してくれるまで待った方がいいと思う。本人が何でもないって言い張るなら、本当に何でもないことなのかもしれないし……それに、どうしても一人で抱えきれなくなったら、佐久川さんだって玲海や千賀さんを頼ると思うよ。二人が自分を心配してくれてることは、佐久川さんも分かってるはずだから」

どこからともなく響き始めたチャイムの音に押されて、昇降口からはたくさんの生徒が流れ出してくる。宙夜はその喧騒に目を向けながら、冷静に言葉を続けた。

「佐久川さんが二人に何も言わないのは、別に二人を信用してないからじゃなくて、二人ならきっと待っててくれると信じてるからじゃないのかな。だから自分は頼りにされてないとか力になれないとか、千賀さんがそんな風に思う必要はないと思う。たぶん千賀さんが思ってる以上に、佐久川さんも玲海や千賀さんのことを大事に思ってると思うよ」

だから……と言葉を続けようとして、宙夜はふと燈の方へ目をやった。

すると燈は何故か顔をうつむけて、何も言わずもじもじしている。その横顔が、心なしか赤い。

「……千賀さん？」

「えっ！　あっ、あああのっ、ごめんなさい！　た、ただ、やっぱり宙夜くんに訊いてみて良かったなぁと思って……」

「俺に？」

「うん！　あ、あの、これは玲海ちゃんも言ってたんだけどね、宙夜くんっていっつも一人でいるけど、ほんとは周りのみんなのことよく見てるでしょ？　だから、その宙夜くんが言うならきっとそうなんだろうなぁって、何だかちょっと安心して……」

「いや、それはさすがに買いかぶりだと思うけど……」

「そ、そんなことないよぉ！　だって宙夜くん、今もわたしの考えてたこと言い当てちゃうし！」

「それは千賀さんが分かりやすいからじゃないかな」

「えっ⁉　そ、そうかな……そうなのかな⁉　わ、わたしってそんなに分かりやすい⁉　ってことは、宙夜くんのことも……!?」

真っ赤になった顔を両手で挟み、燈はなおももじもじしていた。その目は何かを探すように足元のタイルの目をなぞっている。けれどそこにいるのは餌を求めてさまよう働きアリくらいだ。

ところが燈はそのアリの姿を目に留めるや否や、バッと顔を上げて宙夜を見つめた。

相変わらずその頬は赤い。しかし大きく見開かれた瞳には、並々ならぬ決意がある。

「あっ、あのっ……あのねっ、宙夜くん！」

「うん？」

「あ、あの、その……っわ、わたし、実は、前から宙夜くんのことが――」

「――よう、優等生。テスト中に女子をナンパか？　相変わらず余裕だねぇ」

瞬間、勢い込んで何か言いかけた燈の肩がぴっと跳ねた。出かかっていた言葉は不意の横槍に引っ込んでしまう。

が、一方の宙夜は顔色も変えずに不躾な声の主を顧みた。そこにいたのはやや小柄な宙夜より更に背の低い男子生徒だ。胸のあたりにぶら下がった名札には、三文字の名前が記されている。

森蒼太。

宙夜たちと同じ、二学年の生徒だった。短く刈り込んだ髪を立て、顎を反らして居丈高に宙夜を見据えている様は、自分の方が背が高いと勘違いしているようにも見える。

「森。何か用か？」

「はあ？　オレがお前に用なんてあるわけねーだろ。ただみんな明日もテストで大変だってときに余裕面してオンナ口説いてるやつがいたから、ムカついて邪魔しただけだよ」

「俺は別に、千賀さんと普通に話してただけだけど？」

「へえ。じゃ、なんかエロい話でもしたの？　千賀、顔真っ赤じゃん」

ニヤニヤとやにさがった蒼太に言われ、燈はますます真っ赤になってうつむいた。

今度は耳まで赤くなった彼女は、すっかり萎縮してしまっている。微かに肩を震わせ、何も言い返せずにいるその姿を横目に見た宙夜は、次いで蒼太に視線を戻した。

「森。俺につっかかりたいだけなら好きにすればいいけど、関係ない千賀さんまでからかうなよ。自分の評判落としたいなら止めないけどさ」

「あーハイハイ、そうやってまたオンナの前でカッコつけて点数稼ぎですか。さすが頭のキレる優等生クンは違うねえ」

「お前がそう思いたいんだったら勝手にそう思えばいい。そんなことより、そんなにイラつくほどテストの出来が悪かったなら、早く家に帰って勉強すれば？」

まったく抑揚を加えず、眉一つ動かさず、宙夜は終始いつもどおりの態度で言った。

だがその反論がかえって蒼太の神経を逆撫でしたようだ。彼は日焼けした頬をみるみるうちに上気させると、短い髪を逆立てて怒鳴り散らしてくる。

「おい、真瀬！　オレはお前のそういうとこが気に入らねえって言ってんだよ！　いつもそうやって人のこと見下しやがって！」

「俺は別に誰も見下してないし、先に吹っ掛けてきたのはそっちだろ」

「ハッ、そうだな、お前の言うことはいっつも正論だよ！　お前にはオレらみたいな平凡な高校生の言うことなんて、全部ガキの戯れ言に聞こえるんだろ？　さすが――母親を殺してのうのうと生きてるヤツは違うよなぁ！」

ざわり、と波打つようなざわめきが宙夜たちの周囲に広がった。蒼太があまりに大声で騒ぐので、家路を急ぐ生徒たちは何事かとこちらを振り向いている。

しかし宙夜は顔色を変えなかった。理由はよく分からないが、蒼太がこうして宙夜に因縁を吹っ掛けてくるのはいつものことだ。いい加減鬱陶しいとは思いながらも、宙夜もすっかりそれに慣れてしまっている。だから彼に何を言われようと、宙夜の心は少しも波立たなかった。

そうだ。今更誰に何と言われようと、宙夜の心は揺らがない。

だってあの日、自分は確かに――


――パンッ！


と、そのとき宙夜の思考を遮ったのは、一発の小気味良い音だった。

驚いて目を丸くした宙夜の目の前で、蒼太が赤い頬を晒している。何が起きたのかはすぐに分かった。それまで隣で小さくなっていたはずの燈が突然、蒼太に平手を張ったのだ。

「――最低！」

「なっ……」

「最低、最低、最低！　森くん、それでもほんとに高校生なの？　十七にもなって言っていいことと悪いことも分かんないの？　本当に最低!!」

正直なところ、宙夜は呆気に取られた。そしてそれは蒼太も同じだったはずだ。

何しろ顔を紅潮させ、眦を決した今の燈はまるで普段の彼女とは別人だった。

あのおっとりして常にマイペースな彼女の顔はどこへ行ったのか。あるいは今の彼女は何か別の人格のようなものに取り憑かれているのだろうか？　と、宙夜が半ば真剣にそんなことを考えかけた、そのときだ。

「ちょ、ちょっと燈、宙夜、何やってるの!?」

　突然蒼太の後ろから声が聞こえ、銘々はようやく我に返った。見ればそこには、教室からスマホを回収してきたらしい玲海の姿がある。途端に蒼太が微かに顔を歪めたのを、宙夜は見た。

「ていうか蒼太、またあんた!?　さてはまた宙夜に変な言いがかりつけてたんでしょ!?」

「う、うるせえな！　お前には関係ねーだろ、茆野！」

「関係ならあるわよ、宙夜は私の家族なんだから！　で、今度は何に文句をつけたわけ!?」

　上履きを外靴に履き替えて出てきた玲海は、多少怒鳴られたところで怯みもしないどころか、むしろその上を行く態度で蒼太に迫った。すると蒼太も立つ瀬がない。彼は腫れた頬を更に赤くすると、ばつが悪そうに舌打ちして身を翻す。

「お、お前ら、揃いも揃ってバッカじゃねーの？　キモい友情ゴッコなら勝手にやってろよ！　付き合ってらんねーからオレは帰る！　じゃーな！」

「あっ、こら、蒼太！」

　肩を怒らせた玲海の制止も聞かず、蒼太は逃げるように立ち去った。途中、何人かの生徒にぶつかって文句を言われていたが、それさえも彼の耳には入っていないようだ。野球部員としての日頃の鍛練の成果を遺憾なく発揮し、全速力で走り去っていく蒼太の背中はあっという間に見えなくなる。

「もうっ、何なのよあいつ……宙夜、燈、大丈夫？」

「ああ。俺は大丈夫だけど……」

　言いながら、宙夜が何と言っていいか分からずに目を向けた先には燈がいた。直前までいつにない剣幕で怒っていた彼女は、蒼太が去った今もきゅっと唇を引き結んで拳を握っている。

しかしその瞳からやがて涙が溢れてくるまでに、それほど多くの時はかからなかった。そんな燈の様子を見た玲海が、戸惑(とまど)うように宙夜へと目を向けてくる。

宙夜はただ首を振った。すると玲海はそれだけで委細承知(いさいしょうち)したように——あるいは諦めたように——ため息をつき、何も言わずに、泣いている燈を抱き寄せた。

●
●
●

「——くそっ……くそっ、くそっ、くそっ！」

苛々(いらいら)と悪態をつきながら、蒼太はゲーム機のボタンを連打した。目の前には小さな画面の中で暴れ回る巨大な怪物。全身を緑の鱗(うろこ)で覆われたティラノサウルスみたいなやつだ。

その怪物の前に立ち塞がった豪腕の剣士——蒼太はボタンをめちゃくちゃに押しまくりながら、とにかくゴリ押しで相手の体力を削っていた。いつもならもう少し立ち回りを工夫したり、縛りを設けたりして狩りを楽しむのだが、生憎(あいにく)今日はとてもそんな気分にはなれそうにない。

とにかく腹の中で暴れ回る黒い感情を発散したくて、それをゲームの中の己に乗せる。手当たり次第に大剣を振り回し、自分に倍する体格を持つ怪物を痛めつけて痛めつけて痛めつけて、それでどうにか溜飲(りゅういん)を下げようとする。

「あのスカシ野郎……！」

と、知らず知らずのうちに奥歯を噛み締めながら、蒼太は更に大剣を振り回した。目の前の巨大な怪物に、反吐(へど)が出るほど嫌いな少年の姿を重ねる。いや、もちろん彼とその怪物とは似ても似つかないのだが、そういう気分で相手を滅多(めった)斬りにする。

真瀬宙夜。蒼太はあの年中お高くとまっている同級生が嫌いで嫌いで仕方なかった。

あの少年がこの町に現れてから、蒼太は何もかもが上手くいかなくなったのだ。勉強や運動にどれだけ真剣に取り組んでも、宙夜は蒼太が苦労の末に掴んだ成績をひょいと軽く超えていく。大した苦労もしないまま、しかも大層つまらなそうに。

おまけに玲海のことにしたってそうだ。彼女は宙夜がこの町にやって来るまではよく蒼太とつるんでいた。小学生の頃にはまるで男友達みたいに二人で野山を駆け回ったし、中学に上がってからも部活終わりに並んで帰ったり、休みの日には隣町まで一緒に遊びに行ったりした。

それが宙夜がこの町に来てからというもの、玲海は口を開けば宙夜、宙夜、宙夜だ。

気づけば玲海が蒼太とつるむ時間は少なくなり、代わりに彼女の隣には宙夜がいることが多くなった。ぱっと周りを照らす太陽みたいな玲海の笑顔は、蒼太に向けられることはなくなった。

その上あの少年は、去年から居候として玲海の家で暮らしているのだ。従弟だか何だか知らないが、とにかくあの二人が仲睦まじく一つ屋根の下で毎日共に過ごしているのかと思うと、蒼太は嫉妬(しっと)で気が狂いそうになる。

「ああ、くそっ！」

と、苛々を解消するつもりがますます腹立ちばかりが募(つの)り、ゲームの中の蒼太は渾身(こんしん)の一振りを怪物にお見舞いした。すると盛大な血飛沫(ちしぶき)を上げた怪物が、空を仰ぐように断末魔を上げて倒れ込む。勝った。しかしかなりの大物を狩ったにもかかわらず、蒼太の心はまるで晴れない。

そこで蒼太は倒した怪物の死骸から適当に戦利品をいただくと、次なる獲物を探してフィールドを移動しようとした。が、そのときだ。

「蒼太、入るぞ」

突然ノックと共に声が聞こえ、聞こえると同時に部屋の引き戸ががらりと開いた。その音でハッと我に返り、やばいと思ったときには既に遅い。

黒のパイプベッドから慌てて身を起こすと、その先にはやや険のある顔つきをした男が一人立っていた。

——森諭。他でもない、蒼太の父親だ。

「あ、と、父さん……」

「蒼太。お前、何をしてる。今日からテスト期間だろう？　ゲームなんてやってる場合か」

なじるような父の言葉に、ドッと心臓が縮み上がった。ベッドがあるのとは反対側の壁にかかっている時計をちらりと見れば、時刻は既に十九時を過ぎている。

目の前の携帯ゲーム機にのめり込むあまり、時間が経つのを忘れていた。恐らく父は今し方会社から帰宅し、蒼太に今日の試験の結果でも聞きに来たのだろう。

諭は厳格な父親だ。普段は隣町で小さな卸会社の社長をしていて、ゆくゆくは自分の会社を一人息子である蒼太に託そうと決めている。ゆえに蒼太は自然、幼い頃から次期社長として相応しい節度と教養を求められてきた。学校での成績はもちろんのこと、部活でのポジション争いから中学・高校での委員会活動まで、とにかく常に人の一歩前に出ることを強要されてきたのだ。

だがそんな父の目の前で、蒼太はとんでもない失態を演じてしまった。テスト期間中は決してゲームには手を出さないというのが購入時の約束だったのに、そのテスト期間の真っ只中、時間も忘れてゲームにのめり込んでいたところを見られてしまった。

当然ながら息子のそんな醜態を許す父ではない。元々剣呑だった顔つきは蒼太の手元で壮大な音楽を奏でる機械を見るや険しさを増し、有無を言わせぬ形相で部屋へと踏み込んでくる。

「まったく馬鹿なことを。だからこんなものは買うべきではないと言ったんだ」

あっ、と声を呑んだ蒼太が手を伸ばす暇もなかった。ずかずかとベッドに歩み寄ってきた諭は蒼太の手からひったくるようにゲーム機を奪うと、画面も見ずにその電源を落としてしまう。

「そんなことより、今日のテストの結果はどうだったんだ。こんな時間まで遊んでいたということは、よほどいい出来だったんだろうな？」

「あ……え、えっと、それは、まあまあ……」

「まあまあ？」

「あ、いや、テストが返ってこないと分かんないけど……一応、それなりに出来たと思う——」

「それなりで満足しているようじゃ駄目だと、いつも言ってるだろう！　今からそんな体たらくで、本当に国立大に入れると思ってるのか？　日頃から跡取りとしての自覚を持てと、何度言ったら分かるんだ！」

いきなり頭ごなしに怒鳴られ、蒼太はびくりと身を竦ませた。

この父親の、こういう理不尽な言い草に対していつも浮かんでくるものは怒りよりも恐怖だ。蒼太は幼い頃から父の笑った顔をちらりとも見たことがなく、今では何でもないときでも彼の傍にいるだけで寿命が縮むような思いがする。

しかし同時に、こういうときは一言も反論せず、ただ口を噤んで嵐が去るのを待てばいいのだということも蒼太は長年の経験から学んでいた。だから今は、できるだけ反省しているように見える顔で視線を落とす。この父親には何を言ったところで無駄だと分かっているから、口も心も貝のようにぴたりと閉ざして、従順な息子を演じてやる。

「とにかく、今日は今すぐ机に向かえ。勉強以外のものには手を出すな。テストの結果次第では、今度こそこのゲーム機もスマホも取り上げるぞ。いいな！」

憤慨した論は一方的にそう言いつけると、ゲーム機を持ったまま不機嫌に部屋を出ていった。その足音が階段の方へ遠ざかっていくのを、蒼太は身じろぎ一つせずに聞いている。

しかしやがて父の気配が遠のくと、蒼太は怒りに任せて枕を漆喰の壁へと叩きつけた。それでも激情は収まらず、何度も何度も繰り返し枕で壁を殴り続ける。

「くそっ!!」

腹の底から叫び、やがて蒼太は鬼のような形相で寝台を下りた。そうして向かった先は机だ。が、目的は言われたとおりテスト勉強に勤しむため——などではない。

蒼太は机の上に置いていた学生鞄から適当なノート、教科書、筆記用具、そしてスマホを取り出すと、あとは邪魔な鞄を乱暴に床へ投げ捨てた。父親か母親、そのどちらが部屋に入ってきても一見勉強している風に見えるように教材を開き、その傍らでスマホの電源を入れる。

学校での試験の間、電源を落とされていた画面が息を吹き返した。すると蒼太は迷わず画面をタップし、ブラウザを開いて大手検索サイトへ飛ぶ。そこでテキストエリアをクリック後、慣れた手つきで検索ワードを入力した——『5ちゃんねる』。

通い慣れた画面が表示された。日本でも有数の大型掲示板サイト。実際に利用歴があるかどうかはともかく、今やその名を知らぬ若者はいないだろうと言っても過言ではない巨大サイトだ。

不特定多数の人間が全国から利用する5ちゃんねるには、誰でも無料で、しかも匿名で自由に書き込みができるという利点があった。よほどの下手を打たなければどんな書き込みをしても身元を特定されることはないし、相手も自分も顔が見えないから好きなことを好き放題書いていい。

父親から虐待にも近い抑圧を受けている蒼太にとって、そこは唯一自分の思ったことをそのまま吐き出せる世界だった。最近の蒼太の日課は固定ハンドルネーム――通称『コテハン』――を利用してくだらない書き込みをしている連中をからかうことで、相手が画面の向こうで吠え面をかいているのを見ては、日頃の憂さを晴らしている。

そうして相手を打ち負かす瞬間の、何とも言えない快感が蒼太はたまらなく好きだった。画面の向こうで相手が何も言い返せなくなったり、負け惜しみの捨て台詞を吐いたりして逃げ出していくのを見ると、蒼太の胸はかつてない優越感と充足感に満たされる。

今日も今日とて得意満面の笑みを浮かべ、蒼太は掲示板の書き込み欄をタップした。入力するコテハンはいつもどおり『ヒロヤ』だ。これは言うまでもなくあの憎き真瀬宙夜の名前から取ったものだが、最近では『サトシ』にするべきだったかなと思うこともしばしばある。

『あー、やってるやってる。今日も自演祭だなこのスレはｗｗｗ』

本日の初書き込みはそれだった。書き込んだのは最近書き込み数の伸びにかなりの勢いがあるオカルト系のスレッドだ。スレッド名は『サイコさんの噂Ｐａｒｔ48』。二月ほど前に蒼太が偶然このスレッドを見つけたときには、タイトル末尾の数字はまだ10かそこらだった。

それがたった二ヶ月でこれだけ伸びているということは、かなりの数の人間がこのスレッドを利用していることを意味している。何でもサイコさんというのは最近流行りの都市伝説で、ある一定の儀式を経てこういう掲示板やＳＮＳに書き込みをすると、正体不明の〝サイコさん〟なる人物がその書き込みに返信をくれるというものだ。

たった今蒼太が覗いている『サイコさんの噂』スレッドは、連日連夜その儀式を実演し実況する〝勇者〟と、その〝勇者〟の活躍を見守り囃し立てるオーディエンスで賑わっている。だが蒼太はこの都市伝説に対して否定的だ。確かにフィクションとして楽しむ分にはなかなか愉快な内容だが、このスレッドを覗いていると、そのフィクションをノンフィクションだと信じ込んでいる輩があまりに多い。

そういう連中は頭が弱すぎて忘れているのだ。5ちゃんねるは一般的なSNSに比べて匿名性が高い。例えば一人の人間がまったくの別人になりすまして複数の書き込みをしたところで、それを同一人物による書き込みだと特定する方法がほとんど存在していない。

つまり最近人気のサイコさんとやらは、そうした一人の人間による自作自演によって生まれたものだろうと蒼太は半ば確信していた。そしてこのスレッドの住民はそうとも知らずに「サイコさんは実在した!」などとサルのように大はしゃぎしている。

そのサルどもを嘲弄（ちょうろう）するのは実に愉快だった。こういう哀れな人種を画面越しに眺めていると、蒼太の自尊心は大いに満たされ、日頃の鬱憤（うっぷん）など気づけばどこかへ行ってしまう。

さて、今日はどいつの顔を真っ赤にしてやろうか。蒼太がそう思いながら画面を更新すると、早速『ヒロヤ』の名前に反応したレスがついた。

『うわ、また来たよこいつ』

『クソコテさん、おっすおっす～ｗｗｗ』

『またお前かよ。このスレ来る度に「お前ら暇だねえｗｗｗ」とか言うわりに毎日律儀に顔出すあたり、お前も相当の暇人と見た。ニート乙』

『おいお前ら触んなよ。お前らがいちいち触るからこいつも調子に乗って来るんだろ』

蒼太は笑いを噛み殺した。『触るな』などと冷静ぶって書き込んでいるやつは、恐らく以前蒼太に論破され、屈辱（くつじょく）的な思いをした者だろう。だからそのときと同じ目に遭うことを恐れて、何とか蒼太を追い払おうとしている。だがそんな浅はかな考えはすべてお見通しだ。蒼太が書き込みをする前のレスをざっと流し読むと、どうやら今夜もサイコさんに挑戦する〝勇者〟が現れたとかで盛り上がっていたようだ。その騒ぎに水を差してやる。

『ニートは一日中このクソスレに張りついてるお前らだろ。よくこんな自演丸出しのオカルトスレで盛り上がれるよな。全員厨二（ちゅうに）通り越して消二かよｗｗ　まあ、そんな馬鹿が群れて騒いでるの見るのが楽しいから俺もつい来ちゃうんだけどさｗｗｗ』

『書き込む』と書かれたボタンをクリックし、打ち込んだ文章を送信した。厨二（中学生）、消二（小学生）というネットスラングは相手の幼稚な言動を皮肉る常套句（じょうとうく）で、このスレッドの住民たちを評するのにこれほどピッタリな言葉は他にない、と蒼太は思っている。

『はいはい。そういうお前も毎度毎度同じ書き込みしてよく飽きないな。ほんとにヒマなの？』

『つーか何を根拠に自演っつってんだこいつは』

『根拠なんてないだろ。こういう手合いは単に「おまいらとは違う大人な俺カコイイ」って自己陶酔（とうすい）に浸（ひた）りたいだけのガキだから何言っても無駄。しかしそういうやつに限ってリアルでは何やっても上手くいかない負け組だったりするんだよな。可哀想なやつ』

　そのとき、自分の書き込みに対するレスをニヤニヤと眺めていた蒼太の手が止まった。

　最新の書き込みが目に留まる。〝リアルでは何やっても上手くいかない負け組〟。その言葉に、頭の裏側がカアッと熱くなるのを感じた。いつもならこの程度の〝煽（あお）り〟に対してムキになる蒼太ではない。だが今日ばかりは図星を突かれたような気がして頭に血が上った。

　途端に左頬がじくじくと嫌な痛みを思い出す。昼間、学校で燈にぶたれた痛みだ。

　あのときは普段大人しい燈の豹変（ひょうへん）ぶりに驚いて何も感じている暇がなかったが、多くの生徒たちの前で女子に平手を張られたという事実はあとになって蒼太の自尊心をズタズタにした。おまけに家ではこのザマだ。蒼太は画面の向こうの赤の他人に、自分の惨めさを見抜かれ晒されたような気分になった。

何か言い返してやりたいが、脳みそが沸騰(ふっとう)しているようで何も言葉が浮かばない。自分の心音がやけにうるさい。そうこうしている間に、最新の書き込みが更新された。

『自演だろうと何だろうと俺は楽しければそれでいいよ。てか確かに今までここで試したやつの中には自演もいたかもしれないけど、すべて自演かどうかはやった本人にしか分からない。そんなに自演自演言うならお前も一回やってみれば？』

これだ、と蒼太は思った。このレスにならいまの自分でも何食わぬ顔で返信できる。

『はあ？　くっだらねーｗｗ　こんなのガセに決まってるだろ。どう見てもやるだけ時間の無駄です本当にありがとうございました』

新しいネタ振りが来る前に、急いでそう返信した。その甲斐あって、蒼太のレスはサイコさんの実演を勧めてきたレスの直下にぴたりとつく。

だがそこから、蒼太の想定外のことが起こった。

『あっれー？　ヒロヤ君、もしかして呪いが怖いのー？ｗｗｗ』

『散々自演自演言っといて怖じ気(おけ)づくなよｗ　本当に自演だと思うならやってみりゃいいじゃん』

『ヒロヤ氏がやるなら俺は今日やらないんで今夜の枠譲りますよー？』

蒼太はまたしても画面をスクロールする手を止めた。自分を小馬鹿にしたようなレスが続くのを見てようやく思い出す。

そう言えばサイコさんには最近、〝ネット上に質問を書き込むと答えてくれる〟という噂以外にも妙な噂がついて回るようになっていた。それが〝呪い〟だ。

これもまた真偽の定かならぬ与太話（よたばなし）に過ぎないが、何でもこのサイコさんを実行し成功させた者は〝サイコさんの呪い〟にかかってこの世のものとは思えぬ恐怖を味わうとか。そんな噂が流れ出したのはここ最近サイコさんが流行し、このスレッドに〝勇者〟と呼ばれる実践者が数多く現れるようになってからのことだった。

その〝勇者〟の数に比例して、スレッドでは似たような内容の書き込みが増えている。曰く、サイコさんを実行した友人が後日行方不明になったとか、同じくサイコさんを試した知り合いが自殺したとか。

馬鹿馬鹿しい、と端（はな）から鼻で笑って相手にしていない蒼太はそれを気にも留めなかったが、スレッドの住民たちはそうした書き込みの内容を信じて〝サイコさんの呪い〟と呼んでいるのだ。その呪いの噂の存在を蒼太はすっかり忘れていた。だから予防線も張らずに思いついたことをそのまま書き込んでしまい、現状、スレッドの住民から袋叩きに遭っている。

おまけに今夜サイコさんを実行すると予告していた〝勇者〟まで面白がって煽ってくるものだから、蒼太は理性の糸が切れた。自分をビビリと嘲笑（あざわら）う連中の書き込みが癇（かん）に障り、再び頭の裏側が熱を帯びるのを感じながら文字を打つ。

『俺はその呪いの噂も含めて自演だって言ってんだよ。だからくだらねーって言ってんの。お前らそこまで馬鹿なわけ？　つーかそんなに言うなら本当に証明してやろうか？』

決して冷静ではない頭で、精一杯の余裕を演じながら書き込んだ。するとその書き込みから三分と経たないうちに、次々と囃し立てるレスがつく。

『おー、やれやれｗｗｗｗ　ぜひとも「証明」してくれｗｗｗｗ』

『そしてそのままサイコさんに呪われて氏ねばいい』

『やべえ、何この展開！　胸熱ｗｗｗ』

『面白くなって参りましたｗｗｗｗｗｗｗｗｗ』

かくして蒼太はその晩、サイコさんを実践することになった。

そしてその選択を、すぐに後悔することになる。


時刻は午前二時を回った。蒼太の目の前には、紙面を赤いボールペンの筆跡で埋め尽くされたルーズリーフが一枚ある。

儀式の準備は既に整っていた。蒼太は寝間着姿で勉強机の前に座し、充電コードにつながれたスマートフォンと向き合う。こんな時間まで起きていることが親にバレると面倒なので、部屋の明かりは落とし、勉強机に備えつけの蛍光灯を一本だけ灯していた。

窓の外からは蛙の鳴く声が聞こえる。蒸し暑い。冷房を入れれば済む話なのだが、室外機の音で起きていることに気づかれるのを嫌って今夜は電源を切っていた。

蒼太が今夜二時過ぎにサイコさんを実況すると宣言したおかげで、５ちゃんねるの『サイコさんの噂』スレッドは大盛り上がりだ。こんな時間でも――いや、こんな時間だからこそ普段から人の多いスレッドだが、今夜はその人数が特に多いような気がする。書き込みはどんどん流れ、スレッド数もいつの間にかＰａｒｔ49に突入していた。

最新の書き込みの内容はどれも「早くこい」と蒼太を急かすものだ。その皮肉と嘲弄を多分に含んだレスの数々を忌々しく思いながら、しかし蒼太はその前に儀式の手順の最終確認をする。

「えーと、質問を十三回書いた紙は用意したから……」

儀式の手順は、このスレッドが新しく立つ度に明記される決まりになっていた。いわゆる〝テンプレ〟と呼ばれるもので、スレッドの最初の書き込みを見ればご丁寧に過去スレや関連サイトへのリンクまで貼られている。蒼太はそのテンプレの全文を表示して、箇条書きされた手順にもう一度目を通した。そこに記された内容はこうだ。

①白い紙（紙なら何でもいい）にサイコさんに尋ねたいことを赤いペンで13回書く。
②もしラピスラズリ、フローライト、アズライト等の精神を落ち着かせるパワーストーンが手元にあるなら、それを水を入れた瓶などに沈めて傍に置いておくと良い（同じ効果が期待できるので、リラックス効果のあるアロマなどがあるならそれを焚くのも良い）。
③深呼吸をしてリラックスしたら、冒頭に「サイコさんに質問です」という一文を添えて①で書いた質問を書き込む。
④成功すればサイコさんからの返答有。

まったく馬鹿馬鹿しい、と改めて鼻で笑いながら、蒼太はふと机の隅を見た。そこには水の入ったマグカップがある。蒼太はスレッドに書かれているようなパワーストーンは持っていないものの、遠い昔に買ったターコイズのブレスレッドがあったので、それを中に沈めたものだ。

先程ネットで調べたところ、生憎ターコイズには精神を鎮めるような効果はないようだが、何もしないよりはマシだろうと思った。とにかくこのスレの住民どもを黙らせるには、可能な限り正しい条件に近づけて儀式を行い、サイコさんなどというものがこの世に存在しないことを証明するのが手っ取り早い。

ゆえにテンプレの内容を熟読し、儀式の準備に抜かりがないことを再確認した蒼太はふーっと一度息をついた。そうしてスレッドの書き込み欄をタップし、いよいよ開始の合図を送る。

『おら、お望みどおり来てやったぞ。急だったからパワーストーンとかちゃんとしたの用意できなかったけど、ターコイズのブレスレッドはあったからそれを代わりに準備した』

同時に、先程5ちゃんねる専用のアップローダーからコピーしてきたURLを貼りつける。実際にターコイズを用意した証拠として撮った写真のURLだ。

蒼太がその書き込みを送信すると、住民たちは一気に沸いた。中には『ターコイズww　全然違えしwwww』などと煽ってくる者もいるが、『いや、でも何もないよりはいいんじゃね?』と珍しく擁護（ようご）する者もいる。

とにかく、スレッドは今〝祭り〟の状態だった。これから蒼太が実際にサイコさんを試すというのに、レスの流れが早すぎてさすがの蒼太も追い切れない。

こんな状況で実験をして本当に大丈夫か?　という疑問はありつつも、ここまできてやらないわけにもいかないので、蒼太は再び書き込み欄をタップした。

『それじゃあ始めるからお前ら一旦スレの流れ止めろよ。でないとお前らの大好きなサイコさんが来ても見逃すぞwww』

多少の皮肉を込めた書き込みだったが、一応の効果はあった。『本当にあった怖い名無し』——これはコテハンを持たない利用者が書き込んだとき、自動で付与されるハンドルネームだ——の『wktk』という書き込みを最後に、あれほど賑やかだった書き込みがしんと静まり返る。

その瞬間、蒼太は〝勝った〟と思った。何しろ蒼太が用意した質問は、この場にいる誰にも絶対に言い当てることができないものだからだ。場合によってはサイコさんに化けた住民が当てずっぽうのレスを返してくるかもしれないが、そんなものが当たるわけがない。そうしたら「ハイやっぱり自演でした〜」とここぞとばかりに住民を煽ってやればいい。

完全勝利の予感に早くもニヤつきながら、蒼太はいよいよ本命のレスを書き込んだ。

『サイコさんに質問です。俺の本名が分かりますか？』

スレッドがざわついた。『は？w』と短い書き込みをする者もいれば、『おい、ふざけんなよ。そんなのどんな名前答えたって「違います」ってお前が言えばいくらでも誤魔化し利くだろうが。予防線張ってんじゃねーよカス』といきなり怒り出す者もいる。

だがそんなレスの数々を見て、蒼太は満面の笑みを浮かべた。ほら見ろ、やっぱり誰も答えられない。答えられるわけがないんだ。今までのだって全部住民の自作自演だったんだから。悔しかったら本名を当ててみろ。まあ、そんなのお前らには死んでも不可能だろうけどな——

『森　蒼太』

その瞬間、何故か蛙が鳴くのをやめた。

突如として訪れた真夜中の静寂が、蒼太の耳に突き刺さる。

何が起こったのか、一瞬理解できなかった。いや、脳が理解することを拒絶した。

だが何度目を瞬かせてみても。

そこに書き込まれたのは間違いなく、蒼太の本名だ。

『サイコさんキタ━━━(ﾟ∀ﾟ)━━━!!』

再びスレッドが沸いた。一度は止まったはずの流れが急速に加速する。

だが蒼太は信じられなかった。嘘だ。こんなことがあるはずがない。これは何かの陰謀だ。そう思い、自分の本名をぴたりと言い当てた人物の名前を見やる。

『3dqXeb』

まったくもって意味不明だった。恐らくコテハンとして適当にキーボードの文字を打ち込んだのだろう。だがこんなことが本当にありえるのか？　何故こいつは自分の名前を言い当てることができた？　こいつは誰だ？　学校の知り合いか？　いや、そんなわけがない。何せ蒼太は今夜自分がここでサイコさんを実演することは誰にも話していないし、そもそも普段5ちゃんねるに書き込みをしていることさえ他人に漏らしたことはない。なのに何故？　何故当てられた？

同じ思考がめまぐるしくループし、頭がぐらぐらする。自分でも信じられないくらいに心拍数が跳ね上がり、スマホを持つ手が震えて文字も打てない。だが――

『で、どーなのヒロヤクン？　きみ、本名森っていうの？　下の名前はそうた？』

『ヒロヤ君終了のお知らせｗｗｗｗｗｗｗｗｗｗ』

『どうなんだよヒロヤ？　オラ早く答えろよ』

『本当にこれが本名なわけ？　だとしたらやばくね？』

『本人が何も言わないってことはそうなんじゃゃねーの？』

『ちょっとＶＩＰにスレ立ててくるｗｗｗｗｗｗｗｗ』

『特定班あくしろよ』

『いや、でもヒロヤ君的にはこれも「自演」なんでしょ？　どうせすぐ「誰かが適当に書き込んだ名前で俺の本名じゃない」とか言い出すからｗｗｗ　な、ヒロヤ君？』

信じられない早さでレスが流れた。このままでは本当にこれが自分の本名だと住民たちにバレてしまう。ここは最近話題のスレッドだから、もしかしたら自分の同級生や部活仲間も見ているかもしれない。そいつらがしゃしゃり出てきたらまずい。何とかしなければ。

『いや、お前らレス速すぎｗｗｗ　全然追いつけねえｗｗｗ　てか森蒼太って誰よ？　やっぱり自演じゃねえか。当てずっぽう言ってんじゃねーぞカス』

震える手で、何とかそれだけを打った。本当はもっと賢い返し方があるのかもしれないが、今はそれ以上の文言は考えられなかった。

とにかくスレの流れを止めたい一心で送信する。案の定住民からはブーイングが上がった。だがそんなことはどうでもいい。とにかく今はこれが自分の本名だとバレないように――

『森　蒼太　平成10年11月4日生まれ
M県加賀稚郡加賀稚町蔚染4丁目3番15号
県立加賀稚高等学校2年B組出席番号28番
022X-34-XXXX　080-068X-XXXX』

ぞっとした。呼吸が止まった。

蒼太の誕生日、現住所、通っている高校、自宅及び携帯の電話番号。

一言一句、すべて言い当てられていた。書き込み主はやはり『3dqXeb』。

嘘だ。こんなことあるわけがない。あっていいわけがない。

どうして？　どうしてこいつには自分の正体が分かる？

ありえない。こんなことは、絶対に――

「――パキッ」

と、そのとき突然机の片隅から音がして、蒼太はその場で飛び上がった。自然と呼吸が荒くなる。まるで脳が頭蓋の中で暴れているかのように、頭がドクドク言っている。

何事かと思って目をやれば、音を立てたのはターコイズのブレスレッドを入れて置いていたマグカップだった。まったく誰も触れていないのに、カップの中の水が揺れている。……風か？いや、窓は閉めきっているしエアコンも切っている。では虫でも飛び込んだのか？

震える手を伸ばし、蒼太はどうにかマグカップを自分の手元へ引き寄せた。そうして中を覗いてみる。――目を見張った。

何故なら白いマグカップの水底で、数珠状につながれたターコイズが見事に割れていたからだ。

「な、何だよこれ……」

無意識に絞り出した声は、まるでひどい風邪でもひいたみたいに掠れていた。ぜえぜえと、更に呼吸が荒くなる。息を吸いすぎて頭がぼうっとするのに、自分で呼吸を制御できない。

とにかく、そうだ。このターコイズの写真を撮って、もう一度スレッドに書き込もう。

それで話題を逸らせるかもしれない。それがいい。オカルト好きのあのスレの住人たちならきっと食いつく。それでさっきの『3dqXeb』の書き込みはナシだ。

ガタガタと余計な音を立てながら、蒼太は引ったくるようにして自分のスマホを手に取った。

だがしばらく操作せずに放置したせいだろうか、画面が真っ黒になっている。

蒼太は苛立って電源ボタンを連打したが、どういうわけか応答がなかった。いつまで経っても画面が点灯しない。勝手に電源が落ちたのか？

ならばもう一度起動しようと電源ボタンを長押しするも、画面はやはり暗いまま。

「くそっ、何でだよ！　何で――」

焦りと苛立ちのあまり、蒼太はスマホを机の角に叩きつけようとした。だがその刹那、気づく。

何か、ひやりとした感触が背筋をなぞった。いや、それは感触と呼べるほどはっきりとしたものではなく、冷たい空気が突然服の中に入り込んできた、とでも表現した方がいい。

瞬間、蒼太は思った――何かいる。

自分の後ろに、何かの気配を感じる。

――何だ？　そう思うのに、恐ろしくて振り向けない。何故か振り向いてはいけないような気がする。本能の警告。動けない。どうすればいい？

自問すると、何か聞こえた。

歌だ。突然頭の中で鳴り響く。蒼太はその歌を知っている。その歌は幼い子供の声で、

かごめ　かごめ
籠の中の鳥は　いついつ出やる？
夜明けの晩に　鶴と亀が滑った
後ろの正面
だ　あ　れ　？

歌につられて、蒼太は振り向いた。ゆっくりと、振り向いてしまった。

その蒼太の肩に何かが触れる。

それは血まみれの、

●　●　●

【オカルト☆ナイツ（4）】　（6／30（火））

みっつん：『おはようございまーす！(*^O^*)』7:12
麦　　　：『はよっすーｗｗ』7:20
ハルマ　：『みっつんさん、麦さん、おはようございます』7:23
みっつん：『皆さん、昨日のサイコさんスレ見ましたー!?(。∀。*)
　　　　　めっちゃ盛り上がってましたよね!!』7:25
麦　　　：『見た見たｗｗｗ　なんかすげーことになってたっすねｗ
　　　　　スレの流れ速すぎて俺途中で挫折したわｗｗｗｗ』7:26
みっつん：『えー!?　最後まで見なかったんですか!?　もったいない!!』7:27
麦　　　：『これからログ見よっかなーと思ってたとこｗ
　　　　　あれからヒロヤ氏戻ってきたの？ｗｗ』7:29
みっつん：『それが戻ってこなかったんですよ(´・ω・｀)
　　　　　でも戻ってこないってことはたぶん全部本当なんだろってなって……』7:31
やっさん：『出遅れた……はよっす。
　　　　　昨日サイコさんスレでなんかあったの？　今北産業』7:34

麦　　：『ヒロヤ氏サイコさんに挑戦。
　　　　成功するも個人情報全暴露される。
　　　　ヒロヤ氏死亡』7:35
やっさん：『何それサイコさん最強すぎワロタｗｗｗｗｗ』7:36
やっさん：『つーかそんな祭りやってたのかよ……くそ！
　　　　あとでちょっとログあさるわ』7:37
みっつん：『ぜひ見て下さい！　マジでちょー盛り上がったんで!!　ヽ(＝´▽`＝)ノ』7:37
みっつん：『てか、あれ絶対本物のサイコさんですよね!?　(゜∀゜*)
　　　　ウチらのとこに来てくれたサイコさんと雰囲気めっちゃ似てたし!!』7:39
麦　　：『ですよねｗｗｗ　ヒロヤ氏今頃どうしてんだろ？ｗｗｗ』7:41
やっさん：『ほんとに個人情報暴露されたなら部屋にこもってガクブルじゃね？
　　　　本名とか公開されたの？』7:42
みっつん：『ですです！
　　　　てか、本名どころか住所とか電話番号まで晒されてましたよー！』7:43
やっさん：『何それこわい……』7:43
やっさん：『俺サイコさんだけは絶対やんないわ。
　　　　家特定されてＣＩＡとか乗り込んできたら困るし』7:45
麦　　：『あんた何者だよｗｗｗｗｗｗｗｗｗｗｗ』7:45
みっつん：『でも、正直あれはヒロヤ氏の自業自得ですよ(-_-)
　　　　自分でサイコさんに「俺の個人情報当ててみろ」って言ったんですもん』7:48

麦　　：『本気で自演だと思ってたんだろうねーサイコさんｗ
まあ、あいつマジウザかったんでぶっちゃけメシウマですわｗｗｗｗ』7:49
ハルマ　：『でも、サイコさんって結局何なんですかね……
昨日のアレも本当だったとしたらどうして言い当てられたんでしょう?』7:52
みっつん：『そこですよね（。＿。）
こないだここに呼んだときも
ウチの誕生日と血液型バッチリ言い当てられたし！』7:53
麦　　：『けど前にサイコさん呼ぶのにも相性的なものがあるとか言ってたやつがいたじゃ
ないっすかｗ
そう考えると既にここに2回も来てくれてるってことは、
みっつんさん相当サイコさんと相性いいんじゃないすかね？ｗ』7:58
みっつん：『ですかねー？　何だったら今夜も呼んじゃおっかな、サイコさん♪
今度はサイコさん自身のこと聞いてみるとか面白そうじゃないですか?』8:00
ハルマ　：『でも最近呪いの噂とかもあるし、
やりすぎない方がいいんじゃないですか?』8:01
やっさん：『そういやそんな噂も流行り出したね。
俺は話を盛るための後づけだと思うけど』8:02
ハルマ　：『でも、都市伝説ってたまにほんとにヤバいのも混ざってますから…
ちなみにみっつんさんは今のところ変なこととか起きてないですか?』8:05
みっつん：『そうですねー。特には何もないんですけど（。＿。）

あ、ただ最近変な夢繰り返し見るんですよ。
なんか、井戸の中？　みたいなとこに自分がいて
上から人が降ってくるってやつ(>_<)』8:08
麦　　：『親方!!　空から女の子が!!ｗｗｗｗｗ』8:09
みっつん：『違いますから！（笑）
女の子じゃなくてたぶん男の人？　なんか着物とか着てたような……
すごい暗いんであんま周りがよく見えない夢なんですけど(゜゜;)』8:11
ハルマ　：『その男の人は生きてるんですか？』8:12
みっつん：『いや、たぶん死んでます……その井戸結構深いみたいで
落ちてきたあといっつもグシャッていってるんで(((>_<)))』8:14
麦　　：『ちょｗｗｗｗ　それ大丈夫なんすか？ｗｗｗｗ』8:15
みっつん：『ウチはグロいの平気なんで大丈夫ですけど
なんかこう毎晩のように見ると確かに気味が悪いですね(*_*;』8:16
みっつん：『あ、あと最近何故かずっとおんなじ歌が頭の中ループしてます（笑）
でもこれは関係ないかな？　どっかで聞いて頭に残ってるだけかも』8:18
ハルマ　：『何の歌ですか？』8:19
みっつん：『かごめかごめですよ～』8:21

◆第參夜

翌日宙夜が登校すると、クラスはもうその話題で持ちきりだった。

「ねえねえ、見た？　Tmitterで流れてきてたサイコさんスレ！」

「見た見た！　B組の森蒼太でしょ？　あれマジでヤバくない!?」

期末考査二日目だというのに、クラスメイトたちはその話題に夢中。もはや誰一人として、テスト前の最後の追い込みに勤しむ者はいない。

そんな異様な熱狂に包まれた教室を横切り、宙夜は何食わぬ顔で自分の席に着いた。

少し離れた席から燈の視線を感じる。しかし宙夜は敢えてそれを無視した。今はそれより暗記した政経の用語の確認と、クラスメイトたちからの情報収集に集中したかったからだ。

「あの書き込みってガチだよね？　ほんとにサイコさんが書き込んだのかな？」

「森、今日はまだ学校来てないってさ」

「ってことはやっぱ〝ヒロヤ〟って森だったの？」

「そうじゃなきゃテスト中に学校休むってありえないっしょ」

「バカだなー、あいつ。これもう人生詰んだよな」

「『森蒼太をヲチするスレ』だろ？　あれマジでやべーよ。今朝見たら森の家の写真撮ってアップしてるやつとかいたし」

「『イタ電かけまくってるｗｗｗ』とか言ってるやつもいたよね」

「ああ、それもう通じなくなったって。家電も携帯も」

「『死ね』って書きまくった手紙送ったってやつもいたぞ」

「まあ、でも自業自得っていうか」

「うははは！　見ろよこれ、中学の卒業写真載せられてる！」

「あーあ、ついに顔も割れたか」

「これ載せたの誰だよ？　絶対ェ森と同中のやつだろ」

「これで〝ヒロヤ〟が森じゃなかったら別の意味でやべーな」

「どっちにしろ終わりだろ、あいつ」

自作の暗記ノートをパラパラとめくりながら、怒涛のように渦巻く生徒たちの声に耳を傾ける。

昨夜。サイコさんスレ。〝ヒロヤ〟。書き込み。森蒼太。どうやら事態は宙夜が予想したとおり最悪の方向へ、しかも猛スピードで転がり落ちているようだ。

これは玲海が黙っていないな。そう思うと、無意識のうちにため息が零れた。

果たしてそんな宙夜の予感は、ほどなく的中することになる。

「――宙夜！」

まるで空間を切り裂くような声で宙夜が名を呼ばれたのは、二限目の英語の試験と帰りのホームルームが終わったあとのことだった。

直情径行の玲海にしては耐えた方だな、と宙夜は思う。本当は一限目の試験が終わった直後にでも飛び込んでくるのではと思っていたのだが、さすがに昨日の数学に続いて英語まで赤点を取るわけにはいかない、という程度の理性は保てたらしい。

「ねえ、ちょっと！　何がどうなってるの!?」

「俺に訊かれても困るよ」

「だって、昨日の今日だし！」

「いや、昨日のアレは関係ないと思う」

言ってから、いや、少しは関係あるかもな、と宙夜は思い直した。

もしあの〝ヒロヤ〟というハンドルネームの主が本当に蒼太だったなら、彼がよく5ちゃんねるで暴れていたのは日頃の鬱憤を晴らすためだったとも考えられる。現実(リアル)でもよく宙夜に突っかかってきていた彼の性格を思うとありえない話ではないし、ましてや昨日は公衆の面前で女子(あかり)にぶたれるという醜態を晒したばかりだ。

だが宙夜は鞄を肩にかけながら思い浮かべたその推測を、玲海に話そうとは思わなかった。そもそも玲海は宙夜が5ちゃんねるの常連であることを知らない。ましてや一連の騒動があった『サイコさんの噂』スレをよく覗きに行っていたなどと知れたら、苛烈(かれつ)な追及を受けるのは目に見えている。

「で、森は今日本当に休んだの？」

「そうよ、テスト中なのに学校に来なかった！　前は熱出しても無理してテスト受けに来てたのに……ていうか〝ヲチスレ〟って何？　何で蒼太の写真とか住所がネットに出回ってるの？」

「それは――」

「サイコさんだよ、玲海ちゃん」

――場所が悪いから帰りながら話すよ。

そう告げようとした宙夜の言葉を遮ったのは、学生鞄を持ってやってきた燈だった。

その表情がいつになく強張(こわば)っているように見えるのは、たぶん宙夜の気のせいではないはずだ。

やや幼さを残す大きな瞳は動揺に揺れ、縋るように玲海を見ている。

「燈……そのサイコさんって、前にあんたが言ってたやつだよね？　ネット上で質問すると、どこからともなく現れてその質問に答えてくれるっていう……」

「うん。わたしも今日学校に来て初めて知ったんだけど、森くん、昨日の夜にそのサイコさんをやったんだって。そしたらほんとにサイコさんが来て、森くんの本名とか住所とか全部言い当てちゃったみたいで……」

「でも、だからって何でこんな大騒ぎになってるわけ？　中学の卒アル写真が載ったりとか、いたずら電話が行ったりとか……それもそのサイコさんって人がやったの？」

「違うよ。森は前からネット上でも色んな人に噛みついて喧嘩を売ってたんだ。そのせいで嫌な思いをした人たちが、よってたかって報復に走ってる。森を吊るし上げて潰してやろうってね」

「そんな……！　それにしたって、こんなのやりすぎだよ！」

　宙夜の言葉を聞いた玲海は、まるで自分が矢面に立っているかのように悲鳴を上げた。その瞬間クラスがしんと静まり返り、皆の視線が宙夜たちに集まってくる。

……だから場所を変えようと思ったのに。ままならない現状に、宙夜は内心ため息をついた。

　少なくとも現状、蒼太のことを話題にしている生徒たちは皆この状況を面白がっている。真面目に同情しているのはたぶん玲海くらいだ。

　その状況下であからさまに蒼太を庇うような言動をすれば、間違いなく玲海の立場も悪くなる。学校では個人の意思などさほど重要ではなく〝いかに多数派と同調するか〟が重視されるのだ。多数派に迎合しない者はすなわち〝異端〟とみなされ、大抵の場合爪弾きに遭う。

　そして玲海は今、まさしくその〝異端〟として皆に認識されようとしていた。蒼太の件を面白がっている生徒たちは、こんなに楽しいイベントに何故水を差すのかと玲海の言動に不快感を覚えたはずだ。このままここで話を続けるのはまずい。そう思った宙夜は改めて玲海たちに帰宅を促そうとした——が、そのときだ。

「佐久川さん」

と、そこで宙夜は異変に気づき、並んだ机の最後列に座る凛子を呼んだ。

呼ばれた凛子がぎょっとしたように顔を上げる。何故そこで自分を呼ぶのか、という顔だ。

だが宙夜は見ていた。凛子は最近の彼女にしては珍しく、それまで玲海や燈の話に聞き入っている様子だったのに、突然手元に目を落とし、机の下で何かをいじり出したのだ。

その〝何か〟は言うまでもなくスマートフォンだろう。そしてそのスマートフォンを覗く凛子の目に危うい好奇の色があるのを、宙夜は見抜いた。

「サイコさんは確かに当たるみたいだけど、興味本位で調べたりしない方がいいよ。一度詳しく知っちゃうと、きっと自分もやってみたくなるだろうから」

「な……何よ、突然？」

「今、調べようとしてたでしょ、サイコさんのこと」

「は？　そ、そんなの調べようとしてないし！　ていうか人のスマホ勝手に覗かないでよ！」

「覗いてないよ。そもそもこの位置から佐久川さんのスマホが見えるわけないと思うけど」

いつもと変わらぬ口調で宙夜が言えば、凛子の頬がたちまちカアッと上気した。

その反応を見るに、やはり図星だったのだろう。以前燈がサイコさんの話題を出したときも凛子は興味を示していたようだし、今回の件で本格的に調べてみようと思うのは無理もないことだ。

しかしただ調べるだけならいいものの、今の凛子にはそれを実践しかねない危うさがある。

「森のこともあったばかりだし、何か悩みがあるならちゃんと〝人間〟に聞いてもらうべきだと思う。サイコさんはやめた方がいい」

「そうなの、凛子？」

話を聞いていた玲海が、ぱっと不安げな表情をして凛子の方を向いた。

恐らくこのまま凛子がサイコさんに手を出して、蒼太と同じような目に遭うことを危惧したのだろう。玲海は体ごと凛子に向き直ると、彼女に歩み寄りながら言う。

「なんか悩み事があるなら聞くよ？　テスト期間中だからとか、そんなの気にしなくていいし」

「い、いや、別に……大丈夫、そんな大したことじゃないし……」

「でも、話せばスッキリするかもしれないじゃん？　ずっと一人で溜め込むより――」

「――だからいいって言ってるでしょ！　ほっといてよ！」

にわかに凛子が声を荒らげ、玲海が驚いたように肩を震わせた。ひそひそとざわめきが戻り始めていた教室は再び静まり返り、皆の視線が今度は凛子へと集まっていく。

「あ……」

明るい茶色に染められた前髪の下で、凛子の瞳が戸惑いに揺れた。

かと思えば彼女は素早く席を立ち、机の上に視線を泳がせながら言う。

「ご、ごめん……ほんと、何でもないから。あたし、帰るね」

言うが早いか、凛子は自分の鞄を引ったくるようにして教室を飛び出した。いつもなら玲海か燈が呼び止めているところだが、二人も凛子の豹変ぶりに面食らったのか硬直して声も上げない。

凛子の足音が次第に遠ざかっていくのを聞きながら、宙夜はわずかに眉を曇らせた。

クラスメイトたちのざわめきが、再び教室を満たし始めている。

●
●
●

他にどこへ行けばいいのか分からなくて、ひとまずトイレに飛び込んだ。

一番奥の個室に入り、荒々しく扉を閉める。古くて臭くて決して居心地がいいとは言えない学校のトイレは、幸いにして今は無人だ。凛子はそこで閉めたばかりの扉に背を預けながら、込み上げてくる嗚咽（おえつ）を殺そうと唇を噛み締めた。

感情のやり場がなくて、きつく前髪を握り締める。パーマとカラーリングのしすぎでぱさぱさに傷んだ可愛いげのない髪だ。その乾いた感触を派手なネイルの指先で確かめながら、まるで今のあたしみたい、と心の中で自嘲する。

けれどそんな自虐は何の慰めにもならなくて、凛子の目からはついに涙が零れ落ちた。

自分が情けない。このぱさぱさの髪も、無理矢理二重にした瞼（まぶた）も、余裕がなくて親友に当たり散らしたこの口も。とにかく醜い。嫌い。そういう負の感情が溢れて止まらない。

苦しい。つらい。助けて。

「圭介（けいすけ）……」

白い制服のポケットから、縋（すが）るような思いでスマートフォンを取り出した。ギラギラ光る宝石みたいなシールで手当たり次第デコレーションした、目が痛くなるようなスマートフォンだ。

そうして開いたのは毎日嫌というほど目にしているＬＩＭＥのアプリ。迷わず個別トークの画面を開いてみるが、やはり新着のメッセージは一つもない。

それでもずらりと吹き出しが並んでいるのは、凛子が今も毎日メッセージを送り続けているからだ。しかしやはり、最近の投稿には〝既読〟の文字すらついていない。

「なんで……」

笑いたくなるほど掠れた声で凛子は呻いた。途端にまた涙が溢れ、ぼろぼろと零れ落ちていく。

頭を抱えて、崩れるように座り込んだ。先程玲海にぶつけてしまった怒声が耳の中で反響している。

――あんなつもりじゃなかった。ただ玲海たちに本当の自分を知られるのが怖かった。それだけだった。なのにあんな言い方をするなんて。

これで自分はあの二人にも捨てられた。初めてできた、たった二人の親友にさえ。

そう思うと、涙が溢れて止まらなかった。自分が憎くて仕方なかった。

「ほんとどうしようもないわ、あたし……」

懺悔のような呟きが、タイル貼りの床に落ちて砕け散る。けれどもそれを聞いていたのは、目の前で間抜けに口を開けた洋式の便座だけだ。

●　●　●

【オカルト☆ナイツ（4）】　《7／2（木）》
みっつん：『あの……すみません』2:11
みっつん：『誰かいませんか？』2:19
みっつん：『お願いレスして』2:26

ハルマ：『みっつんさん、こんばんは。どうかしましたか？』2:38
みっつん：『ハルマさん助けてください』2:39
みっつん：『なんか変です』2:39
みっつん：『怖い』2:40
ハルマ：『みっつんさん、落ち着いて。何かあったんですか？』2:41
みっつん：『何か見てる』2:41
みっつん：『隙間からこっち見てるんです助けて』2:42
ハルマ：『サイコさんですか？』2:44
みっつん：『分からない』2:45
みっつん：『怖い怖い怖い怖い怖い怖い怖い怖い怖い怖い怖い怖い怖い怖い怖い怖い』2:46
やっさん：『ちょ、どうしたの？　大丈夫？』2:51
みっつん：『覗いてる覗いてる覗いてる』2:52
みっつん：『どうしよう怖い助けて』2:53
ハルマ：『みっつんさん今どこですか？　自分の部屋？』2:55
みっつん：『そうです。でもドアの隙間、誰かいる。見てる……』2:56
やっさん：『これ結構ヤバい感じ……？　てか麦さん来ねえし』2:58
ハルマ：『たぶん麦さんは寝てるんじゃないかと』3:00
ハルマ：『みっつんさん、布団の中とかに潜れますか？
もし本当にドアの外に何かいるなら絶対に目を合わせないで。
気づいてないふりをしてください』3:03

ハルマ　：『大丈夫ですか？』3:13
みっつん：『潜りました』3:17
みっつん：『でも怖い。お願い助けて……』3:18
やっさん：『いやいや、これシャレにならんて。何かの見間違いじゃ？』3:19
みっつん：『本当に何かいるんですよ!!　さっきもいきなり電話かかってきて……』3:21
ハルマ　：『電話？　誰から？』3:23
みっつん：『わからない非通知で』3:23
みっつん：『出たらかごめかごめの歌が聞こえて
　　　　　その後ろで女の人のうめき声みたいなのが』3:24
みっつん：『ウチ呪われたんですか？　呪い？』3:27
みっつん：『死ぬ。みんな死ぬ』3:31
ハルマ　：『みっつんさん、落ち着いて。
　　　　　自分の意思をしっかり持たないと持っていかれる』3:34
ハルマ　：『かごめかごめはまだ聞こえるんですか？』3:36
みっつん：『聞こえる。ずっと』3:36
みっつん：『消えない。なんで？』3:38
ハルマ　：『その歌を聞かないで、無理矢理でもいいから頭の中に自分の好きな歌を
　　　　　流してください。そのまま何も気づいてないふりをして眠れるならそのまま
　　　　　眠ってしまった方がいい』3:41
みっつん：『無理。寝たらまた夢見る』3:42

ハルマ：『この間言ってた井戸の夢ですか？』3:44
みっつん：『そう。はじめは暗くて見えなかったけどだんだん明るくなってきて
　　　　もうはっきり見えるんです。頭が潰れた男の人……』3:48
みっつん：『目玉が飛び出してこっちみてる。もういやだ』3:49
みっつん：『見たくない見たくない見たくない見たくない見たくない』3:50
みっつん：『なんでころすの？　どうしてころしたの？』3:51
みっつん：『ゆるさない』3:54
ハルマ：『みっつんさん、とにかく気を確かに』3:57
ハルマ：『今夜無事に乗り切れたらすぐにお祓いに行ってください。
　　　　できればお寺がいいですが近くになければ神社でも』3:59
ハルマ：『とにかく近所で一番有名な寺社に行ってきちんと相談してください』4:01
ハルマ：『できますか？』4:07
みっつん：『みなごろしだ』4:44

●　●　●

「――ごめんくださーい」

七月四日、土曜日。ジリジリと焼けつくような太陽の下、宙夜は玲海、燈の二人と共にとある民家の前にいた。見た目は古いがかなり立派な佇まいの、典型的な日本家屋。その玄関の横にはちょっと黒ずんだ木の表札が掲げられている――『森』と。

テスト期間が明けて初めての休日。宙夜は蒼太を見舞いに行く、と言い出した玲海の付き添いとして、初めて訪れる森家の外観をしげしげと眺めていた。蒼太の家は周囲を田畑と空き地に囲まれた一軒家で、敷地を区切る塀はなく開放的な前庭が広がっている。

庭と道路の境目には細い堀が設けられていて、さらさらと流れる水音が聞こえた。その堀と私道とをつなぐ石橋の向こうに一台のパトカーが停まっている。フロントガラスの向こうには制服姿の警官が二人。彼らは先程からじっとこちらの様子を窺っている。

どうやら蒼太が5ちゃんねるで騒ぎを起こしてからというもの、森家には悪戯目的でやってくる悪質な訪問者があとを絶たないようだった。それを取り締まるために、数日前からああして警官が張り込んでいるらしい。

当の蒼太はあの騒動以来、一度も学校に姿を見せていなかった。蒼太の名前や住所が晒された『サイコさんの噂』スレや『森蒼太をヲチするスレ』は誰かの通報によって削除されたものの、噂は今も一人歩きし、蒼太の個人情報と共にあちこちへ転載されて収拾がつかなくなっている。

そんな状況を黙って見ていられなくなったのだろう、テスト期間中もずっと考え込んでいる様子だった玲海は昨日突然「蒼太の家に行ってくる」と言い出した。玲海と蒼太はいわゆる腐れ縁で、少し前まで互いの家にもよく出入りしていたために、彼の家の場所を知っていたのだ。

「ごめんください。莇野ですけど――」

今日もセミロングの髪をポニーテールに結った玲海は、やや緊張した面持ちで目の前の引き戸を見つめていた。その手には白いビニール袋が下がっている。手ぶらで見舞いというのも何だからと、途中のコンビニで買った桃が二つ入ったものだ。

そんな玲海の後ろでは、いつもの赤いカチューシャの代わりに麦わら帽子を被った燈がうつむいていた。つば広の帽子にはカチューシャのものとよく似た花飾りがついていて、それがいかにも燈らしい。夏色の半袖シャツにデニムのショートパンツ、という家着と大差ない格好の玲海とは対照的に、よそゆきの袖なしワンピースを身につけた燈の姿は、普段の制服姿しか知らない宙夜にとって新鮮だった。もっとも露出された細い肩やサンダルを履いた足の白さに、眩暈のようなものを覚えはしたが。

「森くん、おうちにいないのかな……」

「いや、それはないと思うけど……一応そこに車もあるし」

不安げに呟いた燈を振り向いて玲海が言う。そうして彼女が示した先には、蒼太の両親のものと思しい車が二台停まっていた。

しかしそれを確認しても、燈はまだ落ち着かない様子でいる。彼女は、蒼太が学校へ来なくなったのは前日に平手を張った自分のせいではないか、と気にしてついてきたのだ。一方の宙夜は、

「それなら宙夜も一緒に行かない？　あんたはほら、蒼太のこと、嫌いかもしんないけどさ……一応、あのとき燈があんなことしたのはあんたを庇うためだったわけだし」

と、玲海から言われてついてきたのだが、実は誘われなくとも自分から同行を願い出るつもりでいた。何故なら宙夜には一つ、蒼太に確認したいことがある。

「――あっ……」

と、そのとき玲海が何かに気づいた様子で一歩あとずさった。見れば縦格子に嵌められた磨りガラスの向こうに、ぼんやりと白い人影が見える。

ほどなく控えめな音を立てて戸が開き、その隙間から一人の女が顔を見せた。たぶん蒼太の母

親だろう、四十代くらいの小柄な女だ。しかし表情がちょっと不気味なほどに暗く、一目で憔悴しきっていることが分かった。目鼻立ちからして若い頃はきっと美人であったろうに、今は目が落ち窪み、病人のように白い顔をしている。

「……あら？　あなたは……」

「こ、こんにちは！　お久しぶりです！」

「まあまあ……確か苅野さん、だったかしら？　昔よく蒼太と遊んでくれた……」

「は、はい。急に押しかけてきてすみません。あの、蒼太君は……？」

「ああ、あの子の様子を見に来てくれたの。暑いのにわざわざごめんなさいねぇ」

蒼太の母親は不安げな玲海の視線を受け止めると、土色の顔で力なく笑った。すっかりやつれきってはいるが、こうして見ると口元が蒼太によく似ている。

「蒼太なら今は部屋にいるけれど、良かったら上がっていく？」

「い、いいんですか？」

「ええ。お友達がお見舞いに来てくれたと知ったら、あの子も少しは元気になるかもしれないわ」

母親からそう声をかけられると、途端に玲海の目が輝いた。蒼太に会っていってもいい、と言われたのがよほど嬉しかったのだろう。「いいよね？」と言いたげに見つめられたので、宙夜は無言で頷いた。燈も異存はなかったようで、すぐに家の中へと招き上げられる。

「蒼太。蒼太、学校のお友達が来てくれたわよ」

蒼太の家は入るとすぐ目の前に一本の廊下が伸びていた。その廊下に寄り添うようにして木造の階段がまっすぐ二階へ続いている。

蒼太の母親はその階段の下から二階を見上げて呼びかけていた。どうやら蒼太の部屋は二階にあるらしい。が、返事らしい返事は何もなく、代わりに驚くほど近くから——恐らく庭の柿の木にとまっているのだろう——ジーという大きな蝉の声が聞こえてくる。

「まったく、本当に困った子だこと……皆さんも上がってきてくださる？」

母親は宙夜たちに人数分のスリッパを勧めると、先に立って階段を上り始めた。目の前の廊下同様丁寧に仮漆（ニス）が塗られ、ぴかぴかに磨き上げられた踏み板がスリッパの底で音を立てる。

三人がそのあとを追っていくと、階段を上がってすぐのところにある引き戸の前で母親が立ち止まっているのが見えた。恐らくはそこが蒼太の部屋なのだろう。

縦に木目が走った引き戸は夏だというのにぴったりと閉じられていて、母親が呼びかけてもぴくりとも動かない。

「蒼太、いい加減出てらっしゃい。あなた、そうやってもう何日引きこもってるの？」

「……」

「あなたを心配して苅野さんがお見舞いに来てくださったのよ。少しくらい顔を見せたらどうなの」

母親が向き合った扉の向こうは、不気味なほど静まり返っていた。その静けさと言ったら、本当にその先に蒼太がいるのかどうか怪しく思えるほどだ。部屋の中からは身じろぎの音一つ聞こえず、中に人がいる気配を感じられない。

「まったく、本当に困ったわ。あの子、火曜日からずっとこんな調子なの。食事は置いておけば食べるんだけど、部屋から一歩も外に出てこなくって……」

「一歩も、ですか？」

「ええ。おまけに〝幽霊が出た〟とか〝呪われた〟とか、ずっとそんなことを喚き立てて……どうしてこんなことになってしまったのかしら……」

——呪われた。疲れ切った様子で母親が告げたその言葉に、宙夜ははっと目を上げた。

母親は尋常でない息子の言動に困り果てているようだが、知りたかったのはまさにそれだ。宙夜はとっさに腹を決めると、困惑している玲海や燈を差し置いて前に出る。

「あの、ちょっといいですか？」

「はい？」

「蒼太君にどうしても確認しておきたいことがあるんです。ここから訊いてみてもいいですか？」

突然の宙夜の申し出を、母親も不思議に思ったのだろう。彼女はわずかに首を傾げると、「どうぞ」と言って戸の前を宙夜に譲ってくれた。そんな母親に礼を言って戸と向き合い、宙夜は一度深呼吸をする。嫌な汗が滲んでいた。しかし今聞いておかなければ、と気力を振り絞る。

「森。俺だ」

まず、短くそう呼びかけた。名前はいちいち名乗らなくとも、声だけで蒼太には分かるはずだ。

「お前、幽霊を見たんだって？　どんなやつだった？　女か？」

「……」

「〝呪われた〟ってどういうことだ？　もしかしてお前も井戸の夢を見るのか？」

「……」

「あるいは〝あの歌〟が聞こえるとか？」

その瞬間、確かに聞こえた。戸の向こう。部屋の中。何かが微（かす）かに動く音。

それは明確な人間の気配だった。

やはりこの向こうに蒼太はいる。宙夜がそう確信し、更に問い重ねようとしたときだ。

「——なんで……なんでお前がそれを知ってる？」

ひどく掠れた声だった。まるで大声を出しすぎて、喉が嗄れてしまったような。

だがそれは確かに蒼太の声だった。それに気づいた玲海たちが顔色を変えている。しかし宙夜がそちらを振り向くより早く、蒼太の声が更に言う。

「お前もあれをやったのか？」

「いや、俺は」

「あれは……あいつは一体何なんだよ!? なんで毎晩夢に出る!? なんでずっと同じ歌が聞こえる!? この歌、どうやったら消えるんだよ!! なあ!!」

ドン！ と何かが壁に衝突したような、激しい音と震動を感じた。その音に驚いた玲海と燈が跳び上がり、蒼太の母親も顔面蒼白になっている。

突然叫び始めた蒼太の声は、本当に気が狂れているようだった。恐怖、怯え、怨念、狂気——そんな感情がきつく束ねられて歪んだような、そんな声だ。

「なんで……なんでオレがこんな目に遭わなきゃなんねえんだよ!! 毎晩毎晩スマホは電源切っても鳴り続けるし、家電も電話線抜いてんのに鳴り止まねえし!! 家のチャイムも、電池抜いてんのに必ず鳴るし……!! どうなってんだよ、何なんだよこれ!?」

「落ち着け、森。お前は——」

「これが落ち着いてられるかよ!! オレ、呪われたんだろ？ これが〝呪い〟なんだろ!? だったらオレももうすぐ死ぬのか!? あの女に殺されるのかよ!?」

「〝あの女〟……やっぱり……ってことは、これが〝サイコさんの呪い〟——」

――呪いは、やはり実在した。その事実を眼前につきつけられて、宙夜は一瞬愕然とした。

だからやめておけと言ったのだ。この都市伝説は危険だと。だがまさか、身近な人間がここまで立て続けに呪いにかかってしまうとは夢にも思わなかった。サイコさんの呪いの噂は比較的最近になって拡散され始めたもので、その対処法などは未だに明言されていない。

つまり呪いを解く方法が分からないのだ。たとえば『コックリさん』なら誰かに背中を三回叩いてもらえば憑かれずに済むとか、『口裂け女』なら「ポマード」と三回唱えればいいとか、そういう類の解決法が、この都市伝説にはまだ生まれていない。

「――おい。何だ、その〝サイコさんの呪い〟というのは」

そのとき突然床を這うような低い声が聞こえて、これにはさすがの宙夜もわずかに怯んだ。

驚いて振り向けば、先程宙夜たちが上ってきた階段の手前に誰かいる。

ちょうど蒼太の母親と同じくらいの年齢と思しい、中年の男だった。目の形や離れ方が蒼太にそっくりなところを見ると、父親だろうか。しかしその顔面からは血の気が引き、こちらを凝視したまま微かに震えているように見える。

「あ、あなた……！　ちょっと、何とかしてください。蒼太が……！」

「加代子、お前は黙っていろ。それより君。今、〝サイコさんの呪い〟と言ったな？」

「はい、確かに言いましたが……」

「そのサイコさんというのは何だ？　呪いというのはどういうことだ？」

「サイコさんというのは、最近若い人の間で流行っている都市伝説です。ある一定の儀式をしてからネット上の掲示板などに書き込むと、サイコさんと呼ばれる霊のようなものを呼んで質問に答えてもらえるという……だけど最近、そのサイコさんを実践すると呪われるという噂が流れていて、森……蒼太君も、先日そのサイコさんを……」

どこまで詳細に話していいのか分からないまま、宙夜はちらりと引き戸を一瞥しながらそう答えた。こんな話をしたところで、大人たちは恐らく真面目に取り合わない。それは宙夜にも分かっていたが、他に説明のしようがなかったからだ。

それでなくとも息子のことで深刻に悩んでいる二人にこんな話をしたら、馬鹿にするなと叱られるのではないかと思った。

が、意外なことに、宙夜が予想した叱声や嘲笑は上がらない。それどころか、

「〝サイコ〟……〝呪い〟……まさか、そんなことが……」

低く呻くような声が聞こえ、宙夜たちの間に動揺が走った。何故なら蒼太の父親が話を聞いて更に顔色を失い、ぶつぶつと何事か唱え始めたからだ。

その額には大量の汗が滲み、両の目は完全に焦点を失っていた。しかし彼はそのまましばし視線を泳がせていたかと思うと、突然くわっと目を見開き、青い顔で宙夜の両肩を掴んでくる。

「おい、君。そのサイコさんというのは誰が考えたんだ？　君たちの高校で流行っているのか？」

「い、いや……誰が最初にやり始めたのかは分かりません。ですがサイコさんはネットを介して、今じゃ全国的に広まっているんです。うちの学校に限ったことじゃありませんよ」

「だが、あの高校には」

と叫ぶように言って、しかしそこで唐突に父親は言葉を切った。かと思えば目を剥いて宙夜を見つめたまま、まるで出かかった言葉を押し殺すように唇を噛んで震えている。その形相はどう見ても異様だ。掴まれた両肩に爪が食い込み、宙夜は鈍い痛みに眉を寄せる。

「あ、あなた、一体どうしたって言うんです？　とにかく、まずはその手を離して——」

「――うるさい!!　お前は黙ってろと言ったろう!!」

それこそ気が違ったような父親の怒声が、家中に谺した。その声に跳び上がった玲海の手から桃の入ったビニールが落ち、夫に手を振り払われた妻も呆然としている。

「森さん、どうかなさいましたか!?」

刹那、階下から声がした。恐らく外にいた警官のものだ。怒声が外まで聞こえたのだろう。だがそこで父親もようやく正気を取り戻したように、ハッとして宙夜から手を離す。

「あ……す、すまなかった。私としたことが、少々取り乱したようだ」

「は、はあ……」

「加代子。申し訳ないが、彼らにはこのまま帰ってもらいなさい。これ以上余所様に迷惑はかけられない。蒼太のことは私たちで何とかする。だから君たちも、今日ここで見聞きしたことは忘れて――余計なことを調べたり、嗅ぎ回ったりしないように」

と、そこで最後に付け足された父親の言葉には、ぞくりとするような響きが込められていた。

それは明らかな警告。そして同時に、この父親が何か知っていることを示している。

だが今の状況でその秘密を聞き出し暴くことなど、宙夜たちにできるはずもなかった。父親は宙夜たちが黙り込んだのを見ると踵を返し、一階へ下りていこうとする。

「あ、あの！」

が、そこで果敢にも声を上げたのは燈だった。今まさに階段を下りようとしていた父親が足を止める。その背中に、燈が少しだけ緊張した面持ちで言う。

「あ、あの……すみません。帰る前に、ちょっとだけ森くんとお話ししてもいいですか……？」

父親は何も答えなかった。だがそれが肯定だったのだろう、そのまま前へ向き直ると無言で階段を下りていく。

「あ、あの、森くん？」

その足音がやがて一階の奥へ消えると、燈が部屋の前に立って意を決したように声をかけた。

「あ、あのね、この間はぶったりしてごめんなさい。あのとき森くんが宙夜くんに言ったことは、やっぱり許せないけど……でも、だからって森くんがこんな目に遭っていいなんて思ってない。だからね、えっと……玲海ちゃんもわたしも、森くんがまた学校に来てくれるの、待ってるね」

燈は今思いつく限りの精一杯の言葉でそう伝えたように見えた。返ってくる答えはない。

それからほどなく、三人は暇(いとま)を告げて蒼太の家をあとにした。

外に出て見上げると、蒼太の部屋のものと思(おぼ)しい窓には、分厚いカーテンがかかっている。

●
●
●

こちらを振り返りながら去っていく三人を、加代子は玄関先で見えなくなるまで見送った。

庭の木で蝉が鳴いている。白いブラウスの下に着込んだ下着が、夏の暑さと緊張からくる嫌な汗でじっとりと濡れていた。

――どうにもおかしい。何もかもがおかしい。何故こんなことになってしまったのか。加代子には分からない。

だが先程の様子からして、夫は何か知っているようだと加代子は思った。いつも冷静沈着でどこか冷たい印象さえ受ける夫があんな風に取り乱す様(さま)を、加代子は初めて目にしたのだ。

「あなた？」

その異変の原因をつきとめたくて、加代子は静々と、かつ足早に奥にある居間を目指した。

案の定、諭はそこにいる。茶の間の真ん中で座卓の傍に腰を下ろし、険しい顔で何もない壁の一点を睨みつけている。

だが加代子は、その膝に置かれた拳が微かに震えているのを確かに見た。

横顔は今も青白い。まるで夫まで何かに取り憑かれてしまったかのようだ。

「あなた」

「……」

「あなた」

「何だ」

呼びかけても返事がないので更に呼んだら、いかにも煩わしそうにされた。

加代子はその反応に少しだけむっとしながらも、努めて冷静な態度を取る。少なくとも今の夫が正気を欠いていることは確かなのだ。ならば妻である自分がしっかりしなくては。

「さっきのあれは、一体どうしたんです。子供騙しの怪談に、あんなに目の色を変えるだなんて」

まったくあなたらしくもない。加代子が目だけでそう告げると、横目でこちらを見ていた諭は拗ねた子供のようにふいと目線を逸らしてしまった。

それを見た加代子は「まあ」と、まるで幼子の悪戯を見咎めたような気分になる。今の諭の態度は幼い頃の息子にそっくりだ。蒼太も昔は何かばつの悪いことがあると、よくこんな風に口を尖らせて加代子と目を合わせようとしなかった。

「まさかあなたも信じているんですか。あの子たちの言っていたサイコさんとかいうのを」

「あれは信じる信じないの問題ではない」

吐き捨てるように諭は言った。その答えが加代子には意外だった。普段の諭ならそんなもの〝馬鹿馬鹿しい〟とすげなく一笑に付すところだ。

「あなた、一体何をそんなに怯えているんですか？　そのサイコさんというのは何なんですか？」

「お前はこの町の人間でないから知らないんだ。……いや、だがあんなものは知らない方がいい」

諭の口調はいつになく頑（かたく）なだった。その横顔を一筋の汗が垂れていく。

夏の暑さによる汗だとは思えなかった。何せこの居間はもう何時間も前から冷房が効いていて、すっかり暑さとは無縁の空間となっている。

「とにかく蒼太のことは私が何とかする。葦田彩子（あしたさいこ）については調べるな。調べたら最後――お前もあの女に見つかるぞ」

加代子にはやはり、夫が何を言っているのかよく分からなかった。ただ一つだけはっきりと分かったのは、それきり黙り込んだ夫の横顔に、死を覚悟したような悲壮の色があることだけだ。

●　●　●

そろり、そろりと、足音を忍ばせて奥へ進んだ。

そこそこ小綺麗な二階建てのアパート。その二階、左から二番目の部屋。

時刻はまだ午後三時過ぎだというのに、部屋の中はずいぶんと薄暗かった。

開け放たれたリビングのドアの向こうに、カーテンの引かれた掃（は）き出し窓が見える。そのカーテンを透かしてうっすらと差し込む夏の陽射しが、思わず眉をひそめたくなるようなリビングの惨状を照らしていた。

床は今日もゴミだらけ。散らかっているのはほとんどが酒の空き瓶か空き缶だ。とにかく汚い。が、それを片付けようという気が残念ながらあの人にはないし、凛子にもない。

それにしてもまったく最悪だと、凛子は内心舌打ちした。よりにもよって学生手帳を忘れて家を出るなんて。最近のネットカフェはどこも規制が厳しくて、あれがないと入れない。

かと言ってこんなに早い時間帯から一人でカラオケに籠もってもやることがないし、買い物で時間を潰そうにもお金がなかった。今月もぴったり五万円、他県で再婚した父から小遣いが振り込まれていたが、それは大事に切り詰めて使わなければならない。何せもうすぐ夏休みが始まる。

この家に愛着も居場所もない凛子は、一ヶ月近い夏休みのほとんどを今年も外で過ごさなければならなかった。きっと外泊も増えるから、できればお金はあまり使いたくない。

父は一応責任を感じているのか、この家にいるのが嫌なら自分のところへ来ればいいと言ってくれたけど、凛子はそれを断った。

中学生の頃、その言葉を信じて一度だけ父のもとを訪ねたとき、再婚相手から向けられたゴミを見るような目が忘れられないのだ。あの目で再び見下ろされるのが恐ろしくて、凛子はもう二度と父のところへは行かないと誓った。

そう。これまでもこの先も、自分は一人で生きていくのだ。

そのために今日も慎重に足音を忍ばせて、凛子は空気のふりをする。

玄関からリビングまでまっすぐに伸びた廊下。その途中にあるドアの前で、凛子の緊張はピークに達した。ぴったりと閉じられたドアの向こうからは、古いスプリングが軋む音と、大袈裟すぎるくらいよく響く喘ぎ声。吐き気がする。

けれどここで立ち止まっては駄目だ。凛子は自分にそう言い聞かせながら、早鐘になる胸を押さえてリビングに入った。ゴミの海をそろそろと渡り、左手奥にある襖へ。その先には四畳半の和室があって、そこが一応凛子の部屋ということになっている。

だけど中には母親の服や海から溢れたゴミが散乱していて、凛子がこの部屋で眠るのは母が仕事か情事で留守にしている夜だけだった。その部屋の片隅で肩身が狭そうにしている学生鞄に走り寄る。ポケットをあさり、学生手帳を取り出した。いつもは学校帰りにそのまま外泊することが多いから、身分証代わりであるこの手帳は学生鞄に入れている。

けれど今日は休日だからと、久々にお気に入りのトートバッグで出掛けようと思ったのがいけなかった。鞄の中身を入れ替えるとき、凛子はうっかり手帳を抜き忘れてしまったのだ。

でもこれでもう大丈夫。凛子は手の中の赤い手帳を胸に当て、ほっと安堵の息をついた。

それからまたそろりと立ち上がり、再び足音を忍ばせる。手帳はしっかりと肩から提げたバッグに入れた。あとはこの汚らわしい家から立ち去るだけだ。

幸いにして母親が凛子の帰宅に気づいた様子はなかった。スプリングの軋みは今も続いている。どうかそのまま夢中になっていてくれ。そう祈りながら、凛子はリビングを抜けようとした。

けれどもそのとき、ヴーッ、ヴーッと突然間近から音がして、凛子はビクリと跳び上がる。それがバッグに入れたスマホの鳴る音だと気づいたときにはもう遅かった。

驚いた拍子に、右足が近くの空き瓶に触れる。それがフローリングの床に倒れ、容赦なく派手な悲鳴を上げた。——まずい。

凛子の全身から血の気が引く。逃げようとか隠れようとか、そんなことを考えている余裕もなかった。ただただ頭の中が真っ白になって立ち竦み、バタン！　とドアが開く音を聞く。

蒼白になって見つめた先には、シミだらけの肌に黒いキャミソールをまとった女がいた。それが凛子の母親だった。母親はリビングの真ん中で立ち竦んでいる凛子の姿を見つけると、無言でつかつかと歩み寄ってくる。そしていきなり、「パンッ！」と凛子の頬を叩いた。その勢いがあまりにすさまじかったので、凛子は図らずもその場に尻餅をついてしまう。

「……お前、何やってんの？　オトコが来てるときは帰ってくんなって言ってんだろ！」

酒焼けした罵声。饐えたような汗と男の臭い。

胸焼けがした。再び吐き気が襲ってきて、凛子は母親を直視できなかった。

廊下で微かな物音がする。母親の寝室から顔を出した男が、じっとこちらを見つめていた。少し前からこの家に出入りしている、母より七つか八つ年下の男だ。その男の視線が舐めるように、絡みつくように自分を見ていることに気づいて、凛子はいよいよ吐き気を抑えきれなくなった。

弾かれたように立ち上がり、母親を突き飛ばしながら走り抜ける。後ろから怒声が追いかけてきたけれど、振り返る理由がなかった。そのまま男の目の前を横切って、玄関を飛び出していく。

「二度と帰ってくんな！」

言われなくてもそのつもりだ。

そもそもあのゴミ溜めを自分の家だと思ったことなんて、凛子はただの一度もない。

照りつける午後の太陽の下、凛子は走った。走って走って、息が切れるのも汗が飛び散るのも忘れて、叫び出したいような衝動を抑えるので精一杯だった。

蝉の声を振り切って地元の小さな駅に飛び込み、ちょうどホームへ滑り込んできた列車に走り込む。他の乗客たちがびっくりしたように凛子を見てきたが、そんなのはどうでも良かった。

プシューッと音を立てて扉が閉まり、列車がゆっくりと動き出す。凛子はその扉に背を向けて前屈したまま荒い息を整えた。滴り落ちてきた汗と一緒に涙が溢れて零れたが、どうせ誰も気づかない。体の内側が燃えるように熱かった。

このまま いっそどろどろに溶けて、この世から消えてなくなってしまえればいいのに、と思う。

凛子はそのまま列車に揺られ、天岡市を目指した。加賀稚町から天岡まではおよそ一時間。土曜だというのに車内の客足はまばらだ。

凛子は向かいに人がいない座席を選んで腰を下ろし、ぼんやりと窓の外を見つめて過ごした。いつもなら天岡駅に着くまでスマホをいじっているところだが、今日はそういう気分じゃない。

さっきバッグの中で鳴ったバイブの原因は、くだらないセールスメールだった。

相変わらず圭介からの返信はない。

「大変お待たせ致しました。終点天岡駅、天岡駅到着です」

特に何をするでもなく、ぼーっと座席に座っていたら天岡に着いた。重い体を引きずるようにして列車を降り、人波にまぎれてエスカレーターを上る。

天岡市は加賀稚町と同じ県にあるのが信じられないくらいの都会だ。駅の広さは加賀稚駅の五倍はあって、新幹線だって停まる。おまけにとにかく人が多い。加賀稚町では休日でも人と擦れ違う方が稀なのに、土曜日の天岡駅は大勢の利用客で溢れ返っているのが常だった。

凛子はその人混みの中を空気のように擦り抜け、行きつけのネットカフェを目指す。個室に入るとスマホを充電器につないで放置し、パソコンをつけて動画サイトへ飛んだ。家に帰らない日はここでネット配信されている映画やドラマを眺め、適当に時間を潰すのが日課なのだ。

凛子はあまり座り心地がいいとは言えない椅子に座って、数時間をそこで過ごした。頭にすっぽりと被ったヘッドホンの奥で、これから別れ別れになる男女が泣きながら再会を誓っている。凛子はそれをまったくの無感動に——否、ひどく白々しいものとしてぼんやりと聞いていた。

話の内容が頭に入ってこない。この手のドラマはもう見飽きた。かと言って特に見たいドラマがあるわけでもない。やりたいことがあるわけでもない。行きたいところがあるわけでもない。

「……なんで生きてんだろ、あたし」

ぼーっとしながら呟いた言葉が、ヘッドホンの中で小さく響いた。しかしそれも泣き叫ぶ女の声に上書きされ、初めからなかったもののように消えていく。

下手くそな演技だ。凛子は軽く苛立った。このシーン、早く終わらないかな。そう思いながらうんざりした気持ちで画面を眺めていると、耳障りな女の泣き声に何か異質な音が混ざり始める。ヴヴヴヴ、ヴヴヴヴ、というノイズのような音だった。スピーカーが壊れたのかと思い、一度ヘッドホンを外してみる。だがその音はスピーカーから聞こえてきたものではなかった。

机の片隅に置かれたスマホの画面が点灯している。誰かからメールが届いたようだ。

どうせまた迷惑メールの類だろう。内心ため息をつきながら、それでも一応手を伸ばした。投げやりに画面をタップし、受信メールフォルダを開く。その瞬間、息が止まった。

未開封メール一通。差出人——千賀燈。

刹那、凛子の胸中を支配したのは喜びではなく恐怖だった。燈。動揺して玲海を怒鳴りつけてしまったあの日から、一言も口をきいていない。

きっと彼女も玲海も自分に幻滅しただろう。そう思うと恐ろしくて、今日まで二人を避けてきた。なのにその燈からメールが届いた。いつものようにＬＩＭＥのトークではなく、メールが。

中には一体どんな罵倒の言葉が並んでいるのだろう。そう思うと恐ろしくて、スマホを持つ左手が震えた。けれどこのままどっちつかずの気まずい関係を続けるくらいなら、いっそキッパリ絶交してもらった方がいい。

凛子は恐怖で胸がぎゅうっと締めつけられるのを感じながら、震える指でメールを開いた。

メールの件名は『こんばんわ』。その下に本文が続いている。


凛ちゃん、テストお疲れさま(^_^)v　昨日の生物のテスト、どうだった？

わたしはもうだめかもしれない……テスト前に宙夜くんから教えてもらったところはできたんだけど、それ以外は全滅だよ~。。(。PД`。)。。

あ、ところで今日は玲海ちゃんと宙夜くんと三人で、B組の森くんの家に行ってきました。みんなでお見舞いに行ったんだけど、森くんには会えなかったよ……しかもおまわりさんには睨まれるし、森くんのお父さんにはちょっと怒られたし、なんだかショック(/_;)

でも、わたしより玲海ちゃんの方が落ち込んでて心配だよ……宙夜くんがいっしょだから大丈夫だと思うけど、大丈夫だといいな。

凛ちゃんの方は大丈夫？　ＬＩＭＥも更新してないみたいだから、ちょっと心配でメールしました。

あのね、こないだのことなら玲海ちゃんもわたしも怒ってないよ。あと宙夜くんが凛ちゃんに謝っといてって言ってた。凛ちゃんがあんな風にびっくりしちゃったのは自分のせいだからって。

でもね、本当は宙夜くんも悪くないの。悪いのはわたしなの。わたしね、前の日に凛ちゃんのこと宙夜くんに相談しちゃったんだ。最近凛ちゃんが元気ないみたいだから心配なのって。
　だから宙夜くんも凛ちゃんのこと気にしてくれたんだと思う。わたしがあんなこと言ったせいだね。ごめんね。
　あと、宙夜くんには凛ちゃんが自分で話したいと思うまで待った方がいいよって言われたんだけどね。やっぱりわたし、凛ちゃんのことが心配です。凛ちゃん、最近ときどきすごく悲しそうな顔してるから、なにかあったのかなって気になっちゃって。わたしじゃなんの役にも立てないかもしれないけど、悩みごとがあるならいつでも聞くから……
　だからもし凛ちゃんがだれかに話したいなって思ったら、そのときは遠慮しないで声かけてね。わたしも玲海ちゃんも、待ってます。
って、なんだか長くなっちゃった～(=o=;)　変なメール送ってごめんなさい(>_<)
　あのねあのね、昨日までテストだったからガマンしてたんだけどね、わたしも凛ちゃんに聞いてほしいことがいっぱいあるの!!　宙夜くん、今日もかっこよかった……(>_<)
しかも宙夜くん、私服だったんだよ!!　凛ちゃんにも見せてあげたかったよ!!
　玲海ちゃんは毎日あんな宙夜くんを見てるのかなぁ？　あ～ん、うらやましい(;O;)
　このままだと一人で悶々としちゃいそうだから、よかったらまた今度お話聞いてね(T_T)
あかりより

　パタッと、水滴の落ちる音がした。

　やがてそれはパタパタと、駆け足になる雨のように繰り返しスマホの画面を濡らしていく。

　凛子はすっかり濡れてしまった画面を額に当てて、体を縮めて泣きじゃくった。もちろん声を上げたりはしない。でも本当は、母親に甘える子供みたいにわんわん泣いてしまいたかった。

自分はなんて馬鹿なんだろう。燈も玲海も、あの二人が自分を裏切ったりするはずがないのに、信じられなくて疑ってしまった。

二人が自分を心配してくれていることは、分かっていたのだ。でも母親のことも圭介のことも二人には言えなかった。自分があんな母親から生まれたことや、ナンパから始まった男と付き合っていたことを知ったら、今度こそ二人に幻滅されてしまう。そう思うと恐ろしくてたまらなかった。二人が離れていってしまうのが怖かった。

なのに燈は、そんな醜い自分のことが心配だと言う。打算でもお世辞でもなく、ただ友達として心配だと。そしてそれはきっと玲海も同じだ。あの二人はそういう人間だ。

凛子もそれを分かっているから、本当は話したい。何もかも全部ぶちまけて、楽になりたい。受け止めてほしい——でも、やっぱり受け入れてもらえなかったら？　汚らわしい売女の娘だと、だからあんな男にもほいほいついていったのだと、軽蔑されてしまったら？

そうなったら今度こそ、自分は居場所をなくしてしまう。

「こんなこと言えないよ、燈……」

どうしたらいいのか分からなくて、凛子は泣いた。声を殺して泣きじゃくった。

二人と出会った日のことが頭をよぎる。入学当初からずっと他人を寄せつけず、一人でピリピリと過ごしていた凛子の肩を叩き、「一緒にお昼食べない？」と笑いかけてくれたあの日のことが。

たったそれだけの言葉が嬉しかった。叩かれた肩が熱かった。二人の笑顔が目に沁みた。

なのに最後の最後であの二人を信じ切れない。こんな薄情な女でも、二人は自分を親友と呼んでくれるのだろうか?

その答えを誰かに訊きたい。誰かに――

『――ねえねえ、〝サイコさんの噂〟って知ってる?』

そのとき、凛子の脳裏に甦(よみがえ)った声があった。ふと手の中のスマホへ目を落とす。相変わらずギラギラとデコレーションでうるさいスマホの画面は、すっかり涙まみれになっていた。

凛子はその画面を薄いチュニックの生地でごしごしと拭う。ついでに滲んだ両目も拭って、ホーム画面に舞い戻る。そこからインターネットブラウザを開き、大手検索サイトへ飛んだ。

テキストエリアをタップする。

『サイコさん　やり方　まとめ』

●　●　●

【オカルト☆ナイツ(4)】　(7/5(日))
みっつん:『来た』2:14
みっつん:『また来た』2:21
みっつん:『誰かいませんか?』2:26
みっつん:『おねがいたすけて』2:28
みっつん:『またあの人』2:40

みっつん：『見つかる』2:43
みっつん：『今度こそ見つかる』2:44
みっつん：『ああああああああああああああああああああああああああああああああああ』2:53
みっつん：『撮れた』2:57

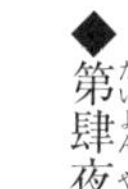

◆第肆夜(だいよんや)

日曜日。午前十時を回った頃に目覚めた宙夜は、スマホの画面を見て眉をひそめた。

黒い瞳に映ったのはＬＩＭＥのグループトーク画面。そこには宙夜が眠っている間に投稿されたらしいトークがずらりと並んでいる。

投稿主のハンドルネームは『みっつん』。そのトーク内容は明らかに常軌(じょうき)を逸していた。日に日に様子がおかしくなっているとは思っていたが、ここまで来るともう冗談では済ませられない。

「昨日お祓いに行ったんじゃなかったのか……」

胸に苦いものが込み上げてくるのを感じながら、宙夜はベッドの上に体を起こした。カーテンが引かれた窓の外では、今日も景気良く蝉が鳴いている。暑い。宙夜はベッド脇に置いてある白い扇風機のスイッチを入れて、汗ばんだ体に生温い風を当てながら再びスマホへ向き直った。

『オカルト☆ナイツ』。現在宙夜が眺めているそのグループは、宙夜を含む四人のオカルト好きがＬＩＭＥ上で結成したものだ。グループ内での宙夜のハンドルネームは『ハルマ』。他に『みっつん』、『やっさん』、『麦』という三名がいるが、宙夜はこの三人と直接会ったことはない。彼らはブログ型ＳＮＳ――nixiのオカルトコミュニティで知り合ったメンバーで、そちらで話しているうちに意気投合し、互いにＩＤを交換し合ってＬＩＭＥに場所を移したのだった。

だがここ数日、メンバーの一人であるみっつんの様子が明らかにおかしい。彼女は数日前に蒼太と同じ〝サイコさん〟をグループ上で実践し、本来であれば招待されたメンバー以外書き込めないはずのグループトークに『.egd/B』と名乗る謎の人物を呼び出したのだ。

一体『.egd/B』なる人物がどうやってグループトークに割り込んできたのかは分からない。だが『.egd/B』はトークの中でみっつんが投げかけた質問に悉く答えた。彼女の性別、誕生日、血液型、二日後に発売される大好きなバンドのコンサートチケットが買えるかどうか……

そして『.egd/B』の返した答えはすべて、恐ろしいまでに的中した。『.egd/B』はみっつんの個人情報を一つも外さずに言い当て、しかも彼または彼女が「必ず手に入る」と予言した例のコンサートチケットは、果たしてみっつんの手に渡った。『.egd/B』が巷でサイコさんと呼ばれる存在であることは、その時点でメンバー全員が確信した。

だがサイコさんを三回呼び出したあたりから、みっつんの身の回りで異変が起き始めた。みっつんは深夜に怯えたメッセージを投稿するようになり、言動は日増しに正気を失っていった。

そして昨夜のこれだ。宙夜は明るい配色の画面に黒々と浮かび上がったその写真を見て、息を詰めることしかできなかった。

みっつんが〝撮れた〟という書き込みと共に投稿したそれは、真っ黒な眼窩を晒し、髪を振り乱した白い顔の女の写真——

(——サイコさんの、呪い)

最近ネットでよく見かけるその言葉が、嫌でも宙夜の脳裏をよぎった。グループ内でも特にオカルト好きのみっつんが、単なる悪ふざけをしているという可能性もないわけではない。

だがそれにしてはいくら何でも趣味が悪すぎるし、彼女の投稿したメッセージからも悪ふざけでは済まない何かを感じた。ここ数日の彼女のメッセージはあまりにも狂気じみている。おまけに昨夜彼女が貼りつけていった女の写真からは、生きた人間の気配をまるで感じられなかった。

（このままじゃ本格的にまずいな……）

　昨日の蒼太の様子から考えても、やはりサイコさんはただの都市伝説ではない。そう思った宙夜は素早く画面を操作し、ブラウザのブックマークから『5ちゃんねる』へ飛んだ。

　目当ては言うまでもない。『サイコさんの噂』スレだ。六日前に蒼太がサイコさんを実践したときにはＰａｒｔ49だったスレッドは、今や56までその数字を伸ばしている。

『なあ、聞きたいんだけど、サイコさんの呪いの解き方誰か知らない？』

　今夜は誰がサイコさんをやるか。そんな話題で盛り上がっていたスレッドに、宙夜は流れを読まず率直に書き込んだ。

　ちなみに宙夜が5ちゃんねるへの書き込みをするのはこれが初めてだ。いつもはＲＯＭ（ロム）専と言ってスレの内容を眺めるだけなのだが、ここまで来たら背に腹は代えられない。

　今はとにかくサイコさんに関する情報が欲しかった。みっつんのことにしても蒼太のことにしても、既にアレはただの作り話だと笑い飛ばせるような状況ではなくなっている。

　だがそんな宙夜の状況は、当然ながら画面の向こう側には伝わらなかった。宙夜の質問にはすぐにいくつかのレスがついたものの、どれもこれもからかい半分でまともなレスなど一つもない。

　画面の更新とスクロールを繰り返しつつ、宙夜は小さく舌打ちした。元から5ちゃんねるの住人に期待などしていなかったものの、案の定役に立たない。

　その中で唯一、『そんなに知りたいならサイコさんに訊けば？』というレスが目を引いたが、恐らくそれは無理だろうと宙夜は思った。何故ならみっつんが三回目にサイコさんを呼び出したとき、彼女はサイコさん自身のことについていくつか質問を飛ばしたのだ。

　ところが質問の内容が自身のことに及ぶと、サイコさんはぱったりと回答をやめた。そのあとみっつんが再びＬＩＭＥに呼び出そうと試みても、サイコさんが現れることは二度となかった。同じような試みが過去に5ちゃんねるで為されたことも宙夜は知っている。しかしその成果はいずれも虚しく、サイコさんの謎が解けることは決してなかった。

だから恐らく、サイコさんは自分に関する質問には答えない。そういう確信が宙夜にはあった。ゆえに宙夜は仕方なく5ちゃんねるを離れ、検索サイトを使って様々な方向から検索をかけてみる。サイコさん、呪い、解き方、解呪、お祓い、除霊……

スマホの右上に表示された時間だけが刻々と過ぎていく。しかしやはり「これだ」と思える情報は見当たらず、宙夜はため息と共に前髪を掻き上げた。

宙夜と同じように呪いの解き方を求めるウェブ上の書き込みは、ある。それはごく少数だったが質問サイトや個人のブログに投稿されたもので、恐らくみっつんや蒼太と同じ状況に置かれている――あるいは置かれていたと思しい人物による書き込みだ。

だがその手の質問は質問サイトではオカルト否定派の回答者に一笑に付され、ブログの投稿にもこれといった解決策は明示されていなかった。気になるのは、それらの質問主やブログ主のその後だ。試しに質問サイトにおける質問主のＩＤやブログの更新を辿ってみると、例の質問を投稿したあと、彼らはまるで示し合わせたようにぱったりと消息が途絶えていた。

彼らがどうなったのか、それを確かめる術はない。もしかしたら単にネットに対する興味を失い、更新を放棄しただけとも考えられる。

だが、この偶然と呼ぶにはいささかできすぎた符合をそれだけのことと片づけてしまっていいのだろうか。加えて宙夜の気を引いたのは、問題の質問やブログに記された奇妙な共通点だった。

――サイコさんを呼び出してから、何故か毎晩同じ夢を見る。

――夢の中では深い井戸の底に閉じ込められ、そこに上から人が降ってくる。

――童謡『かごめかごめ』が頭から離れない。

宙夜の背筋を冷たい汗が流れた。どれもこれもみっつんや蒼太が呪いの症状として訴えていたものと同じだ。とすれば、やはりこれはただの偶然ではない。

宙夜は形のない焦燥にジリジリと精神を焼かれた。ネット上だけの付き合いとは言え、これまで親しくしていたみっつんが呪いに取り憑かれて狂っていくさまを黙して見ている気にはなれなかったし、蒼太のことも放ってはおけない。

いや、本音を言えば蒼太のことはどうでもいいと思っているのだが、問題は玲海だ。蒼太にもしものことがあったら玲海はどうなる？　ただでさえ5ちゃんねるでの騒動や昨日の一件でショックを受け、まるで自分のことのように思いつめているというのに――

「――宙夜！」

そのとき突然、視界の端に何か朱いものが飛び込んできた。驚いて目を上げると、そこにはキャミソール姿の玲海がいた。

「玲海？　部屋に入るときは先に声をかけるようにって――」

「それどころじゃないよ！」

宙夜のささやかな抗議は、悲鳴のような玲海の声に蹴散らされた。鎖骨まで届く彼女の黒髪は珍しく結われておらず、それどころか寝起きのように乱れている。玲海が下着同然の姿で家の中を歩き回るのはいつものことだが、髪まで振り乱してやってくるというのはついぞないことだ。

「どうかしたの？」

「蒼太が……！」

尋ねた宙夜に答えた途端、玲海の目には涙が浮かんだ。そのままくしゃくしゃに歪んだ顔を両手で覆い、弾けた嗚咽（おえつ）の間から絞り出すように言う。

「蒼太が、昨日の夜、ご両親を殺して消えたって……！」


翌日登校すると、校門の前はマスコミのカメラでいっぱいだった。

さすがに全国ニュースになっているだけはあり、すさまじい競争率だ。マイクを手にした取材班は加賀稚高校の生徒と見るなり誰彼構わず目の色を変えて突撃していく。そのギラついた目の獰猛さたるや、まるで彼らこそ悪霊（あくりょう）か何かに取り憑（つ）かれているかのようだ。

「君たち、何年生かな？」

「部活は何部？」

「森蒼太君を知ってる？」

だから彼らには、昨日からずっと土気色（つちけいろ）の顔をして黙り込んでいる玲海の姿も血の滴る生肉にしか見えていない。彼らの仕事はその生肉にかぶりつき、食いちぎり、ズタズタに引き裂いて己の欲（せいぎ）を満たすことだ。

宙夜はそうしたけだものたちに冷ややかな一瞥を向け、無言で校門をくぐった。行く手に立ち塞がったカメラマンを避けもせずにぶつかり、相手が怯んだところで玲海の手を取り通り抜ける。

教室に入ると、すぐに全校集会だった。沈鬱（ちんうつ）な表情をした担任に促され、生徒たちは猛獣を恐れる草食獣のようにヒソヒソと蒸し暑い廊下を渡っていく。

蝉の声が降りしきる体育館では、こんなときしか存在感を示せない定年間近の校長が、しきりに額を拭いながら事件の詳細を語った。何のことはない、既に昨日の昼間から飽きるほど報道されているニュースの内容を反復しただけの実りのないスピーチだ。

事件の現場となったのは土曜に宙夜たちが訪ねた蒼太の家。そこで蒼太の両親である森諭と森加代子の二名が刺殺され、異変を察知して駆けつけた警官も刺された。

幸い警官は一命を取り留めたが、諭と加代子は全身を刃物でメッタ刺しにされ死亡。犯人は彼らの一人息子である森蒼太だと警官が証言し、地元住民の間には衝撃が走った。

警官を刺したあとの蒼太の消息は知れず、事件から一夜明けた今も手がかり一つない。

蒼太が突如として両親を襲った動機は不明。最近ネット上で起きた騒ぎに蒼太が関与していた形跡はあるが、いじめなどの事実はなかった——と、校長は掠れた声をマイクに吹き込んだ。

一限目の授業はその集会によって半分が潰れ、教室に戻るとすぐに休み時間だった。

ここ連日の快晴が嘘のように、スッキリしない空模様。夏の太陽は薄い雲の後ろに隠れ、しかしその不在を補うように教室内のざわめきは普段より熱を帯びている。

宙夜はその熱気を避けるように教室を出て、向かいにある廊下の窓がぴたりと閉じられているのを認めた。その窓の鍵を外し、思いきり横へ引く。ガラガラと派手な音が廊下に響いて、それがちょっとした合図になった。

「宙夜くん」

名を呼ばれ、宙夜は振り返る。そこには遠慮（えんりょ）がちにこちらを見つめる燈がいた。宙夜の意図を察して連れてきてくれたのだろう、隣にはうつむいたままの玲海もいる。

「玲海。早退する？」

青白い顔のまま、しかし玲海は首を振った。その顔色は今にも倒れてしまいそうに見えたが、彼女の態度は頑（かたく）なだ。

「学校に、いた方が……蒼太のこと、何か分かるかもしれないし……」

「何か分かれば連絡するよ。無理しなくても、どうせ今日はほとんどテストの答え合わせだし」

「それでも、いい。こんなときに一人で家にいたら、頭、おかしくなりそう……」

白いセーラー服の裾をぎゅっと握ったまま、玲海は普段の気丈さが嘘のような涙声で言った。

そんな玲海を見かねたのか、不安げな顔をした燈が寄り添うように玲海の手を握る。これは折れないな、と予感した宙夜は二人から窓の外へと視線を移し、人知れずそっとため息をついた。

「ねえ……蒼太がおかしくなったのは、やっぱりサイコさんのせいなの……？」

玲海が消え入りそうな声で言う。宙夜は一瞬その言葉に反応しそうになって、自分を宥めすかした。みっつんの件もあるため、その推測は宙夜の中でほとんど確信を帯びていたが、今ここでそれを肯定することが正解だとは思えない。

「宙夜、サイコさんのこと詳しいんでしょ？　だったらなんで蒼太があんなことになったのか、本当は色々知ってるんじゃないの？」

「いや……そこまでは俺も知らないよ。ただ、森が錯乱した原因の一つがサイコさんだってことは間違いないだろうけど」

「じゃあ、前に言ってたオカルト好きの知り合いは？　その人は何か知らないの？　ていうかサイコさんの呪いって何？　なんで蒼太があんなことに……！」

「玲海」

蒼太が起こした事件の衝撃と校内の狂騒とが相俟って、玲海はいよいよ心の均衡を失いつつあった。それを察した宙夜は改めて彼女に向き直り、やはり今日は早退するよう促そうとする。

だがその瞬間、カツンと甲高い音が廊下に響き渡り、生徒たちが驚いて振り向いた。

音が聞こえたのは宙夜たちの真横からだ。何事かと視線をやると、派手にデコレーションされたスマートフォンがすぐそこに落ちている。

そのスマートフォンの先に、黒いハイソックスと紅白の上履き。

三人がその上履きから視線を上げると、そこには真っ青な顔をした凛子が立ち尽くしている。

「り、凛ちゃん？」

トイレにでも行ってきた帰りだろうか。凛子は教室へ戻る途中にたまたま三人の傍を通りかかったという体でそこにいた。

だが明らかに様子がおかしい。彼女は日頃あんなに大切にしているスマホが硬い床に叩きつけられたところで微動だにせず、まるで一人だけ真冬に取り残されたように震えている。

「り、凛ちゃん、だいじょうぶ？　顔色が――」

「――〝サイコさんの呪い〟って……何？」

「え？」

「森があんな事件起こしたのが、サイコさんのせいって……どういうこと？　それ、マジなの？」

窓の外から聞こえる蝉の声が、不意に耳に突き刺さった。先週からあからさまに自分たちを避けていたはずの凛子の豹変に、玲海と燈は戸惑いを露わにしている。だが宙夜は彼女の言葉に腹の底がすっと冷えていくような感覚を抱いて、思わず口を開いた。

「佐久川さん……まさか、やったの？　サイコさん」

玲海が息を呑み、燈が目を見張って口元に手を当てた。凛子の震えがますます激しくなる。彼女からの答えはなかった。だがその沈黙と、憑かれたように足元を這う視線が何よりの答えだ。

「そんな、嘘……！　凛子、なんで！」

取り乱した玲海が凛子の肩を掴む。そのまま激しく揺さぶられ、凛子は唇をわななかせた。

しかしその唇から紡がれる言葉はない。いつもは紅いグロスが塗られて艶めいているはずの凛子の唇は、今は乾いて色を失っていた。

「なんであれをやったりしたの？　サイコさんはやらない方がいいって宙夜が言ってたじゃん！」

「だ、だって……あれをやったら頭がオカシクなるとか、知らなかったし……っ」

玲海に肩を掴まれたまま、辛うじて凛子は答える。その手が赤茶けた彼女の前髪に伸び、まるで恐ろしい空想が頭の外へ出てくるのを拒むように握り締められた。

「サイコさんの呪いって何？　あれをやるとみんな森みたいになるの？　なんかの冗談でしょ？　だって、そんなの、ありえない……！」

「確かにサイコさんをやった人、みんながみんなサイコさんの呪いにかかるわけじゃないよ。ほとんどの人はサイコさんの儀式を試しても失敗するし……呪いにかかるのは数少ない成功者のうちの、更にごく一部の人だけだ。ネットにはそう書かれてあった」

というよりそれは5ちゃんねるの書き込みから宙夜が独自に弾き出した答えだったが、今は情報の出所などどうでも良かった。そんなことよりも問題は、凛子がサイコさんの儀式を実践し、それにサイコさんが答えたかどうかだ。宙夜がそれを尋ねると、答えた、と、凛子は震えた。

「最初は、マジ、ただの冗談だろうと思って試したんだけど……そしたらほんとに、見たこともない名前の人がLIMEに返信してきて、あたしの誕生日とか、使ってる化粧品の名前とか……あと、今まで誰にも話したことないのに、あたしの初恋の人の名前とか、全部当てられたの」

「それじゃあ、サイコさんとそのやりとりをしたあとは？　何か変わったことは起きなかった？」

「か……変わったことって？」

「たとえば〝かごめかごめ〟の歌が聞こえたりとか……あとは変な夢を見たりとか」

「そういうのは、ない。ないけど、でも、それが聞こえたり見えたりしたらもうダメってこと？」

依然恐怖に湿った声で、凛子は縋るように宙夜を見つめた。その瞳が怯えで滲んでいるのを見て取った宙夜は、思わず顔を背けてしまいそうになる。だがここで目を逸らしたら、今度こそ凛子を絶望の淵に叩き落としてしまう、と、逃げ出したがる本能を無理矢理理性で捩じ伏せた。

「たぶん、歌が聞こえ始めたり、悪夢を繰り返し見たりするようになったらまずい。だけどそうなる前に対策を練れば、あるいは……」

「対策って？」

途端に女子三人の声が重なった。そんなに真剣な目をして三方から詰め寄られると、さすがの宙夜も後込みしてしまう。

「た、単純な方法だけど……厄除け、とか」

「厄除け？」

「そう。加賀稚駅から商店街とは逆方向に行った先に、桐月寺って名前の寺がある。あそこならちゃんとした厄除けを受けられるはずだよ」

「でも、それって効果あるの？」

「何もやらないよりはマシじゃないかな。実際、森があんなことになったあとだし……」

ためらいつつも宙夜が言えば、三人は揃って顔色を曇らせた。その中でも凛子の顔色だけが一段と悪い。足元のスマホを拾いもせず見つめた視線は揺れ動き、完全に焦点を失っている。

「――分かった。行こう」

そのとき、一際芯のある声でそう言ったのは玲海だった。

「行くって?」

「桐月寺。私も一緒に行ったげるから」

「れ、玲海も……?」

「うん」

弱々しく尋ねた凛子の手を、玲海が握った。そうして頷いた彼女の横顔からは、先程までの打ちのめされた気配が消えている。

「凛子、今日の放課後空いてる?」

「う、うん……空いてる、けど、でも……玲海、部活は?」

「部活なんかどうでもいいよ。それよりも今は凛子の方が大事。だから学校終わったら、一緒にそのお寺まで行こう。ね?」

——親友である凛子を守る。その思いが失意の底から玲海を奮い立たせたのだろう。きっぱりとそう言い切った彼女の横顔はいつものそれだった。

そんな玲海に見つめられた凛子の瞳から、みるみる涙が溢れ出す。涙は彼女のマスカラを溶かして黒く染まり、そのままぼろぼろと零れ落ちる。

「玲海……ごめん……ほんとに、ごめん……っ」

「なんで謝るの? こないだのことなら気にしてないって」

「でも、あたし、玲海と燈のこと……っ」

「いいんだよ、凛ちゃん」

「燈……」

「いいんだよ」

玲海が握っているのとは逆の手をぎゅっと握って、燈は凛子に微笑みかけた。そのやわらかな笑みを向けられた凛子は、更に顔をくしゃくしゃにして泣きじゃくる。何度も何度も謝りながら。

宙夜はそんな三人を前にして、居心地の悪さを感じながらも立ち去るような真似はしなかった。ただ凛子が落ち着くまでしばらく待っていようという気分になって、再び窓の外へと目を向ける。

宙夜の眼前を吹き抜ける風はやはり生温く、夏特有の湿り気を孕んでいた。

ふと目をやった先で、報道陣の一人がこちらを見上げていることに気づく。間違いなく目が合った。が、宙夜はにこりともせずにそれを無視し、遠い稜線へと視線を馳せた。


かくしてその日の放課後。宙夜、玲海、燈、そして凛子の四人は、加賀稚町の中心部にある桐月寺へと足を向けた。

「ねえ、宙夜。まさかとは思うけど、言い出しっぺのあんたが行かないなんてことはないよね？」

と、帰り際玲海に笑顔で釘を刺されたので、寺までの先導役は宙夜だ。

桐月寺は加賀稚町にある寺の中でも特に大きく、歴史の古い寺として知られていた。駅に近い繁華街に寺門を構えているにもかかわらずその敷地はなかなかに広大で、境内を囲む漆喰の塀がかなり先まで続いている。宙夜たちの実家は宗派が違うため中に入ったことは一度もないが、この町の人間で桐月寺を知らない者はいないだろう。それほどに由緒正しく、荘厳な佇まいの寺だ。

「すみません。厄除けをお願いしたいんですが」

門を入ってすぐのところにある小さな受付の前に立ち、窓越しに宙夜が言った。

正面に堂々と佇む本堂と同じ和様建築の受付の中には、白いシャツに半袖のカーディガンを羽織った五十がらみの女性がいる。こんな時期に、しかも地元の高校の制服を着た少年少女が四人連れ立ってやってきたのを見て女性は目を丸くしていたが、一方宙夜はその女性の隣、受付台の隅で腹を見せて寝ている三毛猫の大きさに驚いた。

「あらあら。その制服、あなたたち加賀高生？　ニュース見たわよ。何だか大変なことになってるみたいねぇ」

恐らく悪気はないのだろう、しかし出会い頭に今最も触れられたくない話題を振られた四人は一様に沈黙した。そうして気まずく視線を通わせれば、女性もさすがに察したようだ。それ以上は何も言わずにそそくさと居住まいを正し、寺の受付の顔に戻って言う。

「だけど厄除けってことは、ご祈祷を受けるのはそちらのお嬢さんたちかしら？　今年は数え年十八になる女性が前厄だから、あなたは違うわよね？」

「いや、僕たちはその、前厄払いに来たわけではなくて……ご住職に少し相談したいことが」

「まあ、住職に？　相談というのは？」

「彼女のことです」

言って、宙夜はさりげなく後ろに立つ凛子を示した。突然話を振られたせいか、あるいはこういう場に慣れていないせいか、女性の視線を受けた凛子は緊張したように姿勢を正している。

「その子がどうかしたの？」

「実は心霊関係のことで……できればお話だけでも聞いていただきたいのですが」

心霊関係、と宙夜が告げるや否や、女性はあからさまに眉をひそめた。高校生の悪ふざけ、と思われたのかもしれない。だがこれほど歴史の古い寺院なら、そういう相談は少なからずあるのだろう。女性は得心がいかない様子ながらも受付台の下から和綴じの台帳を一冊取り出し、それを開いて宙夜たちの前に差し出した。

「それじゃあこちらにお名前とご住所を書いてくださる？　その間に住職を呼んできますから」

宙夜は頷き、目だけで凛子を促す。当の凛子はまだちょっと戸惑った様子だったが、やがておずおずと進み出ると、女性が台帳と共に差し出したサインペンに手を伸ばした。が、そのときだ。

「――ギニャーッ!!」

突然窓の向こうで奇声が上がった。その声に驚いた一同はぎょっとして目を見張る。

すさまじい声を上げたのは、女性の傍らで腹を見せて眠っていたあの三毛猫だった。丸々と太ったその猫はにわかに跳び起きるや山を描くように背を丸め、「フーッ！」と威嚇の声を上げている。

その怒りに燃えた眼(め)が見据える先には、凛子がいた。三毛猫はまるで天敵を前にしたかのように牙を剥き、耳を伏せて獰猛な唸りを上げている。受付台に置かれたペンに手を伸ばそうものなら、今にも爪を出して飛びかかってきそうな剣幕だ。

「こ、こら、福丸(ふくまる)！　どうしたの、急にそんな声出して……」

それを見た受付の女性が狼狽し、猫を受付台から下ろそうとした。が、福丸と呼ばれた三毛猫はそれさえも拒んで激しく暴れ、野生を剥き出しにした鳴き声を上げている。

これには女性も怯んだようで、扱いに困った様子であとずさると、

「と、とにかく今、住職を呼んできますからね」

と言うや否や、裏口から逃げるように駆け去った。残された宙夜たちはますます困惑するしかない。猫はなおも瞳孔を開いてこちらを威嚇しているし、これでは記帳なんてとても無理だ。

「な、何なの、この猫……かわいくない……」

「……佐久川さんって、よく動物に嫌われる？」

「は？　そ、そんなの知らないし！　ていうかこれ、あたしが悪いの？」

「間接的には、そういうことになるのかも」

猫の方を見ながら独白のように宙夜が言えば、凛子はまったくわけが分からないといった顔で見返した。

だが宙夜は、なおも威嚇を続ける猫の瞳から目を逸らさない。その金の双眼は先程からずっと凛子を見ているように見えるが――果たしてその目に映っているのは、本当に凛子なのか。

それからほどなく、先程の女性が本堂の方から駆け戻ってきて、手招きしながら宙夜たちを呼んだ。結局記帳はできなかったが、どうやら住職には会わせてもらえるようだ。四人は連れ立って本堂へ上がり、奥にこの寺の本尊と思しい仏像が安置された板の間で待たされた。

「お待たせしました」

住職が現れたのは、それから四、五分ほどあとのことだ。紫の袈裟に身を包み、手に数珠を携えた住職が目の前にやってくると、玲海などは緊張したように背筋を伸ばしている。

桐月寺の住職は齢五十五、六歳ほどの、穏やかな目をした男だった。頭を下げた宙夜たちの前に腰を下ろす所作はゆったりとしていて、どこか優雅ささえ感じさせる。これが悟りを開いた僧侶の物腰か、などと思いながら、宙夜たちはまずそれぞれ自己紹介をした。

「それで、どうも何か、心霊関係のことでお悩みのようだね」

と、住職は落ち着き払った声で言う。開け放たれた板戸の向こうからは濃くなっていく西日と共に蝉の声が降り注いでいたが、住職の声は物静かでいながらはっきりと宙夜たちの耳に届いた。

「はい。実は……どこまで信じていただけるか分かりませんが……」

「何でも構いません。困ったことがあるなら遠慮せずにお話しなさい」

そう言って微笑む住職の目には、若人をいたわる長者のおおらかさがある。それを見た凛子が腹を決めたように見つめてきたので、宙夜も頷き、皆を代表して口を開いた。

「ご住職は、昨日うちの高校の生徒が起こした事件をご存知ですか？」

「ええ、もちろん存じておりますとも。何しろ森さんのお家は、何代も前からうちの檀家様でいらっしゃいますから」

「本当ですか？」

「はい。今はご遺体が警察の方に行っていますので、葬儀はこれからですが、いずれにしても当寺が引き受けることになると思います。何とも痛ましいことです」

住職の口調は変わらず穏やかだったが、ふと伏せられた瞳には確かな憂いと翳りがあった。代々寺の檀家として誼を結んできた家の者があのような事件に巻き込まれたというのは、彼としてもいたたまれないだろう。しかしもし蒼太の両親とこの住職が知り合いであったなら——

そこで不意に一つの推測が浮かび、宙夜は一度本題を脇に置いて言う。

「あの、ではご住職は、亡くなられた森諭さんとはお知り合いで？」

「ええ。私も子供の頃は森さんのご亡父にたいそうかわいがっていただきましてね。そのご縁で、森さんとは何かと懇意にしていましたよ」

「それじゃあ森さんが亡くなる前に、ご住職のところへ何か相談が行ったりしませんでしたか？たとえば、森さんの息子さんのこととか——」

と、宙夜が尋ねるや否や、住職の瞳が驚きに見開かれた。その反応を見るに、やはり宙夜の推測は当たったようだ。住職は束の間目を瞬かせると、じっと宙夜の顔を見つめてくる。

「これは驚いたな。実は事件が発覚する前の晩、私のところに森さんから電話が入ったんですよ。

まさしく君が今言ったように、〝息子のことで相談したいことがある〟と」

「事件の前の晩……ということは、土曜の夜、ということですか？」

「ええ、そうです。それで、翌日曜日にこの寺でお会いすることになっていたのですが……」

「私たちがお見舞いに行った日の夜だ……」

と、そこで宙夜と住職の話を聞いていた玲海が呟く。その横顔からはわずかに血の気が引き、彼女の動揺が見て取れた。

「それで、その相談の内容というのは？」

「いえ、実は私もそこまでは聞かなかったのですよ。森さんも〝直接会って話したい〟と言うばかりで、電話では話してくれなくてね。君たちは森さんのご家族を知っているのかな？」

「はい。僕たちは森さんの息子さんの同級生です。あの事件の前日の昼間、一週間ほど学校を休んでいた蒼太君をお見舞いするために、森さんのお宅を訪ねました」

品良く皺の刻まれた住職の顔に、またしても驚きが広がる。あの日共に森家を訪ねた玲海と燈からは戸惑いの視線を感じたが、宙夜は敢えてそれを無視した。

「ではもしや、森さんが私に電話をかけてきた理由を知っている？」

「はい。ついでに言えば、僕たちが今日こちらを訪ねた理由も同じです」

「一体どういうことかね？」

「――ご住職は、〝サイコさん〟という名前をご存知ですか？」

そのとき、不意に蝉の声がやんだ。表に立っていた銀杏の木が風と共に静まり返り、一瞬の静寂が堂内を満たしていく。

住職は宙夜の言葉に、今度こそ限界まで目を見開いていた。その瞳が揺れている。途端に彼の面輪に走った気色は、あの日森諭が見せたのと同じ——激しい恐怖だ。

「……出ていってくれ」

刹那、堂内に落ちた呟きに、宙夜たちは耳を疑った。

「この地でその名を口にしてはならん。出ていってくれ……」

「ご住職——」

「——出ていけと言ったのが聞こえなかったのか⁉」

突然轟き渡る怒号。まるで晴天から雷が落ちてきたかのような驚きと衝撃に、四人は面食らった。何しろ住職の豹変ぶりが尋常ではない。先程まであれほど物腰穏やかだった男は今、突如として牙を剥いたけだもののようになり、血走った目を剥いて捲し立ててくる。

「サイコさんなどと、そのようなものと当寺は一切関係がない。面白半分であれの詮索に来ただけなら帰ってくれ！　そして二度とその名前を口にするな！」

「い、いや、あの、私たちは——」

「これ以上君たちに話すことは何もない！　帰れ！　帰ってくれ！」

初老の住職はもはやこちらの話になど聞く耳も持たず、にわかに立ち上がるや床を蹴るようにして踵を返した。荒々しい足音の合間に微かに聞こえる読経の声に、玲海たちの顔が蒼白になる。

その経は最後までぶつぶつと唱えられ、住職の足音と共に遠ざかっていった。

再び蝉の声が戻ってくる。

しかし取り残された宙夜たちの耳にはいつまでも、住職の低い読経の声がこびりついていた。

駅前にある古くて小さな喫茶店の振り子時計が、六時を告げる鐘を鳴らした。

押し潰されそうなくらい重い沈黙の中、その鐘の音が一際大きく響き渡る。ガラス張りになった壁の向こうでは町が橙色に染まり、部活を終えて駅へ向かう加賀高生の姿もちらほら見えた。そんな外の景色へ手持ち無沙汰に目を向けていた宙夜は、自分と同じ白い制服の眩しさで我に返る。ふと店内へ目を戻せば、そこでは各々好きな飲み物を注文したはずの女子三人が喉を潤すこともなく黙りこくっていた。

中途半端に冷房の効いた店内は暑くも涼しくもない。表の看板から察しはついていたものの、空調設備自体も店舗と同じくらい古いのだろう。店の中にはアンティークと言えば聞こえがいい四人がけのテーブルが四つだけ。それでも平日のこの時間は帰路に就く加賀高生で賑わうらしいのだが、今店にいる客は宙夜を始めとする四人だけだった。

「……。宙夜」

突然名を呼ばれ、宙夜はコーヒーに伸ばしかけた手を止めた。

数分、あるいは十数分ぶりに声を上げたのは玲海だ。彼女は目の前のコースターに乗ったオレンジジュースをまるで親の仇のように睨んだまま、抑揚の乏しい声色で言う。

「他に頼れそうなアテはないの？」

「魔除け厄除けで、ってこと？」

「何でもいい。とにかく、凛子が蒼太みたいな目に遭わなくて済む方法」

「……町内の寺社に関して言えば、たぶん頼るだけ無駄だろうね。加賀稚で一番大きい寺の住職があれじゃ、他はもう見込みがない」

「それだけサイコさんはヤバいってことだよね」

玲海の向かい、燈の隣に座った凛子が言う。その目は眼前のアイスティーに向いたまま、しかし口元には凄惨な自嘲があった。

「でも、まだ凜子までおかしくなるって決まったわけじゃない。そうでしょ、宙夜?」

「まあ……確かに、サイコさんに成功しても何ともないって人がいることも事実だから、可能性は五分五分ってところだけど」

「その、サイコさんに呪われちゃった人と呪われなかった人って、何が違うのかなぁ……何回もサイコさんを呼び出したとか、一度にたくさん質問したとか?」

と、今度は燈が困ったように首を傾げる。彼女の前には見るからに濃厚そうな果肉入りのピーチジュースがあった。

「それはどっちも違うんじゃないかな。少なくとも森は一度しかサイコさんをやってないはずだし、あのときの質問も一つだけだった。もし呼び出しや質問の回数が呪われる条件なら、森は候補から外れると思う。他に考えられるとしたら……質問の内容とか、かな」

そう言ってグラスをコースターの上へ戻しながら、宙夜はちらりと凜子を見やった。すると目が合った凜子は気まずそうな表情をして、逃げるように顔を伏せる。

どうやら人には言えないようなことを質問したらしかった。が、そのときふと何か考え込むような顔をした玲海が、隣から宙夜の顔を覗き込んでくる。

「ねえ。もしそれが呪われる条件なら、蒼太はサイコさんに何を訊いたの?」

「自分の名前だよ。あいつは匿名掲示板で偽名を使って書き込みしてたから、まさか本当に言い当てられるとは思わなかったんだと思う」

「じゃあ、自分の名前を知られたらアウトってこと?」

「いや……それはどうだろう。少なくとも俺が知ってる中で、サイコさんに自分の名前を訊いたのは森くらいだよ」

「なら、自分に関することを訊いたらダメとか？」

「それも……たぶん、違うんじゃないかなぁ」

と、そこで答えたのは意外にも燈だった。これには宙夜もいささか驚き、玲海と共に彼女へ視線を向ける。

「あ……あの、たぶんなんだけどね。実はわたしの友達にもサイコさんをやった子がいて、その子も自分のおうちのことを訊いたみたいなんだけど、何ともなかったらしいから……」

「ってことは、質問の内容が原因ってわけでもないのかなぁ……ちなみに凛子は何を訊いたの？」

いかにも玲海らしい、単刀直入な切り込みだった。これには凛子もびくりと肩を震わせて、うつむいたまま固まっている。

「ただ自分の誕生日や化粧品の名前を訊くためだけにサイコさんをやったわけじゃないよね？そんなことよりもっと他に訊きたいことがあったからサイコさんを試したんでしょ？」

「そ、それは……」

玲海の言葉に責めるような響きはない。が、凛子は明らかに追い詰められていた。

それから少時の沈黙を挟み、彼女は観念したように息をつく。

「玲海。あたし……あたしね。ずっとあんたたちに言えなかったことがあるの」

「何？」

「あたし、去年から付き合ってた彼氏がいたんだ。圭介っての。一人で天岡に遊びに行ったときにナンパされて知り合って……そしたら結構気が合ったから付き合った。九ヶ月くらい」

依然うつむいたままの凛子がそう言えば、玲海と燈は驚いたように顔を見合わせた。凛子に恋人がいたというのは宙夜にとっても初耳だが、まあ、それについては二人ほどの驚きはない。

　こういう言い方は失礼かもしれないが、凛子は外見だけで言えばいわゆる〝軽そう〟に見えてしまう。その見た目につられて浮いた話の方から寄ってきたのだとしても、何ら不思議はないだろう。

「あたし、バカだからさ。それで結構本気になっちゃって。高校卒業したらそいつと結婚したいな、なんて思ってた。でも、たぶん……そういうのが重かったのかなって思う。結局最後は捨てられちゃって。ああ、向こうにしてみたらあたしはただの遊びだったんだって、そのときになって気づいた。〝別れよう〟とも何とも言ってもらえなくて、ＬＩＭＥもTmitterも気づいたらブロックされてて、それを見てやっと……」

　隣で玲海が息を呑むのが分かった。向かいでは燈も言葉を失っている。

　凛子はグラスを見つめたまま、笑っていた。笑いながら泣いていた。

　まるで涙が流れていることにも気づいていないみたいに、それを拭いもせずに更に言う。

「ほんとさ、バカみたい。あたし、なんであんなヤツに夢中になってたんだろ。へらへらしてケーハクで、どう見たってまともなオトコじゃなかったのに……でも……それでも、自分でもよく分かんないくらい、好きだった……」

「凛子、もういいよ」

　つらいなら話さなくてもいい。そういう意味で玲海は言ったのだろう。

　だが凛子は小さく首を振った。そうしてようやく涙を拭い、軽く鼻を啜ってから、言う。

「最近ずっとスマホばっか見てたのは、その圭介からの返信を待ってたの。さすがにもうバカらしくなってやめたけど」

「じゃあもしかして、サイコさんにはそのケイスケって人のことを？」

「ううん、違う。ただ、このことを玲海たちにも話していいかどうかって」

「え？」

「こんな話したら、きっと軽蔑されると思った。そしたら二人が圭介みたいに離れていっちゃうんじゃないかって……だって、あたしには何もないから。母親には疎まれて、父親には捨てられて、やりたいことも得意なことも何もない、ゴミみたいな人間だから。あたしがそんなつまんない女だって知られるのが、怖かったの。玲海や燈に見放されるのが怖かった……」

「――バッカじゃないの!?」

瞬間、一際鋭い玲海の声が店内の静寂を切り裂いた。同時にバンッ！　とテーブルが叩かれ、凛子がびくりと顔を上げる。テーブルに置かれた四つのグラスも震え上がった。が、怒りに我を忘れた玲海は、そんなことなどお構いなしに捲し立てる。

「何なのそれ、見損なわないでよ！　私や燈がそんなことで凛子のこと見放すわけないじゃん！　そんな人を物みたいに捨てるバカ男と、私たちを一緒にしないで！」

「玲海……」

「私は凛子をつまんない人間だなんて思ったことないし、そんなことでいちいち軽蔑したりしない！　もっと私たちを信用してよ！　凛子が私たちに見放されたくないって思うのと同じくらい、私だって凛子と一緒にいられなくなるなんて嫌なんだから！　そうでしょ、燈！」

たたみかけるように言い、玲海はポニーテールを揺らして斜向かいの席の燈を見た。

燈はそんな玲海を見つめたあと、何も言わず凛子を振り返る。凛子は、目を合わせるのが怖いのだろうか。やはり小さくなってうつむいたままだ。

「凛ちゃん」

と、そんな凛子を燈が呼んだ。かと思えば、燈は突然すっと手を上げて、

「凛ちゃん、ひとりでがんばったねぇ」

そう言って、そっと凛子の頭を撫でた。

途端に凛子の瞳から涙が溢れ出したのを、宙夜は見る。彼女はそのまま口元に手を当てて、何かを堪えるように眉を寄せる。

「きっと、ひとりでとってもつらかったよね。でも、ずっと怖くて言えなかったこと、話してくれてありがとう。わたしも凛ちゃんのこと大好きだから、話してくれて嬉しい」

急拵えの堰がみるみる決壊するように、凛子の口から嗚咽が漏れた。そうして泣きじゃくる凛子を、隣の燈が微笑みながら抱き寄せる。

「でもねぇ、わたしはね、玲海ちゃんの言うことにも賛成かな。凛ちゃんはちょっとつまらない人に引っかかっちゃっただけで、それは凛ちゃん自身がつまらないってこととは違うと思うの。だから、自分のことをゴミだなんて言わないで。そんな風に言われると、わたしはすごく悲しい」

「うん……ごめん……ごめん……っ」

泣きじゃくりながら、凛子は燈の細い肩に顔を埋めた。そんな凛子の頭を燈が撫でてやるのを、向かいで玲海が見つめている。その横顔にはほっとしたような、満足したような笑みがある。

「だけど、凛子。その話を私たちにしてくれたってことは、サイコさんは〝話すべきだ〟って言ってくれたの？」

と、その玲海がやがてそう尋ねたのは、凛子が泣きたいだけ泣いてようやく落ち着いた頃だっ

た。窓の外では次第に日が暮れ始めている。先程まで町を染めていた橙色は夕闇へと姿を変えていたが、それでも凛子の目は夕日に焼かれたように赤かった。

が、驚いたことに、凛子は玲海の問いに首を振る。

「サイコさんには〝言わない方がいい〟って言われた。〝言ったらきっと嫌われる〟って」

「え？　そうなの？」

「うん。だから、あたしも本当は話すつもりなかったんだけど……」

「なーんだ。それじゃあサイコさんの予言、大ハズレじゃない。噂に聞くほど大したやつじゃないわね、そのサイコさんってのも」

「そうかも。あたしの考えすぎだったのかな」

そう言って凛子は苦笑する。きっとそうだよ、とでも言うように、玲海も燈もつられて笑った。

だが宙夜だけは少し思案するような顔をして、再び窓の外へ目を向ける。確かにこのまま何事もなければそれでいい。しかしこの状況を楽観視するのは少々危険ではないか。

何せ宙夜の周りでは既に二人も呪いの被害者が出たのだ。おまけに宙夜の脳裏では、先程訪ねた桐月寺での住職の言葉も引っかかっている。

そして何より気になるのは——あのとき受付で凛子を見て飛び起きた、三毛猫の反応。

あれはとても尋常な反応ではなかった。猫は霊感が強いというのは有名な話だ。

「……ちなみに一つ確認なんだけど、佐久川さんがサイコさんをやったのはいつ？」

「え？　えっと……確か、燈にメールをもらった日の夜だから、一昨日の夜かな」

ということは凛子がサイコさんを試してから二日。蒼太のときの状況はよく分からないが、みっつんの様子がおかしくなり始めたのは彼女が最後にサイコさんを呼び出してから二日後の夜ある。

だった。つまり凛子がもし呪いの対象になっているとしたら、今夜にも異変が起きる可能性はある。

それを本人に伝えるべきかどうか。宙夜は数瞬迷ったが、事前に伝えておけば凛子も身の守りようがあるかもしれない。怯えさせるようで申し訳ないが、と思いつつ、宙夜は一つ息をつく。

「――午前二時」

「え?」

「ネット上でサイコさんが最も現れやすいと言われてる時間だよ。森がサイコさんをやったのもその時間だったし、ネット上で呪いに関する話題が出るのもだいたいその時間だ。眠っていれば問題ないかもしれないけど、サイコさんに呪われた人のところには非通知で電話がかかってきたり、誰かが部屋を覗きに来たりするって話もある。だから佐久川さんのところにも……」

「ちょ、ちょっと、宙夜! あんまり凛子を怖がらせないでよ!」

「だけど知らなきゃ身の守りようがない。万一のときに備えて情報は共有しておいた方がいい」

「そ、それはそうかもしれないけど……」

戸惑い気味にそう言って、玲海はちらりと凛子を見た。ようやく笑顔を取り戻したと思った彼女は、再び視線を落として蒼白な顔をしている。

しかし蒼太の事件があったあとだ。今夜はそろそろ帰らないと、各々の家族が心配するだろう。だから宙夜は必要な情報を手短に伝えようとして、

「あ、あのさ……そ、それって、カラオケとかにいても来るのかな……?」

という、予想外の問いに口を閉ざした。尋ねてきたのは他でもない凛子だ。が、その問いにぽかんとしたのは玲海も同じで、彼女は訝しげに眉をひそめながら言う。

「ていうか、なんでカラオケ？　まさか凛子、カラオケに泊まり込むつもり？」

「う、うん……あそこなら夜中でも人いるしうるさいし、幽霊とかも寄ってこないかなって……」

「駄目だよそんなの！　確かに幽霊は来ないかもしれないけど、代わりにアブナイ人が来たらどうすんの？　ていうかそもそもこの町にカラオケなんてないし……」

「いや、あたしが行くのは天岡駅前のカラオケ。あそこなら高校生でも泊まるの黙認してくれるし、もう何回も行ってるから……」

「な、何回もって……凛子、もしかしてしょっちゅうそんなところに泊まってるの!?」

「あ……いや、まあ、なんていうか……あたし、自分んちに居場所ないからさ」

しまった、という顔をしながら、しかし今更誤魔化せないと思ったのだろう。凛子はわずかに目を泳がせつつも自嘲気味にそう言った。そう言えば先程、凛子は自分のことを〝母親に疎まれている〟と言っていた気がする。だが玲海の言うとおり、高校生が気軽に外泊するのはあまり褒められたものではないし、そもそも県の条例で未成年の深夜外出は禁じられているはずだ。

「い、居場所がないって……だからって家にも帰らないわけ？　お母さん、何も言わないの？」

「言わないよ。むしろ帰ってくんなって言われる。うちの母親、オトコを取っ替え引っ替えしてほとんど毎日家に連れ込んでるからさ。あたしがいると邪魔なワケ」

「そんな……そんなの、聞いてないよ。それじゃあ今までもそうやってカラオケに泊まってたの？」

「うん。母親が仕事で家にいないときはたまに帰るけど、ほとんどは外泊。天岡まで行けば、高校生でも泊まれるとこ結構あるしね。もう慣れちゃった」

玲海は、かける言葉が見つからないといった様子だった。その目は向かいに座った凛子の痛々しい笑みを映して、濡れながら揺れている。

「ごめん……私、全然気づかなくて……」

「いいよ。てか、別に玲海が謝ることじゃないでしょ」

「でも、凛子は一人でずっと大変な思いしてたのに、私……」

それ以上言葉が続かないというように、玲海は深くうなだれた。その瞳から一粒の涙が零れ落ちる。ときを同じくして、燈が何も言わぬまま凛子の手をぎゅっと握り締めた。

「凛子、今までそんなこと一言も言わなかったじゃん……つらくないの？」

「つらいよ。でも、学校に行けば玲海や燈がいたから」

――だから、耐えられた。そう言って笑った凛子の顔を見て、玲海はますます涙を零した。

けれどやがて彼女はその涙を拭う。手の甲で乱暴に目元を擦り、それからキッと顔を上げた。

「じゃあ、今日からはうちに来なよ。一人でカラオケなんかに泊まるよりそっちのが安心でしょ」

「えっ。い、いや、でもそんなの悪いよ、超迷惑じゃん」

「迷惑なんかじゃないよ。うちのお母さん、あんまりそういうの気にしない人だし、お父さんはずっと単身赴任だから部屋も空いてる。何なら燈も一緒に泊まる？」

「え？　わ、わたしも？　そ、そ、そんな、いいの？」

「いいよ。むしろ賑やかな方がお母さんも喜ぶから。ね、宙夜？」

くるりとこちらを向いた玲海に同意を求められ、宙夜は束の間返答に困った。

玲海の母親であり宙夜の叔母であるともえは、確かにおおらかで面倒見のいい人だ。それも無類の子供好きで、結婚前には〝子供は最低でも四人はほしい〟などと豪語していたらしい。

だが玲海を出産した際に著しく体調を崩し、子供の産めない体になってしまった。実姉の子である宙夜を進んで引き取ったのもそういう理由があったからだ。今では実の母親とまるで変わらぬ態度で宙夜にも接してくれ、玲海のことは従姉ではなく姉弟だと思いなさい、とまで言ってくれている。

そんな叔母であるから、恐らく玲海の言うとおり凛子や燈の宿泊を拒みはしないだろう。しかし問題は宙夜の方だ。今でさえ叔父である貴明が不在がちで女二人に男一人という暮らしなのに、そこに更に女子が二人——しかもどちらも宙夜のクラスメイトだ——が加わるという。

果たしてこの状況を歓迎していいのかどうか。どう考えても肩身の狭い思いをすることになるのは目に見えている。だから「少し冷静になって考えよう」と玲海に提案しようとして——向かいから注がれる、二つの期待に満ちた眼差しと目が合ってしまった。

……恐らく、だ。現状、サイコさんのことについてはこの中で宙夜が一番詳しい。だからその宙夜がいる家に泊まり込めば安心だ、という心理が、向かいの二人には働いているのだろう。

「……叔母さんがいいって言うならいいんじゃない？」

かくして宙夜は、いつかとまったく同じ台詞でお茶を濁すことしかできなかった。

早速家に電話をした玲海のスマホから返ってきた答えはもちろん、

「いいわよ、ぜひいらっしゃい！」

だ。

「あらあらまあまあ、いらっしゃい！」

と、苅野ともえはたいそう上機嫌に二人の客人を迎えた。

宙夜たちが住宅街の角地に佇む古い一軒家へ戻ったのは夜七時過ぎ。今年で築三十年を迎える玲海の家は狭い庭つきの二階建てで、このあたりではごく一般的な白壁に黒い瓦屋根、という風貌をしている。玄関の引き戸をくぐった先は蒼太の家と同じまっすぐな廊下で、その先に茶の間が、途中右手に見える階段を上がった先に家族それぞれの個室があるという造りだった。

これからしばらくこの家で一緒に過ごすことになる燈と凛子は、どちらもともえと面識がある。特に燈は先日もこの家に来たばかりなので、ともえには気安く迎えられていた。

一方の凛子はと言えば、ともえに一通りの挨拶はしつつもどこか居心地が悪そうにしている。聞けば凛子の家はアパートだというので、このような広い家で、しかも他人の母親から我が子のようにお節介を焼かれるという状況がこそばゆいのだろう。

「――あら、何、今夜は玲海も下で寝るの？　それじゃあ布団が一式足りないわね。ひろくん、お父さんの部屋から使ってない布団を運んできてくれる？」

その晩、皆で賑やかに夕食を取り、食後の片づけも済んだ頃。宙夜はきびきびと客間を整えるともえに言われて二階へと上がった。そうして今は単身赴任に出ている叔父・貴明の部屋へ入り、押入から適当に布団を見繕って運んでいく。ともえが客間としてあてがうことにしたのは茶の間のすぐ隣にある仏間で、宙夜が運んだ布団もそこに敷かれた。

ともえはとても線の細かった宙夜の母と実の姉妹だというのがちょっと信じられないくらい肉づきがよく、背も低い。しかしいつもくるくるとよく動き、何でも一人でぱっぱとこなしてしまうので、何か手伝おうと控えていた燈や凛子は結局手持ち無沙汰にしていた。

唯一玲海だけがそんな母のペースを理解していて、隣でそれぞれの枕にカバー代わりのタオルをかけたり、二人分の寝間着を用意したりしている。宙夜は布団運びの任を終えるとすぐに自室へ引き取ることにしたが、その背中に玲海が「何なら宙夜も一緒に寝る？」とからかい交じりに言ってきたので、「遠慮するよ」と、いつもどおり素っ気なく返した。

そのまま二階の奥にある自室へ戻り、電気をつけてベッドに転がる。この時間はいつもなら隣の部屋で玲海がかけている音楽や、ワンセグを見ながら笑う声が聞こえたりするので、部屋に満ちる静けさが何となく新鮮だった。

が、ほどなく宙夜の部屋の真下から、弾けるような玲海たちの笑い声が聞こえてくる。この部屋の真下は風呂場なのだ。どうやら玲海たちは三人で入浴しているらしく、何を話しているのかまでは分からないが、楽しそうな話し声に時折水音が交じって聞こえた。

宙夜は仰向けになってスマホをいじりながら、内心少しほっとする。床下から聞こえてくる玲海の声は、昨日の様子からは想像もできないくらい明るかった。凛子のために多少無理をしている部分はあるのだろうが、正直こんなにすぐに立ち直ってくれるとは思わなかったのだ。

しかし問題は、両親を殺して逃げた蒼太の行方。宙夜はネット上で覗ける様々な情報の溜まり場を行き来し、蒼太の事件に関する最新の情報を追いかけたが、彼の消息については未だ何の手がかりも上がっていないようだった。

そのせいもあり、ネット上では様々な推論が氾濫している。大手検索サイトで蒼太の名前を調べるだけで、検索結果には事件に関する5ちゃんねるのスレッドやまとめサイトが画面を埋め尽くすほどに並び、かなりの早さでレスやコメントの数が伸びているのが一目で分かった。

そしてそこに連なる情報とも呼べない悪意に満ちた書き込みの数々に、宙夜はため息をついて画面を閉じる。どうもこのところ、考えなければならないことが多すぎて頭が少しも休まらない。

「――宙夜ー、お風呂空いたよー！」

そんな宙夜の心境とは裏腹に、やがて階下から無邪気な玲海の声が聞こえた。宙夜はそれに聞こえるか聞こえないかという程度の返事をして、何もない天井をぼんやりと見つめる。

蒼太のこと。みっつんのこと。凛子のこと。玲海のこと。ここ数日目まぐるしく錯綜するそれらの懸案事項の中心には、いつもサイコさんがいた。だとすれば事を解決するための最短の道のりは、やはりサイコさんについて調べることにあるのではないか？

（森の父親や桐月寺の住職が言ってたことは気になるけど——）

宙夜は勢いをつけて半身を起こし、寝間着を手にベッドを下りた。そのまま部屋を出てさっと入浴を済ませ、洗った髪も乾かして自室へ戻る。

時刻は夜十時過ぎ。宙夜は部屋の明かりを消し、枕元のスタンドライトと扇風機だけをつけると、再び横になってスマホを手に取った。

そうしてしばし考えたのち、インターネットブラウザを開いて過去の記憶を頼りに検索をかける。打ち込んだ検索ワードは二つ——『死んだ人　会う方法』。

すると検索結果には、ずらりとオカルト系のサイトが並んだ。中には宙夜の知らないサイトも増えているが、大半は過去に覗いた記憶のあるものばかりだ。

途端にぎゅうと心臓を掴まれるような感覚に陥り、宙夜は息を詰めた。

九年前の夏。静まり返った部屋。その片隅で一人、来る日も来る日も父のパソコンと向き合った日々のこと。

降りしきる蝉の声。

アスファルトからゆるく立ち上る陽炎。

その向こうに見えた白いガーデンハットと——

細切れに時間を溯っていくフラッシュバック。瞬間、宙夜は衝動的にスマホの電源を落とそうとしている自分に気づき、すんでのところで踏み留まった。

呼吸を妨げる夏の残像を振り払い、思い切って目当てのサイトのリンクをタップする。

それは過去に宙夜が何度も足を運んだ、様々な都市伝説の紹介・考察サイトだった。更新はもうずいぶん前に止まってしまっているが、掲示板や管理人のブログは消されずに残っていて、今でも自由に閲覧することができる。

宙夜は真っ黒な背景に赤のリンク文字というういかにもなレイアウトをざっと眺め、その中から迷わずブログへのリンクをクリックした。かつてこのサイトがまだ活発に更新されており、自分もその常連だった頃、宙夜はここでサイコさんにまつわる記事を読んだ覚えがあったのだ。

そしてその記憶は間違ってはいなかった。宙夜がブログの最下部に設けられた検索ボックスに『サイコさん』の五文字を打ち込むと、画面にはたちまちいくつかの記事が抽出された。

その一覧の中で最も古いのは、二〇〇八年初頭の記事。ちょうどサイコさんがネット上で取り沙汰されるようになった頃のものだ。

宙夜が手始めにその記事へ飛んでみると、ページの冒頭にはサイコさんの簡単な説明と、何故この都市伝説が〝サイコさん〟と呼ばれるようになったのか？　という疑問が呈示されていた。

619：本当にあった怖い名無し：2008/01/29　21:30:08

この「サイコさん」という名前の由来には諸説あるようだが、どうも個人的に納得のいくものがない。そこで独自に調査をしてみたところ、先日ネット上で以下のような書き込みを見つけた。

そういや今日学校で友達にサイコさんの話したんだけどさ
そいつ普段怖い話とか笑って流すタイプなのに
サイコさんの名前出したら急に顔色変えて「その名前は気安く口にするな」とか言われた
サイコさんってなんか曰くつきなの？

623：本当にあった怖い名無し：2008/01/29　22:01:59
>>619
なんで口にしたら駄目なの？

624：本当にあった怖い名無し：2008/01/29　22:08:22
>>623
俺も聞いてみたんだけどあんま詳しく教えてくれなかった
ただそいつのじいちゃん？　だかが寺の住職らしくて、そのじいちゃんに昔から「アシタサイコはとにかくヤバいから気をつけろ」って言われて育ったんだって
何でも見つかると連れていかれるとか何とか

625：本当にあった怖い名無し：2008/01/29　22:13:17
>>624
アシタサイコって誰よ？　てか連れていかれるって何？

626：本当にあった怖い名無し：2008/01/29　22:15:06
>>625
知らんがなｗｗ
ただ俺の地元って昔から神隠しとかの噂が多いんだよね
それと何か関係があるのかなーと思ったり

627：本当にあった怖い名無し：2008/01/29　22:17:32
>>624
その話ちょっと気になるね。ちなみにどこ住み？

628：本当にあった怖い名無し：2008/01/29　22:24:36
>>627
身バレしそうだから詳しくは答えられないけど、Ｍ県の南の方

これは5ちゃんねるのオカルト雑談スレから引用したもの。この書き込みが気になったので書き込み主のＩＤから他スレでの書き込みを調査してみたところ、書き込み主は高校生で、「オシルベサマ」という怪談がある土地に住んでいることが偶然分かった。
何でもこの「オシルベサマ」というのは書き込み主の通う高校の七不思議に登場する悪霊だそうで、彼の高校にはこの悪霊を鎮めるため〝学校では数年に一度生徒を生贄として捧げている〟という噂があるらしい。

その真偽はともかくとして、ここから彼の地元を特定できないだろうか？　彼の住んでいる場所が分かれば、レスの中に出てきた「アシタサイコ」についてもっと詳しく調べられそうなのだが……


――オシルベサマ。その文字を目にした途端、宙夜は無意識に半身を起こしていた。

この名前には聞き覚えがある。他でもない、宙夜たちが通う加賀稚高校に古くからあるという七不思議の一つだ。

曰く、オシルベサマは非常に凶悪な悪霊で、過去に大量の人間を呪い殺したとか。そのため現在加賀稚高校のあるあたりに封じられたが、それだけでは完全に鎮めることができず、学校関係者が今でも生け贄を捧げている。だからこの町ではよく行方不明者が出る――という内容の怪談だった。

加えて書き込み主はM県南部に住んでいると答えている。このことから考えても、彼が通っていた高校は加賀稚高校と見てまず間違いない。宙夜は改めてその記事を上から下まで熟読した。

――アシタサイコ。恐らくこれだ。殺された蒼太の父や、桐月寺の住職が恐れていたもの。記事に引用された書き込みの中にも寺の住職の話が出てきているし、彼らが〝触れるな〟と言っていたのは、きっとこの名前の人物であるに違いない。

（だけど、それと都市伝説のサイコさんに何の関係が……？）

扇風機の風に嬲（なぶ）られ、額に張りつく前髪を掻き上げる。そうしながら画面を戻り、次の記事へ移動した。『サイコさん』という検索ワードに引っかかった記事の中で、最新の記事。更新日は前の記事からかなり飛んで、二〇〇八年の六月十一日となっている。

あ、そうそう。それと調査中のまま放置していたサイコさんの件。

この都市伝説の名前の由来について、あれから裏で調査を進めていたところ、なんとオシルベサマを知っているというメールをくれた方がいた。このオシルベサマというのは、どうもM県南部にある加賀稚町というところの高校に伝わる怪談らしい。

それも元は地元住民に崇められていた土着の神様だとかで、漢字で書くと「御導様」となるそうだ。この名前からも分かるように、オシルベサマはかつて地元の住民を正しく導く全知の神として信仰されていたのだとか。そのオシルベサマが何故生贄を欲する悪霊へと姿を変えて語り継がれているのか、その経緯は不明だが、私はここで一つの推論に至った。

というのは、オシルベサマが本当に「人々を導く全知の神」だったとすれば、これはサイコさんの「何でも知っていて、どんな質問にも答えてくれる」という性質に合致するのではないか？　つまりサイコさんとは、この土着の神のことなのではないか？

これはあくまで仮説だが、明治～昭和初期の日本には千里眼や予知夢といった、いわゆる「超能力」を持つ人々を現人神と崇める地域信仰が数多く存在した。だとすれば前回の記事に登場した「アシタサイコ」なる人物も、当時何らかの特別な力を持ち、神として崇拝される存在（＝オシルベサマ）だったのではないか？

その地域信仰が現代で都市伝説へと姿を変え、「サイコさん」という名で呼ばれている……。

我ながらこの仮説は今までネット上で披露されてきたいかなる推理よりも信憑性が高いと思う。異論がある人はどんどんコメントをつけて欲しい。もちろん賛同の意見も大歓迎。

気がつけば、宙夜はその記事を何度も頭から読み直していた。それほどまでに、この記事の内容には強い説得力がある、と感じたからだ。

もしこの仮説が真実に極めて近いものだとすれば、ここに書かれているオシルベサマの信仰がサイコさんの謎を解く鍵になるかもしれない。宙夜は記事の内容を細部まで頭に叩き込むと、早速オシルベサマについての調査を開始しようとした――が、そのときだ。

「いやあああああっ‼」

突然響き渡った裂帛(れっぱく)の叫びに、宙夜はびくりと両肩を跳ねさせた。

今の声は、恐らく凛子のものだ。とすれば悲鳴は一階から聞こえてきたものと思(おぼ)しい。

――まさか。冷たい予感が背筋を走り、宙夜はとっさにスマホで時間を確認した。午後十一時二十七分。ブログを読みあさっているうちに、思ったより時間が経っていたらしい。

「どうしたの！」

すぐに向かいの部屋からともえが飛び出してくる気配があり、彼女の足音が慌ただしく階段を駆け下りていった。一拍遅れて宙夜もベッドを下り、すぐさま一階へと移動する。裸足で階段を駆け下りると、廊下の先、開け放たれた茶の間の入り口から蛍光灯の明かりが漏れていた。

更にその光の向こうから、凛子の咽(むせ)び泣く声がする。茶の間と仏間とを仕切る襖(ふすま)は開け放たれ、寝間着を着たともえが困ったように立ち尽くしている。彼女の視線の先では玲海と燈が身を寄せ合い、左右から凛子を守るように抱いていた。その二人の顔色が、青い。

「玲海。どうしたの？」

尋ねながら歩み寄ると、恐怖と動揺に揺れた玲海の目が宙夜を見上げた。

そうして今にも消え入りそうな声で「宙夜」と呟くと、みるみる涙を浮かべながら、言う。

「凜子が、井戸の上から人が降ってくる夢を、見たって……」
夏の夜にそぐわぬ悪寒が、ぞっと宙夜の背中を舐めた。
佐久川凜子は、サイコさんに見つかった。

●　●　●

【オカルト☆ナイツ（4）】　《7／6（月）》

『やっさんが退会しました』
『麦が退会しました』

【オカルト☆ナイツ（2）】　《7／7（火）》

みっつん：『ヒヒヒ』4:44
みっつん：『ヒヒヒヒヒヒヒヒヒヒヒヒヒヒヒヒヒヒヒヒヒヒヒヒヒヒヒ』4:44
みっつん：『皆殺し皆殺し皆殺し皆殺し皆殺し皆殺し皆殺し皆殺し』4:44
みっつん：『呪う』4:44
みっつん：『全員呪い殺してやる』4:44
みっつん：『fd@/xy0b¥dq7zop@Zqei8.xue』4:44
みっつん：『呪呪呪呪呪呪呪呪呪呪呪呪呪呪呪呪呪呪呪呪呪呪呪呪』4:44

みっつん：『死ね』4:44
みっつん：『みんな死ね』4:44
みっつん：『ああああああああああああああああああああああ』4:44
みっつん：『あの村へ行かなくちゃ』4:44

◆第伍夜

恐らく担任は、クラスの空気を変えたかったのだろうと思う。

「いいか、全員帰りのホームルームまでに願い事を書いて、ちゃんとこの笹に吊るすんだぞ」

七月七日、七夕。その日、朝のホームルームが始まると、宙夜たちのクラスの担任が自分の身の丈よりも長い笹を持って現れた。更にクラスメイトには色とりどりの短冊が配られ、教室が沸く。あんな事件があったあとだ。中には今日が七夕であることを忘れていた生徒もいるだろう。

かく言う宙夜も今朝、玲海や燈、凛子と共に朝の天気予報を見るまで、今日が七夕だということを忘れていた。宙夜の本音としては、正直今はそれどころではないといった状況なのだが、目の前には前の座席から回ってきた青色の短冊がある。ざわめく教室と、今朝の連絡事項を伝える担任の声。宙夜のため息はその狭間に短く落ちて、誰にも聞かれることなく掻き消えた。

「えーっ、短冊？　いいな、私も書きたい！」

と、ホームルームが終わるや否やそう声を弾ませたのは、隣のクラスから遊びに来た玲海だ。休み時間、玲海がこうして2-Aにやってくるのはいつものことだが、今日はやけにテンションが高い。その理由は言わずもがな、今朝からずっと青い顔をしている凛子にある。

凛子はサイコさんに見つかった。その事実が本人はもちろん、昨夜寝床を共にした玲海や燈をも動揺させているのだった。それでいて二人は何とか凛子を励まそうと、見ていて痛々しいほどにいつもどおりを演じている。

「あ、それじゃあ玲海ちゃんもいっしょに短冊書こ〜！　他のクラスにも書きたい人がいたら余った短冊あげていいからって、先生も言ってたし」

「ほんとに？　その短冊ってどこにあるの？」

「確か教卓の裏に……」

そう言って教室の前方にある教卓まで行った燈が、玲海の分の短冊を一枚携えて戻ってきた。

クラスメイトの中には早くも願い事を記して笹に括りつけている生徒もいて、A組の教室はどこかよそよそしいくらいの賑やかさに包まれている。

「けど短冊に願い事書くなんて中学以来だな〜。何書こう？」

「玲海ちゃんは部活のお願い事がいいんじゃない？　来月も試合あるんでしょ？」

「あー、うん、地区の親善試合みたいなやつね。燈は何にするの？」

「えへへ、わたしはねぇ、もう決まってるんだぁ」

凛子の机の傍に立った燈は、早速黒のサインペンで願い事を書き始めた。その内容を見た玲海がぱっと表情を明るませて、「それいい！」と自分も同じ願い事を書き始める。

「これね、三人一緒にお願いすればね、きっと織姫さまと彦星さまが叶えてくれると思うの」

「そうだね。七夕っていっつも天気悪いけど、今夜はちょっとだけ晴れ間が見えるかもって朝の天気予報でも言ってたし……」

「晴れたらきっと、叶うよね」

「うん。叶うよ」

「ね、凛ちゃん。一緒に短冊結びに行こ？」

宙夜は読みかけの文庫本にじっと目を落としながら、耳を澄ました。教室に満ちたざわめきの中、凛子の声は聞こえない。

けれどすぐに鼻を啜る音がして、凛子が頷いたのだと分かった。それから三人は宙夜の机の横を通り過ぎ、教室の隅でパイプ椅子に括りつけられた笹の葉へと三色の短冊を結びつける。

『これからもずっと三人一緒にいられますように』

ちょうど席の正面に見える笹の葉に、そんな願い事が三つ括りつけられたのを見た宙夜は、再び本に目を落とした。宙夜が受け取った青い短冊は、今も机の中で眠ったままだ。

かくして迎えたその日の昼休み。宙夜はいつものようにともえが持たせてくれた弁当を食べ終えると、まだ次の授業まで三十分以上時間があるのを確認して教室を出た。

目指した先は三階にある図書室だ。加賀稚高校の図書室に収められた蔵書はお世辞にも潤沢とは言えないが、宙夜の記憶が確かなら、求める資料はあの書架に収められていたと思う。

「……で、どうして玲海たちまでついてくるわけ？」

「いいじゃん、別に。暇なんだし」

と、三階へ続く階段を上りながら、宙夜は一つため息をついた。振り向きもせず、ただ呆れ顔をした宙夜の背後には玲海、燈、凛子の三人がいる。特に声をかけたわけではないのだが、気づくと彼女たちはさも当然というように宙夜のあとについてきたのだ。かと言って無下に追い払うほどの理由もないので、宙夜は仕方なく彼女たちの好きに任せることにした。

加賀稚高校の図書室は、決して利用者が多い方ではない。読書好きの宙夜は稀に利用することもあるが、いつ訪ねてみてもそうであるように、今日も今日とて先客はゼロだった。

唯一視界に入った人影は貸出当番らしい図書委員。その彼も好きで委員をやっているわけではないのだろう、カウンターの向こうから退屈そうにこちらを一瞥すると、あとは再びスマホへ視線を落とす。

「で、なんで図書室なんかに来たの？」

「今日はちょっと調べもの」

「調べもの？」

怪訝（けげん）そうにしている玲海をそのままに、宙夜は目的の書棚の方へ歩き出す。加賀稚高校の図書室は普通の教室を二つつなげたくらいの広さしかなく、真ん中には六人がけの机がいくつか並んでいて、書棚は三方の壁を埋めるように置かれていた。

うち一方には窓が設けられているため、そちら側に置かれた書棚は宙夜の腰の高さほどしかない。しかし宙夜の目的のものはそこにあった。壁から突き出した柱の陰、そこに置かれた書棚の前で腰を屈め、几帳面（きちょうめん）に並べられた目当ての本をごっそり抜き取って机に運ぶ。

「郷土史？」

と、宙夜が机の上に並べたその資料を見て、三人が首を傾げた。

そう。宙夜が見たかったのは他でもない、この加賀稚町の郷土史だ。一冊一冊丁寧に箱に入れられたその本は辞典のような見た目をしていて、重厚な布地の表紙に黒字で『加賀稚町史』と記されている。冊数が多いのは内容が年代別にまとめられているからだろう。宙夜はその中からまず明治～大正時代のものを抜き取り、手近な椅子に腰かけて表紙を開く。

「どうしたの、急にこんなもの読み始めるなんて？」

「サイコさんだよ。昨日の夜ネットで色々調べてたら、サイコさんの発祥はこの加賀稚町かもしれないって記事を見つけたんだ。だからこの町のことを調べれば、何か呪いを解くための手がかりが見つかるかもしれないと思って……」

次々とページを繰りながら宙夜が言えば、向かいでそれを聞いていた玲海たちも息を呑んだ。かと思えば三人は仲良く顔を見合わせ、すぐさま思い思いの席に腰かける。中でも隣へやってきた玲海が勢い込んだ様子で身を乗り出し、宙夜の横顔を覗き込んだ。

「宙夜。それ、本当なの？」

「あくまで仮説だよ。でも、調べてみるだけの価値はあると思う」

「だけど、うちの町がサイコさんと関係があるって、なんで？」

「〝オシルベサマ〟の噂は知ってる？」

「し、知ってる。それって、うちの学校の七不思議だよね？」

答えたのは玲海ではなく向かいに座った燈だった。その大きな瞳の中で、昂揚（こうよう）と戸惑いがないまぜになっている。そう言えば玲海が以前、燈は怖い話が苦手なのだと言っていた。

そのことを思い出した宙夜は、怪談の内容にはあまり触れないようにしよう、と思いながら、束の間上げた視線を再び手元の資料へ戻す。

「そのオシルベサマとサイコさんが同じものかもしれないって仮説を立ててる人がネットにいたんだ。その人の話によれば、オシルベサマは元はこの町の人たちが崇めていた全知の神で、人々を正しく導く存在だと信じられていたらしい」

「人々を正しく導く……？　でもそんな神様の名前、聞いたことないけど」

「たぶん、今は廃れた土着信仰なんだと思う。昔の日本には、そういう特定の地域だけで信じられていた神様がたくさんいたんだよ。山神様とか氏神（うじがみ）様とか」

「だけどその話がもし本当なら、サイコさんは神様ってこと？　神様が人を呪うの？」

「オシルベサマは、うちの高校の七不思議の中では悪霊ってことになってる。悪霊なら人を呪っても不思議じゃないだろ？」

「神様なのに悪霊？」

「……それってつまり、なんかの理由で神様が悪霊になったってこと？」

尋ねてきたのは、燈の隣に腰を下ろした凛子だった。相変わらずその顔色は良いとは言えない。しかし今朝から曇りっぱなしだった彼女の瞳には、わずかながら光が戻ってきている。

「そう。そしてその理由が分かれば、サイコさんが人を呪う理由も分かる……と、思う」

「じゃ、じゃあ、それが分かれば呪いを解く方法も？」

「あるいは、ね」

あくまで希望的観測だけど、と、余計な一言が口を突いて出そうになり、宙夜はすんでのところで呑み込んだ。

そうして三人の顔色を窺えば　玲海、燈、凛子の三人は、互いに視線を通わせながら沈黙している。が、その頬はたちまち昂揚に染まり、皆が一斉に資料へ手を伸ばした。

「そ、そういうことなら私も手伝う！」

「わ、わたしも！　この中からオシルベサマの名前を見つければいいってことだよね？」

「うん。あるいは土着信仰のこととか、民俗関係のことなら何でも」

「これ、巻末に索引があるよ。ここから探せば早いんじゃない？」

俄然やる気を見せた三人が夢中になって郷土史をめくるのを後目に見ながら、宙夜もまたぱらぱらと手元の巻のページを送った。が、その日四人がかりで調べて分かったことは、小学校の課外授業で学べる程度の歴史だけだ。

加賀稚町の前身はM県南東部に点在していた五つの村で、その村が昭和の中頃に合併して今の形となった。この県立加賀稚高等学校が建てられたのは昭和四十年。それまでこの高校は農蚕学校として、今よりもっと西側の山沿いに建てられていたようだった。

その校舎が昭和三十七年に起きた地震で土砂崩れに巻き込まれ、再建と共に改名。校種も農学校から普通高校へと変わり、そのまま今に至る――というのが、この地に高校が建てられた経緯のようだ。

「だけど、うちの高校の歴史なんか分かったってね……こんなの何の役にも立たないよ」

と弱音を吐いたのは、背もたれにぐったりともたれかかった玲海だった。どうやら普段あまり書物に親しむ機会のない玲海にとって、郷土史と格闘した三十分はあまりにも過酷だったらしい。

おまけにこれといった収穫はなし。向かいでは凛子も燈もそれぞれに落胆しているのが見て取れた。ふと時計へ目をやれば、時刻は午後の授業開始の十分前だ。そろそろ資料を片づけて帰ってくれないと俺が困る、というような目で、先程からカウンターの図書委員がじろじろとこちらに視線を送っている。

「郷土史が駄目なら、あとは郷土資料館あたりに行ってみようかと思ってたんだけど……」

「あー、ダメダメ。郷土資料館なんて小学校でも中学校でも行かされたけど、特に見るものなんてないよ。この町の昔の暮らしコーナーとかがあるだけで、オシルベサマなんて名前、どこにも出てこなかったと思う」

「でも、学芸員の人に話を聞けば何か分かるかもしれない」

「……仮に何か知ってたとして、それをうちらに教えてくれるかな。あの桐月寺ってとこのお坊さんみたいに、いきなり追い払われて終わりじゃない？」

と、斜向かいの凛子が自嘲と共に呟いた。

それについては、宙夜にも同じ危惧がある。サイコさんはこの町の大人たちが揃いも揃って口を閉ざしたがるほどのものだ。仮に資料館の学芸員がそれを知っていたとして、素直に口を割ってくれるかどうか。しかし資料館も駄目となれば、宙夜たちが他に頼れるのは——

「——あっ、そっかぁ！　ゆーたろさんに訊いてみればいいんだぁ！」

そのとき突然上がった歓声に、宙夜たちは揃って面食らった。

声を上げたのは燈だ。彼女は何の前触れもなくパンッと手を合わせると、さも名案が浮かんだと言いたげに瞳を輝かせている。

「ゆ、ゆーたろさん？　誰？」

「あれぇ、凛ちゃんは知らないっけ？　玲海ちゃんは知ってるよね？」

「う、うん。悠太朗（ゆうたろう）さんでしょ、あんたの従兄の」

「そうそう！　そのゆーたろさんがね、もうすぐ加賀稚に帰ってくるの！　なんか、夏休みにふぃーるどわーく？　っていうのをやらなきゃいけないらしくて」

「フィールドワーク？　……もしかして、千賀さんの従兄って学者さん？」

「うーんと、一応そういうことになるのかな？　今はまだ大学院生だけど……」

「研究分野は？」

「えっと、詳しいことはわたしもよく知らないんだけどね、ずっと前からこの町の歴史とか文化について調べてるって言ってた」

「それってつまり——民俗学？」

「あ、そうそう、それそれ！　ゆーたろさんはそのミンゾクガクをやるために大学に入ったの～」

と、燈は終始にこにこしながらそう話したが、宙夜はと言えば、思わずため息が出た。

そうして先程の玲海よろしく座席にもたれかかり、冷静になろうと両手で前髪を掻き上げる。

そのまま天井を見上げると、知らず小さく笑みが漏れた。

燈の従兄が民俗学者。しかも研究対象はこの加賀稚町。

こんな偶然があるだろうか？　まったくもってできすぎだ。

「……千賀さん。民俗学ってどういう学問だか知ってる？」

「え？　あ、え、えっと、ミンゾクガク、だから、日本人の歴史とかルーツについて研究する学問……だよね？」

「それは民族学（エスノロジー）の方のミンゾクガク。その悠太朗さんって人が研究してるのは民俗学（フォークロア）、特定の民間伝承や地域信仰について研究する方のミンゾクガクだ」

「……！　ってことは、それって……！」

「ああ、ただの歴史学者とは違う。まさしくオシルベサマみたいな土着信仰や特定地域の伝統、慣習について研究してる人だよ。そんな人が身近にいるなら、先に言ってほしかったな……」

「えっ、あっ、ご、ごめんなさい……！　わ、わたし、ゆーたろさんが何か変わった研究をしてることは知ってたんだけど、難しいことはよく分からなくて……」

　恐らく従兄の研究について、これまでまるで興味がなかったのだろう。燈は顔を真っ赤にすると、恥ずかしそうに小さくなってうつむいた。

　だが今の燈の話が事実なら、その悠太朗という大学院生はかなり頼もしい助っ人になってくれるかもしれない。彼の研究対象が加賀稚町の何なのかにもよるが、そこまで熱心にこの町の研究をしているというのなら、きっとオシルベサマの名前くらいは知っているはずだ。

「でも、そのゆーたろさんって人がオシルベサマのことを知ってたとして、話してくれるの？その人だって、あのお坊さんみたいに……」

「大丈夫だよ、凛子。悠太朗さんなら私も何回か会ったことあるけど、親切で優しくていい人だよ。事情を話せばきっと力になってくれると思う」

「ほんとに？」

「うん！　ゆーたろさんはねぇ、背も高いし、頭もいいし、昔からすっごく頼りになるんだよ！だから、ゆーたろさんにお願いすればきっとだいじょうぶ！　これで短冊に書いた願い事も叶うよ、凛ちゃん！」

燈は弾んだ声で言うが早いか、隣から凛子の手を取りぶんぶんと上下に振った。振り回された凛子はちょっと困ったように笑っていたが、その瞳に戻った微(かす)かな光は更に力を増したように思う。気づけば朝から蒼白だった顔色も、少しずつ元に戻りつつあるようだ。

「……それじゃ、そろそろ教室に戻ろうか」

その横顔を一瞥した宙夜はそう言いながら立ち上がり、散らかっていた郷土史を元の箱に収め始めた。それを玲海たちも手伝い、元の順番どおりに並べて書架へと戻す。

それから四人は、鳴り出した予鈴に追われて図書室を出た。またあとでね、と笑った玲海と別れ、それぞれの教室へと引き取っていく。

けれども、その晩。

加賀稚町には土砂降りの雨が降った。

「あーあ、がっかりー……」

と、窓辺に頬杖をついた燈が、ぼんやりと空を見上げていた。

既に日も暮れて久しい空からは、叩きつけるような土砂降りの雨が降っている。その雨音はもはや騒音と呼んでも差し支えない音量で、割れるように轟き渡っていた。

部活を終えた玲海が燈と凛子を連れて帰宅したのがつい三十分ほど前。その前から雨はぽつぽつと降っていたようだが、夜も七時を回るとその雨量は唐突に膨れ上がった。

一足先に帰宅し、自室でくつろいでいた宙夜もこれには眉をひそめて窓を閉めたほどだ。おかげで家の中はひどく蒸し暑い。ただ唯一冷房のある茶の間だけが、落胆する燈を慰めるように快適な空間を提供していた。

「朝は晴れるかもって予報だったのにね。これじゃ天の川なんて見れないじゃん」

「まあ、この時期の天気予報はあんまアテになんないからねー」

「でも、去年の七夕も雨だったんだよ。織姫さまと彦星さま、今年も会えないなんてかわいそう」

茹野家の茶の間で玲海たちがそんなやりとりを交わすのを後目(しりめ)に、宙夜は卓に頬杖(ほおづえ)をついてテレビを眺めている。薄い液晶テレビの中では不運にもこの豪雨の取材に派遣された若いリポーターが、青いレインコートの上からこれでもかと雨粒に叩かれていた。

どうやらこの雨はM県全域に及んでいるらしく、北の天岡などでは道路の冠水(かんすい)も起きているようだ。そんなニュースの内容を見ながら、これじゃまるで台風だな、などと宙夜が思っていると、不意に隣の台所から声がかかる。

「玲海ー、そうめん茹(ゆ)で上がったわよ。持っていってちょうだい」

夕飯の支度をしていたともえに呼ばれ、「はーい」と玲海が立ち上がった。つられるように腰を浮かした燈を「いいよ」と押し留めて、代わりに宙夜が手伝いに行く。

　その日の夕飯は七夕らしく冷たいそうめんと冷奴、そして小さなカップにかわいらしく飾りつけられたちらし寿司だった。こんなに凝ったものをともえが作るなんて珍しい、と思っていたら、どうやらそれは燈の母が「娘を泊めてもらっているお礼に」と差し入れてくれたものらしい。

　ところがそんな夕飯のさなかのこと。突然玲海たちの談笑を割って、甲高い電話のベルが響いた。それに気づいたともえが箸を止めて立ち上がり、律儀にも「はいはい」と返事をしながら、茶の間の隅に置かれた家電の受話器を取る。

「はい、もしもし、苅野ですが……あら、前田さん？　どうも、おばんです」

　手にした受話器を耳に当ててほどなく、ともえは相好を崩して見えない相手に会釈した。

　前田というのは隣の家に住んでいる年配の女性だ。この季節になるとよく早朝から水撒きをしているので、宙夜たちも見かけると挨拶を交わすくらいのことはしている。

　だが笑顔で電話に出たはずのともえは一転、急に深刻な顔つきになると、

「分かりました、すぐに伺います」

　と答えて受話器を置いた。聞けば、前田が急に体調を崩したらしい。彼女は高齢の一人暮らしで、近隣に頼れる親類もなく、困り果てた末に近所付き合いのあるともえを頼ってきたようだ。

「それじゃあちょっと行ってくるから、後片づけよろしくね」

「はーい。雨すごいから気をつけてね」

　電話を終えたともえは急いで夕飯を掻き込むと、すぐに支度をして出ていった。そんなともえの代わりに四人で夕飯の後片づけを済ませると、あとは各々部屋に引き取って休むことにする。

　ともえが外出してからおよそ一時間。外では未だ滝のような雨が降り、世界は雨音一色に染

まっていた。が、やがてその雨音に交じって、階下から玲海たちの話し声が聞こえてくる。どうやら今夜も三人で入浴を始めたようだ。

それを耳聡く聞きつけた宙夜はスマホをいじるのをやめてベッドから起き上がり、足早に部屋を出た。そのまま一階の台所へ行き、四枚の白い小皿と戸棚にしまわれていた食塩の袋を準備する。それを持って仏間へ向かうと、スマホでブックマークしておいたネット上のまとめサイトを確認しながら、見様見真似で皿に塩を盛り始めた。

いわゆる盛り塩というやつだ。古来、塩には災いや穢れを遠ざける力があると信じられ、塩を撒いたり供えたりすることで空間を清めることができるとされている。

宙夜は過去に何かでそんな話を読んだことを思い出し、せめてもの気休めにと盛り塩をしておくことにしたのだった。四枚の皿に盛った塩は円錐状に整えて、それを部屋の四隅へと置いていく。このとき塩は時計回りに置いていくのがいいと言われているため、宙夜は南の角から順に西、北、東と部屋の隅に塩を供えていく。

そうして六畳ほどの仏間をぐるりと一周すると、宙夜は襖の傍らに立ってふう、と一つ息をついた。こんなもので呪いを防げるなら安いものだが、まあ、何もしないよりはマシだろう。悪霊に対しては何よりも心を強く持っていることが大事だと言うし、あとは凛子の気持ちが早々に折れないことを祈るしかない。

「何やってんの？」

そのとき不意に声がして、宙夜ははたと我に返った。

振り向けば茶の間へ入ってすぐのところに、長い髪を濡らした凛子が佇んでいる。その服装が薄い白のティーシャツと黒いジャージというあまりにラフなものだと気づいた宙夜は、思わずさっと彼女から目を逸らした。

「いや、ちょっと……盛り塩を」

「盛り塩？」

「悪いものが入ってこないようにするための、結界みたいなものだよ。ただの気休めだけど」

と、宙夜は間が悪いながらもそう答え、部屋の四隅に置いた塩の皿を示した。それを覗き込んだ凛子が「へえ」と目を丸くしながら声を上げる。

「悪いものが入ってこないようにって、そんなのあるんだ。ありがと、気を遣ってくれて」

「いや……」

「あんたってさ。他人にキョーミない冷たいヤツかと思ってたけど、案外いいとこあるんだね。見直した」

「……それはどうも」

どう反応するのが正解なのか分からず、宙夜はひとまず褒め言葉として凛子の発言を受け取った。凛子の方も悪気はないのか、宙夜の隣に立ってかららりと笑っている。

「昼間の図書室でのことにしてもさ。あんた、あたしたちがついていかなかったら、アレ全部一人で調べるつもりだったんでしょ？　そういうとこ、全然玲海に似てないよね。でもま、燈が惚れるワケだわ」

笑いながらさらりと刺さることを言われ、宙夜は思わず言葉に詰まった。

……気づいていなかったわけではない。ただ、気づかないふりをしていただけだ。そして凛子は、既にそれに気がついている。

「あんた、ホントは分かってるんでしょ？　燈のキモチ」

「……ノーコメントで」

「何でよ。いいじゃん。燈と玲海ならまだお風呂だよ。二人でずっとあんたの話してる」

だけどノロケ話ばっかで付き合いきれないから、あたしだけ先に上がってきちゃった。からかうようにそう言って、凛子は笑った。おかげで宙夜はますます居心地が悪くなる。

「あんたは燈のことどう思ってんの？」

「……別に、どうと言われても……」

「燈はあんたにゾッコンだよ。ＬＩＭＥでもメールでもいつもあんたの話ばっかしてさ。ヒマさえあれば〝今日も宙夜くんがかっこよかった！〟ってそればっかり。たぶん、あんたがホントはいいヤツだってこと、あの子は前から知ってたんだね」

「……俺は〝いいヤツ〟なんかじゃないよ」

「え？」

「千賀さんは何か誤解してるんだ。頭の中で俺を美化してる。でも俺は千賀さんが思うほどまともな人間じゃないし、できた人間でもない。――ただの人殺しだよ」

叩きつけるような雨の音は、まだ続いていた。遠くでは雷も鳴っている。

数瞬、宙夜と凛子の間には、けたたましい雨音だけが降りしきっていた。

しかしやがて凛子の方が口を開く。

「それって、あんたが昔自分の母親を殺したってやつ？」

「……」

「前に一度だけ玲海から聞いた。あたしもアレは事故だと思うけど。だって殺そうと思って殺したワケじゃないんでしょ？　それにたとえ昔そういうことがあったんだとしても、あんたが今あたしたちのために色々してくれてることは事実じゃん」

「俺は別に、佐久川さんたちのために何かしてるつもりはないよ。これは——償いなんだ」

「償い？　何の？」

怪訝そうに眉をひそめた凛子が、こちらを見た。宙夜もそんな凛子を見やり、答えを返そうとする。が、そのとき、

「——ちょっと、凛子ー！　何やってんの、廊下ビショビショじゃん！」

「……え？」

「ちゃんと髪拭いた!?　こんな濡れたまま歩き回らないでよ！」

廊下の向こうから聞こえてきたのは玲海の声。二人は揃ってそちらを顧み、それから顔を見合わせた。一度はラフな姿の凛子から目を背けてしまった宙夜だが、改めてまじまじと彼女を見る。明るい茶色に染められた凛子の髪は、なるほど、しっとりと濡れたままだった。

だがそれは玲海の言うようにビショビショというほどではなく、一度バスタオルでしっかり水気を絞ってきたのだろうというのが見て取れる。

その証拠に凛子の髪からは一滴の水も滴っていないし、体の線がしっかりと出たシャツだって乾いていた。試しに見下ろした足元の畳も、特に濡れた形跡はない。

「……あたし、そんなに濡れてる？」

「いや……」

互いにその事実を確かめ合い、再び顔を見合わせる。それから揃って眉をひそめ、二人は廊下へと引き返した。そこでは燈と共に風呂から上がってきた玲海が、苦々しい顔で階段の上を見上げている。が、彼女は茶の間から宙夜たちが現れたのを見ると、驚いたように目を丸くした。

「あれ？　凛子、それに宙夜も……」

「玲海。廊下が濡れてるのは、たぶん佐久川さんのせいじゃないよ」

「そうなの？　でもほら、足跡が二階に続いてるから、てっきり……」

玲海は困惑顔でそう言うが早いか、目の前に伸びる階段を指差した。

そこには確かに足跡らしきものがある。濡れた足から水が滴り、段板の上に軌跡を残したような、そんな足跡だ。もしや自分たちの知らない間にともえが帰ってきたのだろうか。そう思い、宙夜は玄関の土間を覗き込んでみた。だがそこにともえの靴はない。

代わりに視界に入ったのは、玄関の外から廊下へと続いている足跡――

宙夜はぞっとして、再び廊下を顧みた。土間から伸びた足跡はしばらく一階の玄関付近をうろついたあと、まっすぐに二階を目指している。その足跡は洗面所の向かいにあるトイレにも伸びていた。それを見てとっさにトイレのドアを開け――宙夜は思わずあとずさる。

「……仏間へ」

「え？」

「早く仏間へ！　あそこならさっき俺が用意した盛り塩がある。少しは安全かもしれない！」

「ちょ、ちょっと待ってよ、〝安全〟って？」

「――サイコさんが来た！」

宙夜が放った鋭い声に、三人の顔色が凍りついた。その間にも、宙夜は素早くトイレのドアを閉める。蓋の開いた便座からは、大量の髪の毛が溢れていた。

とても尋常のことではない。サイコさんが来た、というのは、その光景から宙夜が得た直感だった。愕然としている三人を押し込むように茶の間へ急ぐ。あの足跡の主が本当にサイコさんだとしたら――彼女が探しているのは、凛子だ。

「ちょっと……ちょっとちょっと、なんで⁉」

まるで事態についていけないというように、パニックになった玲海がヒステリックな声を上げる。だが宙夜は構わず三人を仏間へ押しやると、すぐに茶の間のテレビをつけた。

画面の電源が入るや否や、映し出されたのはシリーズもののサスペンスドラマ。しかしこの際何でも構わないと、宙夜はリモコンを使ってテレビの音量を底上げする。

刑事役と思しい男性俳優の台詞が大音量で響き渡り、次いで宙夜は、夕食前に燈が頬杖をついていた出窓――そこに置かれたラジカセのスイッチを入れた。

黒くて無駄に幅を取る、かなり古い型のラジカセだ。それはともえの愛用品で、彼女は夕飯の支度をしてるときなど、よくそのラジカセをつけてはラジオを流しっぱなしにしている。

おかげで電源を入れると、ラジカセはすぐに音声を吐き出し始めた。スピーカーから流れ出たのは宙夜のよく知らないアイドルの楽曲だったが、構わずそちらも音量を最大まで上げる。

「ひ、宙夜、何やってんの⁉」

「幽霊は大きい音が苦手だって、聞いたことない？　迷信だとは思うけど――」

それでも何の手も打たないよりはいい。宙夜はそう念じることで冷静さを呼び戻し、あとは自身も盛り塩のある仏間へと退避した。

そうして襖をしっかりと閉め、祖父母の位牌が置かれた仏壇へと身を寄せる。するとそれを見た玲海が縋るようにひっついてきて、凛子と燈もあとに続いた。

円形の蛍光灯が明々と照らす仏間には、茶の間から聞こえるテレビとラジオの音、そして地面を打ち鳴らす大雨の音が響いている。その騒音の渦に呑まれながら、宙夜たちはじっと息を詰めて気配を殺した。

手元のスマホに目をやれば、時刻は九時十分前。一般的に怪奇現象が起きやすいと言われる丑三つ時にはまだ早い。ならばこのまま何事もなく過ぎ去ってくれればいいが……と、スマホの画面が自動で落ちるのを見つめながら宙夜が淡い期待を抱いた、そのときだ。

「――え?」

身を寄せ合った四人の視線が、一斉に天井を向いた。何故なら突然頭上の蛍光灯がチカチカと音を立て、不規則に点滅を始めたからだ。それが単に蛍光灯の寿命によるものだったなら、「よりにもよってこんなときに」という悪態で済ませることができただろう。

だが宙夜は知っている。この仏間の蛍光灯は、つい先月ともえが新しいものに代えたばかりだ。

しかも異変はそれだけではなかった。襖の向こうから規則性もなく聞こえてくるザザザッという粗い音――それはテレビとラジオの音声が不自然に乱れ、響き始めたノイズ音だ。

「な……何? 何なのこれ……!?」

今にも泣き出しそうな玲海の声が耳元で聞こえる。直後だった。

突然、襖の向こうで騒音が止む。それと同時に電気が切れた。

暗闇に玲海たちの悲鳴が響き渡り、パニックになった三人が一斉に喚き立てる。

「何!? なんで!? 停電!?」

「やだ! なんでこんなときに!」

「一体何がどうなってるの!?」

塗り潰されたような闇の中、誰かが――恐らく玲海が、宙夜に縋りついてくる。そうして感じる互いの肌は雨の夜の蒸し暑さにうっすらと汗ばんでいるのに、体は大きな氷を呑み込んだように冷たかった。緊張のあまり指先の感覚は既になく、呼吸も浅くなっているのが分かる。これがただの停電でないことなど、本能がとうに知っているのだ。

だが宙夜はとっさに唇を噛み、未知の現象に浮き足立っている思考力を掻き集めた。取り乱すな、と自分を叱咤しながら強張る指先をどうにか動かし、素早くスマホを操作する。

こんなときのためにとインストールしておいたアプリを起動させ、本来はカメラ撮影の際に使う端末裏のライトを点灯させた。それは先程まで室内を照らしていた蛍光灯の明かりに比べるとあまりに頼りないが、それでも一応の気休めにはなる。

だが宙夜はほどなく、自らその明かりを灯したことを後悔した。

今の自分たちが置かれた状況を確かめようと、真っ先にライトを向けた先。

そこでは宙夜が先程供えたばかりの盛り塩が、灰のように真っ黒になっていた。

それは既に、結界を生み出すものとしての役目を果たしていない。悪しきものを祓うというその力は、どう見ても完全に失われている。

「霊の力が、強すぎるんだ……」

吐き出した言葉は絶望のにおいを帯びていた。けれども宙夜は最後の望みを捨てきれず、反対側に供えた塩の状態も確かめようとする。

その途中で、気がついた。さっと動かした手を思わず止める。

その手が意図せずして照らした先で——襖が、開いていた。先程確かに閉めたはずの襖が。

だが完全に開け放たれているわけではない。子供の腕が通るか否か、その程度の細い隙間が開いている。ただそれだけのこと。

しかし宙夜は全身から汗が噴き出してくるのを感じ、頭痛がするほどの本能の警鐘を振り切って、ゆっくりと光を持ち上げた。そうしてわずかな隙間をなぞるように辿った先。

そこに、女の顔があった。

茫洋とした顔でこちらを覗く、人間離れして白い、女の顔。

ひっ、と息を呑んだ玲海たちの息遣いが聞こえる。誰もが言葉を失っていた。

女は胸元から下がない。いくら照らしても、闇に溶けて見えないのだ。

拘束された右腕から、玲海の震えが伝わってきた。しかし宙夜の視線は目の前の女に釘づけで、隣を振り返ることもできない。あの女には見覚えがあった。

そう。前に一度だけ、みっつんがＬＩＭＥに上げていたあの写真の女だ。

つまり今、宙夜たちの目の前にいるこの女こそが、

「――サイコさん――」

ズルッと微かな音がして、襖がゆっくりと動き出した。

雨音が一気に遠くなる。ただ、自分と玲海の心音だけがうるさいくらいに鳴っている。

半分以上隠れていた女の顔が露わになった。女の顔は左半分が潰れて血まみれになっていた。

玲海たちが声にならない悲鳴を上げる。その悲鳴を聞きつけたように、女の口がニタリと裂けた。

更にズルズルと音がする。何かが這い寄ってくる音だ。気づいてとっさに床を照らせば、そこにはゆっくりと身をくねらせながら迫ってくる――大量の、黒い髪の毛。

「見ィツケタ」

誰かがヒュッと息を呑んだ。それはどまでにおぞましい、この世のものとは思えぬ声だった。髪の毛はなおもぬるぬると畳の上を這い、まるで意思を持った生き物のように迫ってくる。

その狙いは言わずもがな――凛子。

「――玲海！　二人を連れて離れろ！」

息も止まるほど張り詰めていたものが、瞬間、宙夜の声によって弾けた。平常心を失った玲海は条件反射で立ち上がり、凛子の手を引いてすぐさま駆け出そうとする。

だが、恐らくそれがいけなかった。標的が逃げるつもりだと知った女は血走った目を見開き、狂気じみた笑みを見せた。途端に床を這うばかりだった髪の毛が鎌首をもたげ、立ち上がった凛子に狙いを定める。その刹那宙夜は聞いた――

「逃ガサナイ……」

漆黒の闇が膨張し、破裂したような勢いだった。その闇は凛子と彼女を支えた玲海へ向かって一直線に飛んでいき、二人を呑み込もうとする。

迷っている暇はなかった。宙夜は逃げ遅れた二人を庇うように飛び出した。

一瞬にして大量の毛髪に呑み込まれる。玲海の悲鳴が聞こえた気がした。

だがこれでいい。これでいいのだ。どうせ連れていかれるのなら、自分が。

今度こそ、自分が――

「――ウ……ウゥ……ウゥゥゥ……！」

ところが俄然、背筋が凍るような呻き（うめ）きが聞こえた。

腕に、腰に、首筋に巻きつき、今にも宙夜を縊（くび）り殺そうとしていた力が緩む。

闇に同化した毛髪が、まるで見えない何かに引き剥がされるように歪み、ひしゃげ、宙夜の体から離れた。女は両手で顔を覆い、自らを拒絶する力に抗おうとしているように見えるが、同時に苦しんでいるようにも見える。

女の呻きが激しくなった。それは明らかに人外のものの呻きだった。女は不気味な声を上げながら身をよじり、目を見開き、血に濡れた指の間からこちらを凝視する。

「オ前……ジャナイ……」

瞬間、それまで見えない何かに抗っていた毛髪が一気に畳の上を滑った。その髪の毛に足を取られ、思わず尻餅をついた宙夜の耳に女の最後の呻きが届く。

「オ前ハ　贄ニ　ナラナイ――」

――贄にならない？

「ただいまー」

そのときだった。玄関の方から場違いなほど明るい声が聞こえ、女の体がびくりと震えた。次の瞬間宙夜たちの頭上でにわかに蛍光灯が点灯し、そのあまりの眩しさに四人は思わず目を瞑る。

次に宙夜が目を開けたとき、そこに女の姿はなかった。襖は開いたままだったが、茶の間にも仏間にも電気が戻り、窓を叩く雨音が奇妙な現実味を連れてくる。

「宙夜！」

――助かったのか。茫然とする頭でようやくそれを理解したとき、宙夜は後ろから腕を引かれた。そのあまりの力に一瞬倒れそうになり、慌てて体勢を整える。そうして振り向いた先には、両目いっぱいに涙を溜めた玲海がいた。

「玲海……良かった、無事で――」

「――馬鹿!!　なんであんな無茶するの!!」

言いかけた言葉は遮られ、おまけに耳元で叫ばれた。宙夜はキーンと耳鳴りがするのを感じながら、片耳を押さえて弁解する。

「……でも、ああしなきゃ玲海たちが危なかった」

「そうかもしれないけど!! だからって宙夜が、宙夜がどうなったっていいわけないじゃん……!!」

それきり玲海は、声を放って泣き始めた。まるで子供のように顔をくしゃくしゃにして、わんわんと泣きじゃくる。それが直前までのすさまじい恐怖と、それから解放された安堵ゆえだということは宙夜にも分かった。ごめん、と呟いた声は、玲海の泣き声と雨音に掻き消される。

「ちょっと、一体どうしたの？」

それからほどなく、外出先から戻ったともえが顔を覗かせた。その表情は珍しく動揺と困惑で曇っている。無理もない。何せちょっと家を空けて戻ったら廊下が水浸しになっていたあげく、客間では腰を抜かした燈と凛子が身を寄せ合い、更に娘が甥に縋って泣いているのだ。

「すみません、叔母さん。警察を」

だから宙夜は、放心して何も話せなくなっている三人に代わって言った。

「さっきいきなり、知らない人が家に入ってきたんです。何とかみんなで追い払ったけど、また戻ってくるかもしれない。だから早く警察を」

宙夜の言葉に、ともえは仰天したようだった。だが彼女が宙夜の言を信じたのは、廊下だけでなく茶の間の畳にもびっしょりと濡れた跡があったからだろう。

それは先程まであの女が佇んでいた場所――。しかし宙夜は、その女が人でなかったことはともえに告げなかった。彼女はサイコさんのことも凛子が抱えた事情も知らないのだ。ならば余計なことを話して、巻き込むようなことがあってはならない――

「玲海。これから少しだけ話を合わせてくれる？」

ともえが急いで電話機のもとへ駆けていったのを見て、宙夜はそう耳打ちした。玲海はなおもしゃくり上げながら、しかし宙夜の意図を察したのだろう、声もなく頷きを返してくる。

その晩の出来事は結局、ずぶ濡れになった見知らぬ男が突如外から現れて、宙夜たちは危害を加えられそうになったが自力でそれを撃退した、ということになった。

事情聴取にやってきた警察はただちにその男の行方を追うと言っていたが、男の特徴にはデタラメを上げておいたので、誰かが誤認逮捕されてしまうようなことはないだろう。

とにかく宙夜たちは、何とか無事にその夜を明かすことができた。

だが悪夢は終わらなかった。

凛子はその晩もあの井戸の夢を見、悲鳴を上げて飛び起きた。

その次の晩も、また次の晩も、更にまた次の晩も――


ぶつぶつと何かを呟く声が、隣室からずっと聞こえていた。

窓の外は晴れ。爽やかに広がる青天の下、伸びやかな蝉の鳴き声が聞こえる。

けれどもその一室はそんな夏の眩しさからはほど遠く、まるで永遠に明けない梅雨を繰り返しているかのように湿っていた。宙夜は茶の間で適当にテレビのチャンネルを回しながら、何とも言えない心境で蝉の声と呟きの双方を聞いている。

そのとき台所の方で物音がして、大きな盆を手に持った玲海が現れた。盆の上に載っているのは、瑞々（みずみず）しい断面を晒したスイカと冷えたジュースだ。玲海はその盆を一度茶の間の座卓に置くと、人数分のグラスをそこに並べて、更にその真ん中にスイカを置いた。

それから何か重大な決意を帯びた息を吐き、さっと顔を上げて凛子のいる仏間を振り返る。

「凛子、スイカ切ったよ！」

殊更明るい声を出し、玲海はここ数日で一番の笑顔を見せた。その視線の先には、仏間の隅で膝を抱えた凛子がいる。彼女はいつもあんなに念入りにしている化粧もヘアアレンジも投げ出して、今はただ何もない畳の一点を見つめながら何事か呟き続けていた。

あの雨の日の出来事から四日。事態は刻一刻と悪化している。凛子の精神はあの日の恐怖と夜ごと訪れる悪夢に侵され、いまやすっかりノイローゼのようになっていた。その顔つきはこの数日で驚くほどにやつれ、目は落ち窪み、濃い隈が剥がれることなくいつまでも貼りついている。

「凛子。ほら、一緒にスイカ食べよ？」

そんな凛子を何とか励まそうと声をかける玲海もまた、明らかに憔悴していた。夜が来る度に魘される親友の声で起こされ、しかもその親友が日増しに豹変していく様をただ見ているしかないともなれば当然だ。

だがそれでも玲海は凛子を見放すようなことはしなかった。今も明るく声をかけながら彼女へ歩み寄っていき、ゆっくりと正面にしゃがみ込む。

しかし凛子はそんな玲海の姿が目に入っていないようだった。恐らく声も聞こえていない。玲海が何度声をかけても、ただその乾いた唇から、

「また聞こえる、また聞こえる、また聞こえる……」

と、譫言のような呟きが漏れるばかりだ。

「ねえ、凛子ったら。朝から冷やしてたおいしいスイカだよ。向こうで一緒に食べよ。ね？」

それでも玲海は根気強く語りかけ、決して笑顔を手放さなかった。そうして凛子の腕を取り、彼女をその場に立たせようとする。が、次の瞬間、

「——触らないで!!」

狂ったような声を上げ、凛子が玲海の手を払った。そのあまりの勢いに玲海は手を弾かれ、驚いたように凛子を見ている。これには宙夜もさすがに腰を上げた。茫然と立ち竦んだ玲海の手から、赤い血が滴っているのが見えたからだ。

恐らく凛子の爪で傷つけたのだろう。だがその血が玲海の手を伝って畳に滴り落ちた瞬間、凛子がはっとしたような顔をした。改めて玲海を見上げた瞳には、自我の光が戻っている。

「あ……れ、玲海……玲海、ごめん、あたし……」

駆けつけた宙夜が玲海の手を取ると同時に、凛子もまた我に返ったようだった。彼女はよろよろとその場に立ち上がると、傷ついた玲海の手を見て途端に涙を滲ませる。

「ご、ごめん……ほんとにごめん……あ、あたし、こんなつもりじゃ……」

「わ、私なら大丈夫だよ、凛子。コレだってほら、ほんのちょっと切れただけだから。それより向こうでスイカ食べよ。ね?」

本当に何でもないというように、玲海は傷ついた右手を隠して笑いかけた。するとそれを見た凛子の瞳から更に涙が溢れ、ぼろぼろと頬を伝って零れ落ちていく。

あれ以来凛子の精神状態はずっとこんな調子で、正直なところ、事態は宙夜たちの手に負えない状況まで進行しつつあった。かと言って事情を知っていると思しい町の大人たちは頼りにならず、助けを求めようにも縋る先がどこにもない。

だがこの状態を一刻も早く何とかしなければ、状況は更に悪くなる一方だということを宙夜は

ほとんど確信していた。

何せ今の凛子と同じような状態になっていたと思しいみっつんが、数日前にＬＩＭＥに異様な書き込みを残して以来音信不通になっている。彼女が今どこでどうしているのか、宙夜にはもうそれを知る術はない。

「──凛ちゃん、玲海ちゃん！　ゆーたろさんと連絡取れたよ～！」

が、やがて場違いなほど弾んだ声を上げて燈が戻ってきたのは、茶の間にあった救急箱で、宙夜が玲海の傷の手当てを終えた頃だった。

今日は土曜日。学校は休みで、ともえは先程から買い物に出かけている。

燈はそのともえの車に乗せられて、今朝から一度自分の家へ帰っていたのだった。

理由は燈を心配している両親に顔を見せるためと、今後も数日莉野家に泊まり込む許可を得るため──そして天岡市の大学院にいるという彼女の従兄、千賀悠太朗と連絡を取り合うためだ。

「おかえり、燈。お母さんは？」

「んっとね、おばさんとは途中で別れたの～。お昼ごはん買ってから帰るから遅くなるって」

「そっか。それで、悠太朗さんと連絡取れたって？」

「うん！　それがねそれがね、ゆーたろさん、今、教授の研究のお手伝いで九州に行ってるらしくって。それで携帯がつながらなかったみたいなの～」

こんなときでもマイペースな燈が戻ってくると、部屋の空気は一気に明るくなった。凛子は相変わらずうつむきながら座っているが、それでもいくらか皆の気分が持ち直したように見える。

宙夜は玲海に代わって燈のための飲み物を用意しながら、しかし注意深く三人の会話を聞いていた。実は火曜日、燈の従兄である悠太朗が民俗学の研究をしていると発覚してから、宙夜たちはその悠太朗との接触を試みていたのだ。

悠太朗の連絡先は燈が知っているというので、彼女に頼んで電話を入れてもらい、しかしそれがつながらなかったためにメールを入れて返信を待っていた。だが問題のメールを送ってから早四日。悠太朗からの返信は一向になく、燈が何度電話を入れても結果は空しかった。

そこで悠太朗に何かあったのでは、という懸念が浮上し、燈も一度自宅へ戻ることにしたのだ。

しかし燈の報告から察するに、どうやらそれは杞憂だったらしい。

「……ん？　いや、でも待って。燈が連絡入れてたのって、悠太朗さんの携帯だよね？　九州って電話つながらないの？」

「あ、ううん、そうじゃなくてね。ゆーたろさん、自分の携帯とお仕事用の携帯を二つ持ってるんだけど、わたしが知ってるのはゆーたろさんの携帯だけだったの。でもゆーたろさんったらうっかり屋さんで、自分の携帯の方を家に忘れたまま出かけちゃったらしくって。だから電話に出られなかったんだって」

「それはまた、なんというタイミングで……」

燈の話を聞いた玲海が乾いた笑みを浮かべ、宙夜も思わずため息をつきたくなった。どうやら千賀悠太朗という人物は——さすがは燈の血縁者、というだけはあり——学者肌でありながら、どこか抜けたところがある男らしい。

「でもそれじゃあ、悠太朗さんはいつこっちに帰ってくるの？」

と、手元のジュースを軽く掻き混ぜながら尋ね、宙夜はそれを燈のもとへ持っていく。回転する氷がカラカラと音を立てるグラスを目の前へ差し出せば、燈はぱっと顔を赤らめながら「あ、ありがとう」と面映ゆそうに礼を言った。

「そ、それがね、ゆーたろさん、来週いっぱいは九州の方にいるみたいで……金曜の夜にこっちに帰ってきて、加賀稚には土曜日に来る予定でいるんだって」

「土曜日……ってことは、あと一週間……」

と、茶の間の壁にかかったカレンダーへ目をやりながら玲海が呟く。その表情が微かに翳ったのを横目に見ながら、遠いな、と宙夜も呟いた。既にサイコさんの呪いが発症してから一週間足らずで凛子はこの有り様なのだ。ここから更に一週間、彼女が夜ごと訪れる恐怖に耐えられるかと言われたら、宙夜はそれに疑問を持たざるを得ない。

「千賀さん。それって事情を話して、もう少し早くこっちに来てもらうことはできない？」

「う、うん……わたしもそう思って、一応事情は説明したの。そしたらゆーたろさん、ちょっと教授と相談して、予定が調整できたらまた連絡するって」

「悠太朗さん、サイコさんの話信じてくれたの？」

「うん。ゆーたろさんもね、サイコさんの噂、知ってるみたいだった。オシルベサマのことも」

玲海の問いに燈が頷き、それを聞いた凛子がはっと顔を上げた。途端に一本の糸のような緊張がぴんと張り詰める。すぐそこの木で鳴いているはずの蝉の声が、不意に遠くなった気がした。

「そ、それじゃあもしかして、サイコさんのこと何か聞けた⁉」

「う、うーん……それがゆーたろさんも今お仕事忙しいみたいで、詳しいことは会ってから話すって言われちゃった。ただ――自分も宙夜くんに直接会って、訊きたいことがあるって」

「宙夜に訊きたいこと？」

「うん。たぶん、わたしが宙夜くんの名前を出したからだと思うんだけど。ゆーたろさんね、びっくりしてたの。〝一体どこでサイコさんとオシルベサマの関係を知ったんだ〟って」

「サイコさんとオシルベサマの関係？　ってことは、もしかして悠太朗さんも？」

「うん。サイコさんとオシルベサマは間違いなくつながってるって言ってた。ゆーたろさんはもうずっと前から、この町に伝わるオシルベサマの怪談について研究してるらしいの。——サイコさんの正体をつきとめるために」

　遠のいた、と思った蝉の声が、完全に沈黙した。三人はあまりの驚きに揃って言葉を失うしかない。

　悠太朗の研究対象はサイコさん——。これがただの偶然で片づけられるだろうか？

「ちょ……ちょっと待って！　悠太朗さんの研究がサイコさんの正体をつきとめるためって、一体どういうこと？」

「わたしも詳しいことは分からない。でもサイコさんの噂は、ゆーたろさんがまだ大学生になる前からあったんだって。それでその噂に興味を持って調べてるうちに、うちの高校に伝わるオシルベサマの怪談とサイコさんには何か関係があるかもしれないってことを知って、もっと詳しく調べてみようと思ったみたい」

「だ、だからわざわざ大学院まで行ってその研究をしてるっていうの？　それはちょっと話が飛躍しすぎってていうか……」

「でも、事情はどうあれ悠太朗さんがサイコさんについて有力な情報を持ってることは間違いないよ。悠太朗さんは、呪いの解き方については何か言ってた？」

「う、ううん、それが……サイコさんの呪いのことは、ゆーたろさんもまだよく分かってないんだって。で、でも、呪いを解く方法は必ずあるはずだって言ってた！　自分も今年のフィールドワークですべての謎を解き明かすつもりだって」

すべての謎を解き明かす――。そんなことが本当に可能なのかどうかは別として、それは今の宙夜たちにとって、これ以上ないほど頼もしい言葉だった。

何せ町の大人たちが皆一様に口を閉ざす中で、悠太朗はただ一人サイコさんの謎と呪いに立ち向かうと言っているのだ。一体何が彼にそこまでさせるのかは分からないが、千賀悠太朗という研究者は、宙夜たちの前に現れた唯一の味方だと言っていい。

「そ、それじゃあ、悠太朗さんさえ加賀稚に来てくれれば……」

「うん、きっと今度こそ呪いを解く方法が見つかるよ！　だからそれまでサイコさんに負けないようにすればだいじょうぶ。みんなで一緒にがんばろ、凛ちゃん！」

そう言って笑った燈が座卓に身を乗り出し、向かいに座る凛子の手を取った。

途端にうつむいた凛子の瞳から涙が零れる。それでも彼女は小さく、しかし確かに頷いた。

それを見た玲海の顔にも笑みが戻る。今度こそ本当の、ここ数日で一番いい笑顔だ。

「よーし、何だか希望が見えてきた！　それじゃあさ、悠太朗さんから連絡が来るまでみんなで気分転換にでも出かけない？　明日も晴れるみたいだし！」

「あ、いいね～！　凛ちゃん、どこか行きたいとこある？」

俄然張り切り始めた玲海の提案に燈が乗り、三人は早速どこへ行こうかと話し合い始めた。しかし凛子はぱっと思いつく場所がないようで、困ったように考え込んでいる。それを見た玲海がここぞとばかりにスマホを取り出し、検索サイトへ飛びながらあれこれと案を出し始めた。

「何かぱーっとおいしいものでも食べにいこっか？　あ、もしくはモールに買い物に行くとか。確かあそこ、映画館もあったよね？　映画とかどう？」

「玲海……ごめん。映画、嫌いじゃないんだけど、今は暗いところはちょっと……」

「あ、そ、そっか……私の方こそごめん。じゃあ、今回は買い物だけにする？　あそこなら服とか小物とか色々見れるし……」

言いながら玲海はスマホを操り、早くも隣町にある大型ショッピングモールのサイトへと飛んでいる。その画面を横目に見た宙夜は頬杖をついて、座卓に置かれたスイカへと手を伸ばした。が、その拍子にふとあるものが視界に入る。宙夜はそれを見て思わず「あ」と声を漏らした。

「──玲海。あれは？」

そう言って宙夜が指差した先を、三人が一斉に振り向いた。

そこではＣＭに入ったテレビが、ポップで賑やかな音楽を吐き出している。

ジュウウウッと激しい音を立て、鉄板の上で油が躍った。

赤い肉が煙を上げ、みるみるうちに色づいていく。玲海はその上に刻んだキャベツやニンジン、玉ねぎ、もやしなどを放り込み、更にちぢれた麺を投入して豪快に炒め出す。

その隣では鉄製の串に通された肉や野菜、きのこなどが金網に並べられ、じりじりと炭火で焼かれていた。滴り落ちた脂は網目を擦り抜け、炭の上でジュッと蒸発する。

途端に弾けたのは香ばしい肉の香り。それは夏の熱気と共にむわっと宙夜たちを包み込み、これでもかというほどに鋭く食欲を刺激する。

「よし、焼きそばできたよー！　宙夜、紙皿取って！」

日曜日。宙夜は玲海、燈、凛子の三人と共に、白雨高原牧場を訪れていた。

白雨高原牧場はその名のとおり、加賀稚町西部を縦断する白雨山脈の中腹にある牧場だ。加賀稚町は元々観光名所に乏しい田舎だが、この白雨高原牧場は毎年それなりの行楽客を集める観光スポットで、牧場の外れに設けられたバーベキュー場はなかなかの盛況ぶりを見せている。

時刻はちょうど昼時を迎えようとしていた。宙夜たちがこの牧場に着いたのは一時間ほど前のことで、牧場内を見て回るのは午後からにしよう、ということになっている。

昨日まで本当に呪われたようだった凛子の顔色は、山の空気を吸うとずいぶんと良くなった。ここからは麓の淀(よど)みは遠く、山を包む緑と葉擦(はず)れの音が、どこか清浄で爽やかな気をもたらしているように感じる。

「ん~っ、おいし~！」

やがてすべての食材が焼けた頃、早速皆でかぶりついた羊の肉は、率直に言ってうまかった。味つけには塩と胡椒(こしょう)しか使っていないのに、それだけで十分だと思わせるほど濃厚な肉の旨味。

加えて炭火で焼いた野菜や焼きそばも、家では決して食べられない味わいだった。たぶん、牧場の直売所で材料と一緒に買ったバーベキューソースが良かったのだろう。コクのある甘辛いソースはこの牧場独自のブレンドらしく、そのうまさはこの暑い中苦労して火を熾(おこ)した甲斐(かい)があった、と思わせてくれる。

「やっぱ炭火で焼いたお肉は最高だね~！　家でも毎日この味が食べられたらいいのに」

「ほんとだね。だ、だけどまさか宙夜くんと一緒にバーベキューに来れるとは思わなかったなぁ」

「こんなときじゃないと宙夜は外に出たがらないからね。人混み嫌いだし、めんどくさがりだし」

「めんどくさがりというか、汗をかくのが嫌いなだけだよ」

「ほら！　これだもん」

呆れたように玲海が言い、それを聞いた燈がまた笑う。すると燈につられたように、凛子も小さく笑みを零した。

そんな凛子の反応を見た玲海はちょっと驚いたようだが、その顔はすぐに安堵へと変わる。思えば凛子が笑顔を見せたのは四日ぶりだ。玲海にはそれがたまらなく嬉しかったらしい。

「ね、凛子！　どう？　私が作った焼きそばも結構おいしいでしょ？」

「……うん。おいしい。玲海、意外と料理上手いんだね」

「ま、まあね！　普段はあんま料理とかしないんだけどさ、私もやればできるっていうか？」

「というより、今日のはタレに助けられた部分が大きいような……いたっ」

後頭部でスパン！　といい音がして、宙夜はそれきり口を噤んだ。褒められて照れているようだったから助け舟を出してやったのに、まったく女心というのは分からない。

だがそんな宙夜と玲海のやりとりが可笑しかったのだろう、木製のテーブルを挟んで座った燈と凛子は更に笑った。と、ふと凛子が、目の前の焼きそばに視線を落としながら言う。

「……あたしさ。実を言うと、バーベキューってこれが初めてなんだよね」

「えっ!?　嘘!?」

「ほんと。今まで一緒にバーベキュー行くような親戚とか友達とか、いなかったからさ。でもまさか、外で食べる焼き肉がこんなにおいしいと思わなかった」

「凛子……」

「ありがとね、連れてきてくれて」

そう言って、凛子は笑った。途端に玲海の瞳が涙で滲むのを、宙夜は見た。

が、彼女はそこで泣き出すようなことはせず、ガバッとその場に立ち上がる。一同がどうしたのかと見上げると、玲海はぐいっと目元を拭い、俄然白い歯を見せて笑った。

「うん。そういうことならどんどん焼こ！　ほら宙夜、手伝って！」

「いや、でもまだ食べてる途中……」

「手伝って！」

結局玲海の力押しに負け、宙夜は渋々腰を上げた。皆で刻んだ野菜や肉はまだまだ残っており、それを次々と串に通して焼いていく。

初めはこんなに焼いて食べきれるのかと疑問だったが、何だかんだと言いつつも、四人はそれから更に二時間ほどかけてすべての食材を完食した。そのあとは牧場から借りた調理器具を水場で洗って返却し、腹ごなしも兼ねて皆で牧場の中を巡ることにする。

屋内のイベントホールでは何かイベントが開催されているようだが、中は予想以上の人だかりで、客の熱気が慎ましやかな空調を完全に圧倒していた。その人混みと蒸し暑さに辟易した宙夜たちは、イベントを見るのはあとにしようと合意して、羊や山羊といった動物たちと触れ合える区画を回ったり、牧場ならではの濃厚なソフトクリームを堪能したりする。

他にもこの牧場では牛舎で牛の乳搾りを体験したり、小さな馬場で馬に乗ったりすることもできるようだった。宙夜たちは夏の太陽の下で冷たいソフトクリームを頬張りながら、入り口でもらったパンフレットを広げ、次はどこへ行こうかと話し合う。

するとデフォルメされた地図を眺めていた玲海が突然「あっ」と声を上げ、ある一点を指差した。

「ねえ、これ。こっちに遊歩道があるみたいだよ。『睡蓮沼』だって」

「山の中をお散歩できるってこと？　涼しそうでいいね～！」

「蓮なら今が見頃じゃないかな。行ってみる？」

「うん、行ってみよ！」

地図を見ると、どうやら玲海が示した沼の先には麓の町が見渡せる展望台もあるらしい。宙夜たちは各々ソフトクリームを完食すると、早速その展望台を目指して出発した。

遊歩道の入り口は牧場の外れにあり、確かに『睡蓮沼』と記された看板が立っている。牧場を出るとその先は木々が生い茂る山中だったが、沼まではきちんと道が整備され、宙夜たちの他にも山へ入っていく家族連れや老夫婦の姿が見えた。

一度遊歩道に入ってしまうと、牧場の賑わいは遠い。代わりに蝉の声と野鳥の囀りとが雨のように降り注ぎ、息を吸えば濃い緑のにおいが肺を満たした。

それから道なりに十分ほど歩いていくと、途端に視界が開けて目の前に大きな沼が現れる。その沼を目にした玲海たちが、「わあ……！」と一斉に声を上げた。

何故なら沼一面に数え切れないほどの睡蓮が浮かび、美しく咲き誇っていたからだ。

「わあ〜、すごい！　きれ〜！」

まるで精巧な蝋細工にも似た薄紅色の花弁。計算し尽くされたかのような造形美を見せるその花は、水面を埋め尽くす葉の間からいくつも顔を覗かせて、緑ばかりの景色を華やがせていた。

沼にはすのこのような見た目の橋が渡されており、そこからより間近で花を眺めることができる。玲海たちはその橋の上に留まり、大はしゃぎで花を写真に収めた。

「ほんとすごいね。まさかこんなにたくさん咲いてるとは思わなかった」

「蓮の花って、お水が汚いほどきれいに咲くんだよね。何だかロマンチック〜」

「……ちなみに〝蓮〟と〝睡蓮〟って違う植物なんだけど、知ってる？」

「えっ⁉　蓮は蓮じゃないの⁉」

「見た目は似てるけど、まったく別の植物だよ。レンコンが取れるのが蓮、取れないのが睡蓮」

「ええっ、レンコンって蓮から取れるの～⁉」

「……千賀さん。レンコンは〝蓮の根っ子〟って書いて〝蓮根(れんこん)〟って読むんだよ」

「し、知らなかった……レンコンって、てっきりそういう名前の野菜なのかと……」

「……まさか玲海も畑で取れると思ってたの？」

「う、うん……なんか山芋とか、あんな感じで取れる野菜なのかなって……」

目を泳がせながら答えた玲海に、宙夜は思わずため息をついた。せめてこれくらいは常識として知っているだろうと思っていたのだが、やはり彼女は変なところで抜けている。が、玲海は玲海で、そのいかにも嘆かわしいと言いたげな宙夜の反応が気に障ったようだ。ムキになって頬を赤らめると、眉を吊り上げながら言う。

「で、でもさ、普通こんな花からあんなヘンテコな野菜が取れると思わないじゃん⁉　ね、凛子！」

「……」

「凛子？　ねえ、聞いてる？」

「――玲海」

そのとき不意に、凛子が玲海の名を呼んだ。しかしその様子が明らかにおかしい。視線はあらぬ方向――彼女の正面、どこか遠くを見つめ、唇が色を失ってわななないている。

完全に血の気を失った横顔に、見開かれた瞳。異変に気づいた宙夜は反射的にその視線の先を追った。そして、息を呑む。

目が、合った。

沼の中から覗いた顔と、目が合った。その顔は確かにこちらを見ていた。

鼻から下は水に隠れているのではっきりとは分からない。けれどその顔は――沼からこちらを覗いた女は、真っ黒な目だけでニタリと笑った。

隣で玲海と燈が凍りついている。ということは、アレは宙夜の見間違いではない。

「佐久川さん――」

――逃げよう。とっさにそう促そうとして、しかし宙夜の言葉は凛子の悲鳴に掻き消された。まるで黒板を爪で引っ掻いたような、狂気じみた絶叫。その視線はいつの間にか橋の麓へと移っており、そこから――伸びていた。無数の手が、凛子を沼の中へ誘うように伸びていた。ぞっとするほど白いその手の群が、一斉に凛子の足を掴もうと詰め寄ってくる。それを見て、凛子はついに発狂した。言葉を忘れたように叫び倒し、我を失って逃げ出した。

呼び止めようとした宙夜たちの声は届かない。狂乱した凛子の後ろ姿はあっという間に木々の向こうへ見えなくなり、三人は慌ててそれを追う。

「凛子！」

恐怖のあまり正常な判断力を失った凛子は完全に遊歩道を逸れ、道もない山の中へと逃げ込んだ。それを見た宙夜たちも急いで藪の中へ飛び込んだが、足場が悪く思うように凛子を追うことができない。地面をのたうつ木の根に、足を刺す灌木の枝。視界を遮る垂れた梢。それらに行く手を阻まれているうちに凛子の姿は山に呑まれ、とうとう宙夜たちの視界から消えてしまう。

「凛子！　凛子、待って！　返事して！」

「凛ちゃん、どこ!?　一人じゃ危ないよ、戻ってきて！」

枝葉を掻き分け、道なき道を進み、宙夜たちは懸命に凛子を探した。

だがこれ以上彼女を深追いすれば、山道を逸れすぎて宙夜たちまで迷子になってしまう。時刻は既に十六時過ぎ。暗くなれば手に負えず、下手をすれば遭難だ。

「玲海。ここは一旦戻って、人を呼んできた方がいいかもしれない」

「そんなの駄目！　戻ってる暇があったら、早く凛子を見つけないと！」

「だけど俺たちだけで山に入るのは危険だ。牧場の職員なら、山に詳しい人がいるかもしれない」

「なら宙夜が戻って呼んできて！　私はその間に凛子を探す！」

「玲海！」

不測の事態に、玲海も我を失っていた。彼女は引き止める宙夜の声を聞かず、がむしゃらに山の奥へと分け入っていく。一度こうなったら玲海は止まらない。彼女の性格をよく知る宙夜は舌打ちし、ならば力ずくでもと玲海を呼び戻すべくあとを追った――が、そのときだ。

「あ……」

それまで猪のごとく突き進んでいた玲海が急に足を止め、立ち尽くして動かなくなった。宙夜は燈と共にその背中へ駆け寄っていく。そうして腕を掴もうとした瞬間、玲海が力なく頽れた。

脱力して座り込み、そのまま倒れそうになった玲海をとっさに支える。直後、宙夜はぞっとした。何故なら座り込んだ玲海の目の前に、高さ二十メートルはあろうかという崖がぽっかりと口を開けていたからだ。

もし玲海があと一歩踏み出していたら――そう思うと背筋が凍り、宙夜は急斜面になった崖の下を覗き込んだ。

刹那、呼吸が止まる。隣で燈も息を呑み、口元を押さえてあとずさった。

「玲海」

宙夜はとっさに玲海を崖から引き離す。

深い深い崖の底では、血を流した凛子があらぬ方向に四肢（しし）を曲げて、動かなくなっていた。

◆第陸夜（だいろくや）

長いだけで大した実りもない校長の話が終わり、蒸し暑い体育館が解放感に満たされた。

夏休み前、最後の登校日。終業式を終えて教室へ戻った宙夜たちは、担任の口から紡がれるお決まりの連絡事項を聞き流し、わずかな配布物を受け取って帰路に就く。

高校二年の一学期が終わった。蝉時雨（せみしぐれ）の中意気揚々（いきようよう）と下校していく加賀高生の流れに紛れ、宙夜は特に何の感慨もなく学校をあとにする。

隣には玲海と燈の姿。しかし二人は言葉少なで、並んで歩く三人の間には重い沈黙が垂れ込めていた。周りの生徒たちは皆明日から始まる夏休みに話題を馳せて大はしゃぎだというのに、まるで宙夜たちだけがいる場所を間違えているかのようだ。

「――あ……あのね、ゆーたろさんなんだけどね」

校門を出てしばらく歩いた頃。鬼灯橋まであと五分というところまで来て、沈黙に耐えかねたように燈が顔を上げた。

「やっぱりこっちに着くのは、明日の夜になりそうだって。それで、日曜日は約束があるから、会うとしたら月曜日はどうかなって言われたの。わたしはいいよって返事したんだけど……」

言って、燈は宙夜たちの顔色を窺うようにこちらを見る。宙夜はうつむいたまま黙りこくっている玲海を一瞥した。それから言う。

「俺もいいよ。でも、玲海はバレー部の合宿があるだろ？」

「……うん。月曜から……」

「なら、悠太朗さんには俺と千賀さんで話を聞いてくるよ。……今更聞いたところで、どうなるものでもないけど」

再び前を向いて宙夜が零した一言に、二人もまた沈黙した。そのまま鬼灯橋の前でいつものように燈と別れ、宙夜と玲海は川を渡る。橋の下を流れる駒草川は今日も涼やかだ。

見下ろせば、川面がきらきらと陽の光を弾いて眩しかった。空も先週の大雨が嘘のように晴れ渡り、雲一つなく澄み切っている。けれども宙夜たちの心は、一向に晴れなかった。

凛子の死から、もうすぐ一週間が経とうとしている。

あの一連の事件は、凛子が不注意によって崖から転落したという事故として処理された。彼女が死亡する直前まで行動を共にしていた宙夜たちは、駆けつけた警察から軽く事情聴取されたもののすぐに解放され、宙夜たちも凛子があんなことになった本当の理由は一言も話さなかった。

話したところで、周囲の大人たちが信じてくれるとは到底思えなかったからだ。第一仮に信じてもらえたとしても、犯人が悪霊では警察も手の出しようがない。

だがそれ以上に宙夜たちの胸を抉ったのは、凛子の母親の対応だった。凛子の母は、自分の娘が死んだと知っても涙一つ見せなかった。

それどころか無感動に煙草の煙を吐き出して、警察にこう言い放ったというのだ。

「アレは間違って生まれた子供だから、あたしには関係ないわ。葬式とかやるなら勝手にやって。あたしは行かないし、金も出さないけど」

その一言が遺族による遺体の引き受け拒否と受け取られ、結果、凛子は通夜も葬儀もなく、ただただ事務的に火葬された。宙夜たちがその事実を知らされたのは、凛子の遺骨が無縁仏として天岡市にある寺院に納骨されたあとのことだ。それも通夜や葬儀の連絡が何もないまま時が過ぎ、妙だと思った宙夜が警察に問い合わせてようやく分かったことだった。

凛子は誰にも見送られることなくこの世を去り、故郷から遠く離れた土地に葬られてしまった。

その事実を知ったときの玲海の顔が、今でも忘れられない。宙夜が事情を告げたとき、玲海は表情を変えず、声も上げず、死人のような顔色でただただ涙を溢れさせた。

「ねえ、宙夜」

行く手にいつものコンビニが見えてくる。その段になって、不意に玲海が口を開いた。

それまで沈黙に身を委ねていた宙夜は驚いて、思わず玲海を顧みる。玲海はただ前だけを見ていた。その横顔は憔悴しきり、目元には隈が貼りついて、否が応でも生前の凛子を彷彿(ほうふつ)させる。

「私のせいかな」

「え？」

「あのとき私が、凛子を気分転換なんかに誘ったのが悪かったのかな」

「玲海」

「私が、あの沼に行こうなんて言ったから……私があのときあんなこと言ったから、凛子は」

「違うよ」

そこから先の言葉を言わせたくなくて、宙夜は即座に遮った。

「あのとき、あの牧場へ行こうって言ったのは俺だ。だから悪いのは俺だよ。玲海は悪くない」

いつもと変わらない、抑揚のない声でそう言った。途端に玲海の横顔が歪む。

やはり前を向いたまま、しかしその顔をくしゃくしゃにして、玲海はついに泣き出した。

あちこちから響く蝉の声に、うなだれた玲海の嗚咽(おえつ)が交じる。

宙夜は何も言わず、そんな玲海の手を取った。

そうして静かにその手を引いて、二人、家路を急いだ。


「……え？　お父さんが帰ってくる？」

と、玲海が箸を止めたのは、その日の晩のことだった。

茫然とした玲海の向かいでは、味噌汁の椀を手に取ったともえが頷いている。彼女がいつもより物静かに思えるのは、つい数日前まで食事の席には燈や凛子がいて、賑やかなのが当たり前になっていたためだろうか。

「で、でも、なんで急に？　お盆休みにはまだ早いでしょ？」

「そうなんだけどね。この間電話で蒼太君や凛子ちゃんのことを話したら、お父さん、あなたのこと心配して。明日からほら、お父さんもちょうど三連休でしょ？」

せめて自分は気丈に振る舞っていようという、ともえなりの気遣いなのだろう。彼女は凛子を失った動揺を微塵も見せず、いつもどおりに笑ってみせた。

高校での終業式を終え、帰宅した宙夜と玲海が揃った夕飯の席。そこでともえが切り出したのは、単身赴任で東京へ行っている叔父の貴明が明日、加賀稚町へ帰ってくるという話題だった。

貴明が最後にこちらへ帰ってきたのは、確か今年の正月が最後だったはずだ。

その貴明が数ヶ月ぶりに戻ってくるからだろうか、ともえはいつもより少しだけ機嫌がいい。

だが宙夜はその話題が上がった瞬間から小さな異変を感じていた。食事に手を伸ばしながら盗み見た玲海の様子が、どうもおかしいのだ。

貴明が明日帰ってくると聞いた瞬間から、玲海は明らかに顔色を失っていた。血色が悪いのはここ数日ずっとだが、座卓の上に落ちた視線は泳ぎ、食事の手も完全に止まっている。

「……玲海、どうかした？　なんか様子が変だけど」

宙夜が気になって尋ねると、玲海はますます蒼白になった。

が、彼女はほどなく茶碗の上に箸を置くと、急に畏（かしこ）まった態度になって言う。

「ご、ごめん……実は、さっきからちょっとお腹痛くて。お母さん、これあとで食べてもいい？」

「あら、いいけど大丈夫？　薬あるわよ」

「へ、平気。ちょっと横になってみるから。ごちそうさま」

玲海は早口にそう言うや、食べかけの食事を台所へ下げ、逃げるように茶の間をあとにした。

それを見送った宙夜とともえは、思わず顔を見合わせる。

「ねえ、ひろくん。あの子、やっぱりここ最近ちょっと変よね」

「そうですね……」

「蒼太君や凛子ちゃんのことがこたえてるんだとは思うけど……。一応あとで薬持っていってあげてくれる？」

「分かりました」

それから間もなく宙夜も食事を終え、ともえの後片づけを手伝うと、茶の間にある救急箱から腹痛用の錠剤とコップ一杯の水を持って二階へ上がった。

玲海の部屋は仏間の真上、階段を上ってすぐの突き当たりにある。宙夜は何の飾り気もない引き戸の前に立つと、拳の裏でその戸を軽くノックした。

「玲海。薬持ってきたんだけど」

部屋の中は静まり返っている。普段の玲海なら音楽をかけるか、スマホでワンセグを見ている時間帯だ。もしや腹痛のために布団に潜り、そのまま眠ってしまったのだろうか。

一瞬そんな考えが脳裏をよぎったが、ややあって、

「——入っていいよ」

弱々しいが、一応返事があった。それを聞いた宙夜は数瞬迷ったあと、「入るよ」と断って引き戸を開ける。玲海の部屋に入るのは何もこれが初めてではないが、何故だか少し緊張した。当の玲海は奥に置かれたベッドの上にうつぶせになり、宙夜には背を向けている。

「大丈夫？　お腹、まだ痛むの？」

「……うん、少し」

「なら薬、飲んだ方がいいよ。ここに置いとくから」

ありがと、と、こちらを見もせずにそう言って、玲海はそれきり黙りこくった。

枕を抱えたまま起き上がらない彼女がどんな顔をしているのか、宙夜の位置からは分からない。かと言って傍まで行って覗き込むわけにもいかないので、宙夜はひとまず持ってきた薬の瓶とコップとを玲海の勉強机に置いた。

その机の隅に、いかにも玲海らしいシンプルな写真立てが置かれている。だが宙夜はふとその写真立ての中身に目をやって、思わずかける言葉を失った。淡い色調の写真立ての中には、制服姿で屈託のない笑みを浮かべた玲海と燈、そして凛子の姿があったからだ。

恐らく去年の文化祭で撮影したものだろう。特に日付は入っていないが、まるで誕生会のように飾りつけられた教室が背後に映っていることから、宙夜にもそれが分かる。

「ねえ、宙夜」

そのとき突然名を呼ばれ、宙夜はぎくりと我に返った。

「あのさ……ちょっとヤなこと訊いてもいい？」

「……何？」

「宙夜のお父さんってさ。伯母さんが亡くなったあと、再婚したじゃん。そのとき、宙夜はどう思った？　お父さんが知らない女の人と結婚するの——嫌じゃなかった？」

思いも寄らない質問に、宙夜はいくらか面食らった。玲海が自ら宙夜の両親の話題に触れるなんて、未だかつてなかったことだ。

宙夜の父——優史が再婚したのは、宙夜が小学四年生の頃だった。相手は当時優史が勤めていた会社の同僚。それも子持ちのバツイチで、宙夜はある日を境にその赤の他人と家族になった。相手の連れ子は宙夜よりも五歳年下の、やんちゃ盛りの男の子だった。

だがその再婚から四年後。優史と宙夜の異母弟は、共に事故でこの世を去った。

父と弟と宙夜の三人で、天文台へプラネタリウムを見に行こうと出かけた日のことだ。その道中、優史の運転していた車は追突事故に巻き込まれ、激しく横転した車中で唯一宙夜だけが奇跡的に助かった。

だが実の父親である優史が死んで、遺されたのは宙夜と血のつながりのない継母だけ。だから宙夜は中学卒業を機に、母方の故郷であるこの加賀稚町へ越してきたのだ。天岡で別れた継母とは、それ以来一度も連絡を取り合っていない。

「……玲海さ。叔父さんと何かあった？」

試しにそう尋ねてみたが、玲海は何も答えなかった。

そこで宙夜は一つ息をつき、何となく机上へ目を落としながら言う。

「こういう言い方は良くないって、分かってはいるんだけどさ。俺は、父さんの再婚については、正直言ってどうでも良かった」

「どうでも？」

「うん。玲海は、父さんがなんであの人と……恭子(きょうこ)さんと再婚したか知ってる？」

「え？　い、いや……詳しくは知らないけど、お互いがお互いを好きになったから、じゃないの？」

「もちろん、それもあったとは思うけど——一番の理由は、俺のためだよ」

　後ろで玲海が体を起こす気配があった。しかし宙夜は振り向かず、手に取った薬の瓶を眺めながら更に言う。

「父さんは、当時まだ子供だった俺には母親が必要だと思ってたんだ。相手に恭子さんを選んだのは、子育ての経験があるあの人なら、俺にとってもいい母親になってくれると期待したからだろうね。俺もそれを分かってたから、反対しなかった。それで父さんが少しでも安心できるならそうすればいいって……父さんの再婚について思ったことがあるとすれば、それだけだよ」

　また微(かす)かに布擦(きぬず)れの音がした。どうやら玲海は完全に身を起こし、ベッドの上に座り込んだらしい。

「じゃあ宙夜自身は、再婚なんかしなくてもいいって思ってたの？」

「うん……まあ、そういうことになるのかな。嫌だとか許せないとか、そういう感情はなかったけど、本当は、俺なんかのためにそこまでしなくていいのにって思ってた」

　言って、宙夜は意味もなく眺めていた瓶を置く。

　そうしてようやく振り向くと、案の定玲海が泣きそうな顔をしていた。

「……なんで玲海がそんな顔するかな。恭子さんのことなら、悪いのは俺だよ。あの人も最初は俺の母親になろうと努力してくれた。だけど俺はそれに応えなかった。一緒に暮らすようになってからも、あの人のことは赤の他人だとしか思えなかったし……そんな俺をかわいいと思えないのは、人として当然だろ」

「でも宙夜の場合は応えなかったんじゃなくて、応えられなかったんでしょ？」

「そうだね。あの頃の俺は今以上に、生きることがどうでもよくなってたから」

玲海の瞳が揺れ、彼女はきつく唇を噛んだ。

次の瞬間には怒られるのだろう。そう予感した宙夜は先手を打つことにする。

「とにかく、叔父さんと何かあったなら、叔母さんにちゃんと相談しなよ。直接言いにくいことなら、俺から叔母さんに伝えてもいいし」

「……」

「叔母さん、玲海のこと心配してるよ。あんなことがあったあとだから、なおさら」

「分かってるよ」

ふてくされたようにそう言って、玲海は再びベッドの上に倒れ込んだ。そのまま宙夜に背を向けて、これ以上話すことは何もない、という素振りを見せる。

「お母さんには、そのときが来たら私からちゃんと話すから。だから今はほっといて」

「それはいいけど、明日叔父さんが帰ってきても大丈夫なの？」

「別に平気。三連休って言ったって、どうせ私は月曜から合宿だし」

「……やっぱり何かあったんだ？」

「ありましたけど、宙夜には関係ないことだからどうぞご心配なく！」

言いたいことを遮られた上に、事情を詮索（せんさく）されたことが面白くなかったのだろう。玲海は投げやりにそう言い捨てると、あとは枕元にあったスマホのイヤホンを手繰り寄せて、ぴったりと耳栓をしてしまった。

宙夜はそんな玲海の態度に呆れのため息をつきながら、仕方なく部屋をあとにする。

けれども引き戸に手をかけたとき玲海が言った。

「――宙夜」

「……何？」

「嫌なこと訊いてごめん」

部屋を出る間際、宙夜はもう一度だけ振り向いた。

玲海はスマホから流れる音楽に身を委ねたまま、やはりこちらを見ようとしない。


かくして翌日。叔父の貴明が帰ってきて、莉野家は数日ぶりに賑やかさを取り戻した。

莉野貴明という叔父は、赴任先から数ヶ月ぶりに帰ってくるなりそんな冗談が言えるほど剽軽な人物だった。

「たまにはみんなで寿司でも食いに行くかぁ。毎日母ちゃんの手料理じゃ、玲海も宙夜も飽き飽きだろう？」

それを聞いたともえには思いきり背中を叩かれていたが、「いてえ！」と大袈裟な悲鳴を上げたわりに、大して気にした素振りもない。次の瞬間にはけろりと笑って、「で、どこに食べに行く？」と懲りずに話を続けるような、そんな男だ。

夏休み初日。帰省した貴明を迎えた宙夜たちは、夜になると隣町のバイパスまで車を走らせて、一家でバイキングに入った。

初めは寿司を食べようと言っていたのに、土壇場で別の店にハンドルを切るあたりもこの叔父ならではだ。「バイキングなら寿司も食えるし焼き肉も食えるし、なんかお得だろ？」というのがその言い分だが、要するに何事もあまり考えずに行動している、と言った方がいい。

「まあ、なんだ。おおよその話は母ちゃんから聞いた。二人とも色々と大変だったみたいだな」

と、そんな貴明がおもむろにそう切り出したのは、家族四人で食事を始めてしばらくが過ぎた頃だった。

宙夜が貴明、ともえの二人と向かい合うようにして着いたテーブルの真ん中では、円形の金網を戴いたロースターがもくもくと煙を上げている。これからまだ食べる気なのか、貴明が持ってきた肉を手当たり次第に載せたせいで、宙夜たちの視界は濃い霧がかかったようだ。

「一度に色んなことがありすぎて、どっちもまだ気持ちの整理がついてないと思う。それはしょうがないことだ。今はとんでもなくつらいかもしれないが、これはっかりは時間が解決してくれるのを待つしかない。これはお前たちが心を強く持って、自分で乗り越えていくしかないことなんだ。父ちゃんたちには、こうして時々気を紛らわせてやることくらいしかできん。分かるよな？」

言って、珍しく真剣な顔をした貴明が、差し向かって座る玲海の顔をじっと見つめた。

途端に玲海が顔を伏せる。まるで貴明の視線を避けるように。

「まあ、確かに、友達があんな事件を起こしたり、目の前で亡くなったりするなんて、そうそうあることじゃないけどな。それでも長い人生、ときにはそんな間違いが起きることもあるんだ。宙夜は、ほら……みなえさんや優史さんのことがあるから、重々承知だとは思うが」

「はい」

「そういう人生の山や谷は、生きていく以上どうしても避けられん。だからつらくても前を向いて、一つ一つ吹っ切っていくしかないんだよ。でもって俺たちは、そのための家族だ。何かあればお互いに支え合って、庇い合って生きていく。家族ってのはそういうもんだ。だからこれからも、何かあればこの四人で助け合って生きていこう。な?」

そう言って、貴明が同意を求めるようにこちらを見るので、宙夜はもう一度頷いた。それを見た貴明が満足そうにニカリと笑う。

けれどもちらりと目を向けた隣の席では、やはり玲海がうつむいていた。その両手はショートパンツを穿いた膝の上に置かれ、何かをこらえるようにぎゅっときつく握られている。

――その晩。外食を終えて家へ戻った宙夜たちは、あとは茶の間や自室に引き取って、各々自由に過ごす流れとなった。

宙夜がそろそろ寝るか、と思い立って入浴を済ませたのは十一時過ぎのこと。しかし洗った髪を適当に乾かし、自室へ戻ろうと二階へ上がったところでふと聞こえた話し声に耳を澄ませた。

行く手から聞こえるくぐもった声は、聞き誤りようもなく玲海と貴明のものだ。どうやら話し声は玲海の部屋から聞こえるらしく、宙夜は思わず立ち止まって聞き耳を立ててしまう。

「――いや、だからとにかく、俺が訊きたいのはそういうことじゃねえんだって。あのメールは消したのか消してないのか、どっちなんだ?」

「だからちゃんと消したってば! 前にもそう言ったでしょ!」

「だったら何もやましいことはねえだろう。なのになんでスマホを隠す?」

「だって他人に自分のスマホ見せるとか、普通にありえないし! お父さんこそ、なんでそこまでしつこく確認したがるの? あの写真の人とはもう別れたんでしょ? だったらこの件は終わりでいいじゃん!」

「馬鹿っ、声がでかいんだよ、お前は！」

普段の宙夜ならば、いくら家族の会話だからといってむやみに立ち聞きしたりはしない。しかし今回はわけが違った。聞こえる二人の声があまりに不穏なのだ。

加えてその会話の内容に、宙夜はぞっと背筋が冷たくなるのを感じた。

〝写真の人とはもう別れた〟？　つまり、それは――

「なあ、玲海。何度も言ってるが、あれはちょっとした出来心だったんだよ。もちろん魔が差した父ちゃんが悪かったと思ってる。父ちゃんはな、別に母ちゃんに愛想尽かしたわけでもなければ、お前のことを嫌いになったわけでもないんだ。お前なら分かってくれるよな？」

「……」

「父ちゃんもさ、東京にずっと一人で寂しかったんだよ。それだけなんだ。だからこの件は母ちゃんには絶対言わないでくれ。お前を巻き込んだ償いなら何でもするから」

「別に、そんなのしなくていい。あの人とほんとに別れたんなら、私はもうそれでいいから」

「ほ、本当か？　何か欲しいものとかあるなら、何でも言っていいんだぞ？」

「だから別にいらないって！　私もう寝るから、お父さんも部屋に戻ってよ！」

薄い引き戸の向こうから、刺々しい玲海の声が響く。直後、宙夜は踵を返した。

案の定、ほどなく玲海の部屋の引き戸が開く。そのとき宙夜は、急いで下りた階段の中ほどにいた。そこからさもたった今上ってきたかのような体で貴明と鉢合わせる。宙夜はできる限り何でもない風を装ったが、貴明の方はほとんど音も立てずに現れた宙夜を見て驚いたようだ。

「お、おう、宙夜。今、風呂から上がったのか？」

「はい。……叔父さんはまだ寝ないんですか？」

「い、いや、俺もそろそろ休もうかと思ってたとこだよ。母ちゃんも玲海ももう寝るって言ってるしな。俺も久々にこっちまで帰ってきたせいか、何だかちょっと疲れちまった」

　そう言って頭を掻きながら、貴明は乾いた声で笑った。その白々しい態度は明らかにやましいところがある人間のそれだ。しかし宙夜は何も気づかないふりをして、「そうですか」と平坦な口調で返しておく。

「俺も今夜はもう寝ます。おやすみなさい」

「あ、ああ、おやすみ。夏だからって腹出して寝るんじゃないぞ。せっかくの夏休みなのに、風邪ひいたりしたらもったいないからな」

「大丈夫ですよ」

　あからさまに空回っている叔父の様子を見つめながら、宙夜はうっすらと微笑んだ。玲海であればその時点で、宙夜の微（かす）かな異変を察し眉をひそめたことだろう。

　何しろ宙夜は自分でもそう自覚するほど、人前では滅多に笑わない。けれども己の醜態を隠すことに必死の叔父は、そんな宙夜の意思表示にはまるで気づかなかったようだ。

「まあ、そりゃそうだな。高校生にもなりゃ、それくらいの分別はつくよな」

「はい。していいことと悪いことの分別くらいは」

「そっ……そ、そうだよな。高校生って言ったら、もう十分大人だもんな。玲海もお前も……」

　そう言いながら次第に伏し目がちになっていく貴明の姿を、宙夜は何の感情もなく見つめた。

　そのまま軽く会釈をし、貴明の脇を通り抜けて自室へ戻ろうとする。

「――宙夜」

　その背中を、呼び止められた。宙夜は黙って貴明を顧みる。

郵便はがき

1508701

料金受取人払郵便

渋谷局承認

9400

039

差出有効期間
平成30年10月
14日まで

東京都渋谷区恵比寿4−20−3
恵比寿ガーデンプレイスタワー5F
恵比寿ガーデンプレイス郵便局
私書箱第5057号

株式会社アルファポリス
編集部 行

お名前
ご住所 〒 TEL

※ご記入頂いた個人情報は上記編集部からのお知らせ及びアンケートの集計目的以外には使用いたしません。

アルファポリス http://www.alphapolis.co.jp

ご愛読誠にありがとうございます。

読者カード

●ご購入作品名

●この本をどこでお知りになりましたか？

年齢　　歳　　　　性別　　男・女

ご職業　1.学生(大・高・中・小・その他)　2.会社員　3.公務員
4.教員　5.会社経営　6.自営業　7.主婦　8.その他(　　　)

●ご意見、ご感想などありましたら、是非お聞かせ下さい。

●ご感想を広告等、書籍のPRに使わせていただいてもよろしいですか？
※ご使用させて頂く場合は、文章を省略・編集させて頂くことがございます。
(実名で可・匿名で可・不可)

●ご協力ありがとうございました。今後の参考にさせていただきます。

「お、お前さ……玲海から何か、変な話を聞かなかったか？　その、知らない人から突然間違いメールが来たとか、来ないとか……」

「……。いえ、俺は特に何も」

やはり淡々と答えると、貴明はようやく顔を上げ、「そ、そうか」と短く答えた。その表情には明らかな安堵の色が浮かんでいる。宙夜はそんな叔父の顔から無意識に目を背けた。

「ま、まあ、何も聞いてないならいいんだ。俺の思い違いだろうからな。それじゃ、おやすみ」

貴明はそう言うが早いか、あとはそそくさと足早に階段を下っていった。その足音が完全に聞こえなくなるのを待って、宙夜はくるりと玲海の部屋へ向き直る。

そうしてじっと耳を澄ましたが、彼女の部屋からは鼻を啜る音が一度聞こえただけだった。

窓の外で、夏の虫が鳴いている。

「それじゃあ、行ってきます」

月曜日、朝。蝉の声が降りしきる玄関口で、宙夜は玲海の見送りに立っていた。

夏休みに入ってまだ三日目だが、玲海はこれから一週間、部活の合宿で学校に泊まり込むことになっている。来月の初旬に県の小さな大会があるため、それに向けた強化合宿というやつだ。

「ちゃんと着替えは持った？　ほんとに忘れ物はない？」

「大丈夫だって、お母さん。何か忘れ物があったって、すぐ取りに来れる距離なんだから」

「まあ、それはそうだけど……あんまり練習に夢中になって、熱中症になったりするんじゃないわよ。ほら、ここにある塩飴も持ってって、みんなで舐めなさい」

隣では相変わらず世話焼きのともえが、靴箱の上に載っていた籠から塩飴を掴んで玲海のスポーツバッグに詰め込んでいる。玲海はもはや抵抗するだけ無駄だと感じているのか、「はいはい」と生返事をしてともえのしたいようにさせていた。

　しかしそんなともえの姿を見た玲海の表情が、宙夜にはわずかに翳って見える。何しろ家にはまだ貴明がいるのだ。今日の昼過ぎには東京へ帰ると言っていたが、何も知らない母を父と共に置いていくことが忍びないのかもしれない。

「玲海」

　と、やがてともえの最終確認が完了したのを受けて、宙夜は靴箱に預けていた体を起こした。そうして黒いハーフパンツのポケットから取り出した薄桃色の塊を玲海に差し出す。玲海は何だろう？　という顔をしてそれを受け取りかけ、しかし寸前でハッと手を止めた。

「どうしたの、それ？」

「貸すよ」

「えっ。な、なんで？」

「気休め……って言うと身も蓋もないけど」

「で、でも、それ……伯母さんの形見でしょ？」

　玲海がそう言って遠慮がちに見つめたのは、宙夜が握った手作りのお守りだった。通常神社で買えるお守りのように〝家内安全〟や〝開運厄除〟といった文字の刺繍はないが、形はしっかりとしたお守りのそれで、口の部分には首から下げられるよう長めの紐がついている。

　あまりにも長い間持ち歩きすぎてくたびれてしまっているそれは、確かに宙夜の母の形見だった。十年前、母が息を引き取ったあと、父の優史から「持っていなさい」と渡されたのだ。理由を聞いたら、「お母さんの大切な想いが詰まったものだから」と、そう言われた。

「一週間くらい、別にいいよ。どうせ俺は家からほとんど出ないし」

「……まだ夏休み始まったばっかなのに、なんでそう出不精（でぶしょう）宣言するかな」

「いいから、はい」

いつもの不毛なやりとりに発展するのを回避すべく、宙夜は半ば強引にお守りの紐を玲海の首へかけた。奇襲を受けた玲海は一瞬怯み、直後には自分の胸元に薄桃色のお守りがあるのを見て不満そうな顔をする。

だがそんな彼女も、宙夜がそれを預けようと思った理由を何となく察したのだろう。それ以上は何も言わず黙り込むと、やがて一つため息を落としてから、言う。

「……ありがと」

それからほどなく、玲海は大きめのスポーツバッグを二つ肩からぶら下げて、一人学校へと出かけていった。宙夜はともえと共にその後ろ姿を見送り、彼女が塀の向こうに消えたところで静かに玄関の戸を閉める。

「玲海、やっぱり元気ないわねぇ……」

と、その宙夜がサンダルを脱いで再び家へ上がったところで、心配そうにともえがぼやいた。恐らくそれは直接宙夜に向けたわけではない、独り言のようなものだろう。しかし宙夜は聞かなかったことにするのもためらわれ、玲海の去った玄関を一瞥してから口を開く。

「玲海なら大丈夫ですよ。部活に行って体を動かせば、少しは気が紛れるでしょうから」

「……そう？　でも、確かにそうかもしれないわね。あの子、バレーしてるときはいつもイキイキしてるから」

それで少しは元気が出ればいい。そう言ってともえは笑った。その笑顔を見たら、玲海はきっと心を痛めただろう。彼女が家を出たあとで良かったと、宙夜はこっそりそう思う。

「ところでひろくん、さっきはあんなこと言ってたけど、確か今日は燈ちゃんと会う約束をしてるんでしょう？」

「はい。天岡の大学院に行ってるっていう、千賀さんの従兄を紹介してもらえることになって」

「あら、大学院生？　ひろくん、大学院に興味があるの？」

「というより、その従兄さんの研究している対象について、ですかね……」

「あらあら、そうなの。それならアレ、昨日お隣の前田さんからもらったゼリー、お土産に持っていってちょうだい。この間の看病のお礼にっていただいたけど、あんなに食べられないから」

「分かりました」

かくしてその日の昼を少し過ぎた頃。東京へ帰る貴明の見送りも玄関口で済ませた宙夜は、数種類のフルーツゼリーと保冷剤がぎっちり詰まった袋を持たされ、燈との待ち合わせ場所である鬼灯橋へ足を向けた。

七月ももう下旬に差し掛かり、陽射しはギラギラと暑苦しさを増している。蝉の声も梅雨明け以来いっそう勢いを増したようで、場所によっては思わず耳を塞ぎたくなるほどだ。

その蝉時雨に紛れて、どこかで風鈴が鳴っている。緑の垣根の向こうから、野球中継の実況が聞こえる。前方にはアスファルトから立ち上る陽炎。その歪みの中を、笑いながら横切って行く子供たち。

平和だった。

数日前までのあの騒動がすべて夢だったかのように、世界は穏やかさを取り戻していた。

だが、なんと残酷な平和だろう。宙夜の胸には未だ楔（くさび）のように打ち込まれた凛子の死に顔や、みっつんの書き込みや、半狂乱となった蒼太の叫びが深く突き刺さっている。

そしてそれは恐らく、玲海や燈も同じはずだ。

その痛みを和らげる手段はもう、真実を確かめる他にない。

「――あっ、宙夜くーん！」

やがて行く手に鬼灯橋が見えてきた頃、宙夜は対岸から手を振る燈に気がついた。いつか蒼太の見舞いに行ったときと同じ、花飾りつきの麦わら帽子。淡い色調のワンピースの上には薄いレース編みのカーディガンが羽織られていて、そのふんわりとした印象がいかにも燈らしい。

「ごめん、千賀さん。待った？」

「ううん、だいじょうぶ！　それよりその荷物、どうしたの～？」

「ああ……これは叔母さんがお土産に持っていけって。いただきものなんだ。でも、うちじゃ余って食べきれないから」

「わ～！　そうなんだ、ありがとう！　それじゃ、うちに着いたらみんなで食べようね！」

宙夜から受け取った袋の中身を覗き見て、燈は嬉しそうに笑った。その笑顔に偽りも翳（かげ）りもないのを見て、彼女は強いな、と宙夜は思う。

一昨日の夜、ようやく加賀稚に到着したという悠太朗とは、燈の家で会う約束になっていた。どうやら悠太朗も出身はこの町らしいのだが、彼の実家は海沿いの方にあり、歩いていくにはいささか遠いというのだ。

そこで車を持っている悠太朗の方が燈の家へ赴き、宙夜もそこで会うことになった。聞けば燈の両親は揃って外出しているらしく、悠太朗は先に着いて留守番をしてくれているらしい。

「じゃーん！　ここがわたしのおうちです！」

と、やがて燈が宙夜を案内したのは、加賀稚でも比較的新しい住宅街として知られる団地の一角だった。鬼灯橋からは歩いて二十分ほどで、あたりには西洋風の外装をした一戸建や洒落たアパートが整然と軒を連ねている。

現在宙夜たちが暮らしている古い団地とは真逆の、清潔感漂う町並みだった。築三十年を優に超える和風住宅ばかりが並ぶ蔚染地区は、やはりどこか暗いのだ。

その点、燈の家がある団地は淡い色合いの外壁を持つ家が多いためか、とても明るい印象を受ける。外観からしてまだ新しく、築十年前後だろうと思えるその一戸建は、中も外も洋風の設えになっていた。

タイル敷きの玄関の向こうにはピカピカに磨き上げられたフローリング。壁紙はまるでつい最近貼り替えたかのように真っ白で、落ち着いた色調の下駄箱には愛らしい動物たちに囲まれたウェルカムボードが置かれている。

「えっとねぇ、リビングはこっち。どうぞ、入って〜！」

そう言って燈が示したのは、玄関を上がってすぐ右手にあるスリットガラス入りのドアだった。彼女は宙夜を促しながらドアを開けると中の様子を確認し、途端にぱっと表情を明るませる。

「あ、ゆーたろさん！　お待たせ〜！　宙夜くん、連れてきたよ！」

肌触りのいい素材のスリッパをパタパタと鳴らし、先にリビングへ入った燈を宙夜も追った。その先は広々としたリビングダイニングキッチンになっていて、台所に面した四人がけのテーブルに一人の男が着席している。

「やあ、おかえり、燈。――その子が？」

男がそう言って立ち上がったのを見た瞬間、宙夜は彼こそが噂の悠太朗だと確信した。

すらりとした瘦身に、後ろで一つに結われた長髪。どこか燈に似た人柄を予想させる顔立ちと、いかにも学者然とした佇まい――

「君が真瀬宙夜君だね？」

眼鏡の向こうで穏やかな光を湛えた瞳と視線が合い、宙夜はこくりと頷いた。

話には聞いていたが、本当に背が高い。一八〇センチはあるだろうか。

しかしすぐ傍で見下されてもあまり威圧感を感じないのは、スポーツ選手のようにガッチリとした体格ではないからだろう。涼やかな目元は彼が優秀な学者の卵であることを物語り、宙夜を見つめると微かな綻びを見せる。

「初めまして。千賀悠太朗です。真瀬君には、いつも従妹がお世話になってるそうで」

「いえ、こちらこそ。今日は貴重なお時間をいただいてありがとうございます」

「いや、礼を言うのはこちらの方だ。燈から話を聞いて、君とはぜひ一度会ってみたいと思ってたんだよ。――お友達のことは、間に合わなくてすまなかったね」

いくらか低めた声色で言われ、宙夜は小さく首を振った。凜子の件は、悠太朗を責めたところでどうにもならないことだ。確かに彼がいれば事態はいくらか好転したかもしれないが、それを言うならもっと他に責められるべき大人が、この町には何人もいる。

「燈。お客さんに何かお飲み物を」

「はーい。あ、あとね、宙夜くんがおみやげに冷たいゼリーを持ってきてくれたの〜！」

「そうなのか。すまないね、何だか気を遣わせたみたいで」

「いえ。叔母のお節介ですから」

宙夜が衒いもせずにそう言えば、悠太朗は少しだけ可笑しそうに笑った。どうも宙夜が従姉である玲海の家に居候していることや、叔母のともえのことは既に燈から聞いて知っているらしい。

「――それで、燈からだいたい聞いてるとは思うけど……」

と、その悠太朗がおもむろに話を切り出したのは、宙夜が勧められた席に着き、挨拶代わりの世間話をいくらか交わしたあとのことだった。向かい合って座った宙夜と悠太朗の間には、燈が台所から運んできてくれた冷たい紅茶入りのグラスがある。隣には宙夜が持ってきたゼリーも出されていたが、まだ誰も手をつけていなかった。

「その前に、一つ訊いてもいいかな。真瀬君は、サイコさんとオシルベサマは同じものなんじゃないかと考えているそうだね。その考察はどこで？」

「俺のはネットからの受け売りです。ずいぶん前に個人のブログでそんな考察をしている人がいて。だけどその内容に説得力を感じたので、その線で調べてみようと思いました。結局それ以上の手がかりはありませんでしたが……」

「そうか……いや、そうだろうね。この町では今やサイコさんの名前もオシルベサマの名前も忘れ去られようとしている。ただ古くからこの町に住んでいる、ほんの一握りの人々が今もその名を覚えているだけだ。しかもそういう家の人たちは大抵、その名前を禁忌視(タブー)している」

言って、悠太朗は目の前のグラスに手をつけながら、一つ深いため息を漏らした。

その大息には、これまでの調査にかかった時間や苦労がずっしりと重く乗っている。それを言外のうちに感じた宙夜たちも自然、緊張でやや背筋が伸びた。

「悠太朗さんは、サイコさんの正体をつきとめるために今の研究をされているんですよね。それなら、アシタサイコという名前をご存知ですか？」

「ああ、もちろん知ってるよ。アシタサイコというのは昔、このあたりがまだ蔚染村(うつそみむら)と呼ばれていた頃に実在した村人の名だ。〝人間は考える葦である〟の〝葦〟に田んぼの〝田〟、色彩の〝彩〟に子供の〝子〟で〝葦田彩子〟。例の都市伝説であるサイコさんの名前は、恐らくこの女性の名前から取られたと考えてまず間違いないだろう――何せ昔、この町には〝彩子さんの呪い〟と呼ばれるまじないが存在していたらしいから」

――〝彩子さんの呪い〟。悠太朗がグラスを掴んだまま吐き出したその言葉が、ぞっと宙夜の背筋を舐めた。

どうやらその話を聞かされるのは燈もこれが初めてのようで、表情から血の気が引いている。悠太朗の口調にこちらを脅かすような意図は感じられないが、彼の言葉がやけにおどろおどろしく響くのは、きっと宙夜たちがその呪いを身をもって体験したせいだ。

「これは僕がまだ高校生だった頃、近所に住んでいたお婆さんから聞いた話なんだけどね。この町にはかつて〝葦田の怨霊〟と呼ばれる伝承があって、それの元となったのがその葦田彩子という村人なんだそうだ。葦田彩子が怨霊となった経緯は不明。ただ町にはその怨霊を鎮めるために建てられたお堂があって、昭和の半ば頃まで、そのお堂に願掛けに行く〝葦田参り〟という隠れた因習があったそうだよ」

「あ、葦田参り……?」

「まあ、分かりやすく言えば、丑の刻参りの地方版みたいなものかな。お堂に封じられている怨霊の力を借りて、憎い相手を呪ってやろうという儀式さ。そのお堂の中には、葦田彩子の祟りを恐れた人々が身代わりとして納めた人形がぎっしり詰め込まれていたらしくてね。葦田参りをする人はその中から呪いたい相手によく似たものを選んで、その相手の名を朱墨で十三回書いた紙と一緒に燃やす……ということをしていたらしい」

グラスの中で揺れる氷を見ながら、悠太朗が言う。宙夜は自分の体を微かな震えが走るのを感じた。しばらく炎天下を歩いてきたせいで暑いと感じていたはずの体が、いつの間にか冷えきっている。この部屋がやけに肌寒いのは、恐らく冷房のかけすぎだけが原因ではないはずだ。

「ゆ、ゆーたろさん、待って。紙に朱墨で十三回って、それ……」

「ああ。目的は違えど、最近巷で流行っているサイコさんの都市伝説と同じさ。そして怨霊を恐れた町の人々は、葦田参りによってもたらされる不幸をこう呼んでいた――彩子さんの呪い、と」

「……！」

「真瀬君。ここまで言えば、僕がサイコさんとオシルベサマには密接な関係があると考えている理由を分かってもらえたかな？」

テーブルを挟んで向かい合った三人以外誰もいないリビングは、不気味なほど静まり返っていた。唯一聞こえるのは冷房が鳴らす低い唸りのような稼働音だけ。閑静な住宅街、と言えば聞こえはいいが、今はその静寂が、ひたひたと迫る脅威のように宙夜には感じられる。

「……悠太朗さんは、俺たちと同じ加賀稚高校の卒業生なんですよね。加賀高には、オシルベサマの怪談の他にもこんな七不思議があります。――『開かずの間』」

斜向かいの席で、燈の肩が小さく震えた。学校の七不思議。開かずの間。それだけ聞くとどこの学校にでもありそうな怪談の一つに思えるが、加賀稚高校の場合は少しばかり事情が違う。

現在加賀稚高校が建っているあの山の名は、蔵六山。

その蔵六山にはかつて、悪霊を鎮めるためのお堂があったと言われているのだ。

「加賀高の開かずの間には、そのお堂が当時のまま残されている、と言われています。昭和四十年頃、県が地震の被害に遭った加賀高の移設先をあの場所に決めたとき、住民がお堂の取り壊しに強硬に反対したからだと。それだけじゃなく、一度その反対を振り切ってお堂を壊そうとしたら、原因不明の死亡事故が多発したとも聞きました。だからお堂は壊されずにそのまま残った……それを封じているのが、今も加賀高の一階にある『開かずの間』だと聞いています」

「うん。いや、ちょっと驚いたな。本来のオシルベサマの話や怨霊伝承は既に廃れてしまってるのに、その七不思議だけは今も変わらず残ってるのか。その話、僕が加賀高生だった頃に聞いた話と寸分も違わないよ。これだから民間伝承ってのは面白い」

悠太朗はちょっと笑いながらそう言って、ようやくグラスを口に運んだ。

けれどもそれは心から出た言葉ではなく、凍りついた場の空気を少しばかり溶かそうという彼なりの気遣いのように思える。生憎ながら宙夜たちは、それに応える術を持たなかったが。

「でもってその悪霊に具体的な名前と姿を与えた伝承が『オシルベサマの怪談』だ。加賀稚高校の七不思議では数年に一度、あの学校からは行方不明者が出るとされている。そしてその行方不明者は学校関係者の手によって捕らえられ、オシルベサマという名の悪霊を鎮めるための生け贄にされているのだと……その学校関係者という部分だけが、語り部によって校長だったり教頭だったり用務員だったりと一定しないみたいだけどね」

「つまり加賀高の七不思議に登場する悪霊というのは、すべてオシルベサマのことだと考えていい、ということですよね。そして、『開かずの間』の中に登場するお堂の話から考えると……」

「ああ、そうだ。その七不思議の内容は葦田の怨霊の伝承と一致する。『オシルベサマの怪談』に登場する生け贄というのも、恐らくは地元住民が自分たちの身代わりに人形を納めていたという事実から生まれたものだろう。いや、あるいは本当に……当時この町では彩子さんの呪いを避けるために、生け贄を捧げるような儀式が行われていたのかもしれない」

確証はないけれどね。悠太朗はそう言って肩を竦めたものの、宙夜は背中に冷たいものを感じずにはいられなかった。

加賀稚高校の開かずの間は、普段生徒たちが出入りする昇降口の近くにある。校舎に入ってすぐの階段下にある小さな倉庫。その扉が開かずの間と呼ばれているのだ。

当然ながら昇降口から最も近いということもあり、宙夜もその階段を日常的に使用している。だがその階段の下には悪霊を鎮めるためのお堂があり、そこには数多(あまた)の生け贄もまた封じられている……

そんな想像を働かせると、両腕にぞっと鳥肌が立った。こんなことになる前はただの作り話だろうと気にも留めていなかったが、今となってはとてもあの階段をこれまでどおり使う気にはなれない。

「で、でもさ……こないだ宙夜くんから、オシルベサマは昔この町の人たちが崇めていた神さまだって聞いたよ？　その神さまがどうして悪霊なの？　ていうか、その葦田さんって人とオシルベサマに、一体どんな関係があるの？」

「そこがいまいちよく分からないんだ。オシルベサマというのは〝導く神〟という意味で、この町がまだ蔚染村と呼ばれていた頃はかなりの求心力を持っていたらしい。当時の人々はオシルベサマの教えは絶対だと信じ込んでいたというからね。だけどこのオシルベサマの教えというのが、全国的に見てもかなり珍しい事例なんだ。たとえば、これは日本の至るところで確認されていた風習なんだけど——〝夜這(よば)い〟って知ってるかい？」

「えっ……」

「……古い風習としての夜這い、ですよね。地方の農村や漁村では、未婚の女性や未亡人のところを男性が自由に訪れて、誰でも肉体関係を持つことができた。女性は何人もの男性とセックスをして、妊娠したらそれまで自分が関係を持った相手の中から好きな人を父親として選べた、と聞いたことがあります」

「ひ、宙夜くんっ」

途端に燈が上擦った声を上げ、色素の薄い髪がわずかに逆立つ。その頬はたちまち真っ赤に染まり、耐えられない、といった様子で燈は紅潮した顔を両手で覆った。

が、そんな燈の反応を見た悠太朗は隣の席で苦笑している。彼も民俗学者の端くれだから、こういった話題には抵抗がないどころか、むしろ研究対象として受け入れているのだろう。

「そう、まさにそのとおりだよ。日本の貞操観念っていうのはね、元々とても自由なものだったんだ。特に地方の小さな村なんかでは、その傾向がかなり顕著だった。当時は交通機関も情報伝達のシステムも未発達で、日本人は〝ムラ〟のような狭い共同体の中で暮らしていたからね。夜這いはいわば婚姻のための儀式であり、当時の若者たちにとっての数少ない娯楽でもあった。女性は操を守るべき、という思想が広まったのはキリスト教的価値観が日本に輸入されてからで、歴史的に見ればつい最近まで、この風習はかなり普遍的なものだったんだよ」

「でっ、でもっ、そんなっ……そんな風に色んな人と、か、関係を持ったりして、し、しかもその中から好きな人を父親として選ぶなんて……！」

「まあ、現代の常識からはちょっと考えられないけどね。当時のムラ社会ではそれが当たり前だったんだよ。だけどこの地方だけは違った。蔚染村は他の村のように夜這いの習慣があってもおかしくない条件下にありながら、住民が皆非常に堅い貞操観念を持っていた。つまり、かなり現代的な価値観を基準として村の掟が定められていたんだ」
誰も手を触れていないグラスの中で、カラン、と氷が音を立てる。千賀家の広いリビングには
また数瞬、冷房の唸りだけが響く静寂が降り積もった。
「……それってつまり、蔚染村では夜這いのような風習は卑しいものと見なされていた、という
ことですか？」
「そのとおり。蔚染村では、未婚の女性や未亡人が男性と関係を持つことが固く禁じられていた。
既に配偶者のいる男女が別の異性と関係を持つこと――つまり今で言う不倫も厳しい処罰の対象
だった。何故ならそれがオシルベサマの教えの一つだったからだ。この教えを破った者は村八分
に遭うか、ひどいときには私刑に処されたという記録もある。当時の村人はその教えを守らなけ
れば、村がオシルベサマの祟りに遭うと信じていたんだ」
――オシルベサマの祟り。またしても不穏な単語が飛び出し、宙夜たちは体を硬くした。
当時の村人たちがそれだけオシルベサマを絶対視していたということは、裏を返せばそれほど
強大な恐怖が村全体を支配していたということだ。そしてその恐怖の源が土着神の祟りにあった
のだとしたら、その事実関係もまた〝サイコさんの呪い〟という未知の力と符合する。
「僕が今回のフィールドワークで明らかにしようと思っているのは、まさにそのあたりのことで
ね。オシルベサマ発祥の経緯や祟りの具体的内容、そしてオシルベサマと葦田彩子の関係……そ
の謎を、今年こそ解き明かしたいと思ってる。そのためにこうしてこの町へ戻ってきたんだ」
「で、でも、調べるって言ってもどうやって？　町の人たちは、オシルベサマや葦田さんのこと
については何も話してくれないんでしょ？」
「そこを何とか聞き出すのさ。民俗学研究の基本は聞き取りにあるからね。本当は紙の資料なん

かが残っていれば最高だけど、民間伝承や地域信仰といった類のものは、だいたいの場合口伝でしか後世に残らない。そうしていつ消滅してしまうとも分からない無形文化を調査し世に残すのが、民俗学者の使命なのさ。それに、葦田彩子の件については——ただの伝承というだけでは済みそうにないしね」

そのとき、椅子の背もたれに深く身を預けた悠太朗の眼差しが、にわかに鋭さを帯びたように宙夜には見えた。その目はテーブルの上に置かれたグラスへ向けられているようで、もっと別のどこかを見ている。細いフレームの眼鏡の奥——そこにある悠太朗の瞳には、宙夜には推し量れない何かが燃えている。

「とまあ、そんなわけで、今の僕から話せるのはこんなところかな。結局はっきりしたことは何も分からなくて申し訳ないけど……」

「いえ。貴重なお話を聞かせていただいて、ありがとうございます。ただ……」

「ただ？」

「……ただ、他にもいくつか分からないことがあって。サイコさんはどうして人を呪うのか、とか、サイコさんを呼び出しても呪われない人と呪われる人がいるのは何故なのか、とか……」

宙夜が長い間抱えていた疑問を吐き出すと、不意に悠太朗の表情が翳った。彼はそのまま薄いレースのカーテンがかかった窓の外へ目をやると、先程よりもいくばくか暗い口調で言う。

「それは僕もずっと気になっていることでね。まだはっきりとは分かっていないけど、これまでの調査で朧気に見えてきたことがある」

「というと？」

「君も知ってるかもしれないが、この町には昔から突然行方が分からなくなるとか、奇妙な死を遂げる人が多くてね。その全部がそうだとは言わないけど、僕はそのいくつかに葦田の怨霊が関わっているんじゃないかと思ってる。それで以前、この町から出た行方不明者や変死者について詳しく調べてみたことがあるんだ。実際にいなくなったのはどんな人たちで、行方をくらませる直前はどんな様子だったとか、そんなことをね」

その調査の結果、この加賀稚町で過去五十年の間に失踪したり変死したりした住民は十代から八十代まで、幅広い年代に及んだ。その中には親子や友人同士といったつながりを持つ人々もいたようだが、ほとんどが接点も持たず、一見すると何の関わりもないように見えるらしい。

「だけど彼らの生前の様子を調べていくと、一つだけ共通点があったんだ。それはたとえば、家族や恋人と死別して孤独だったとか、ある特定の人物に深い恨みを持っていたとか、猜疑心(さいぎしん)が強くて人間不信だったとか……とにかくそういう負の感情を人一倍強く持った人たちだったんだよ。だから、これはあくまで僕の仮説だけど——葦田彩子は恨みや怒り、悲しみ……そういう感情が一際強い人たちを選んで呪っているんじゃないかな。何となく、そんな気がするんだ」

——負の感情。悠太朗が静かに手を組みながら告げた仮説に、宙夜は小さく息を呑んだ。

そう言われてみれば、確かにそうだ。実際にサイコさんの呪いを受けた蒼太は、何かあるとすぐ他人へ当たり散らすような激しい劣等感の持ち主だったし、凛子も母親や恋人の裏切りによって心に深い傷を負っていた。

二人はそうした暗い感情の沼に嵌まり、抜け出せなくなっていた——だからサイコさんに見つかったのか。

だが仮にその説が正しいとすると、宙夜には一つだけ腑に落ちないことがある。それは宙夜たちが初めてサイコさんの恐怖に直面した、あの夜のこと。

『オ前ハ　贄ニ　ナラナイ――』

サイコさんは、あのとき何故自分を連れていかなかったのだろう？

あの怨霊が求めているのが人間の持つ負の感情だというのなら、蒼太や凜子が嵌まっていたのと同じ沼の中に、宙夜もまたいるというのに。

「――僕は、今月いっぱいは調査のためにこの町にいる」

別れ際、宙夜を車で自宅まで送ってくれた悠太朗はそう言った。

「その間に何か分かったことがあれば、教えてもらった番号に連絡するよ。逆に真瀬君も何か気づいたことや思いついたことがあれば、いつでも連絡してほしい。僕は何としても、サイコさんの正体をつきとめたいんだ」

最大まで開かれた運転席の窓の向こうから、悠太朗が真剣な眼差しを注いでくる。その後ろでは助手席に座った燈が、少しだけ心配そうな眼差しを向けていた。

「分かりました。でも、最後に一つだけ訊いてもいいですか？」

「何だい？」

「悠太朗さんは、どうしてそこまでサイコさんの謎にこだわるんです？」

庭の木で、油蝉が鳴き始めた。その声はどこか、ノイズ交じりのサイレンに似ている。

「僕はね、真瀬君。これ以上サイコさんの呪いが広がるのを止めたいんだよ」

不吉なサイレンの中で、悠太朗はまっすぐに宙夜を見つめて、言った。

「止めたいんだ」

痛いほど、まっすぐに。

●
●
●

悠太朗はパソコンの前で腕を組み、小さく唸っていた。

目の前の画面には、つい先程まで打ち込んでいたレポート用のメモがある。パソコンの左右に散らばっているのは今回のフィールドワークで得られた資料や過去の調査記録、そして聞き取り調査の際にいつも愛用している小型のボイスレコーダーだ。

加賀稚町に帰省してから四日。その日悠太朗は昼間から実家の一室に籠もり、これまでの調査結果を順序立てて並べる作業に没頭していた。

本当は今日もあちこち車を走らせ、聞き取り調査を行う予定だったが、その予定を急遽キャンセルしなければならなくなったのだ。おかげで今日は一日ぽっかりと予定が空いてしまい、自分の無力さと不甲斐なさに思わず深いため息が漏れる。

「おいあんた、民俗学者だか何だか知らねえが、何でも町中の古い家を回って、葦田彩子について嗅ぎ回ってるらしいでねえか。そのふざけた研究を今すぐやめろ！　さもないとわしらも黙っちゃおらんぞ！」

そう言って近所の住民たちが実家へ押しかけてきたのは、昨晩、悠太朗が両親と食卓を囲んでいたときのことだった。

詰めかけた住民の数は、ざっと七、八人ほど。そのグループのリーダー格としてやってきた男は、悠太朗とまるで面識のない六十過ぎの老人だった。

「いいか、それでなくともここ最近、町では不吉なことが続いとるんだ。あれは祟りの前兆だ、葦田彩子の呪いだ！　それをこれ以上ほじくり返してみろ。あんたはわしらを殺す気か⁉　え⁉　昔のことなぞなんも知らん馬鹿者が、興味本位でしゃしゃり出んでねえ！」

　口角泡を飛ばすとはまさにこのこと。血走った目を剥き、唾を飛ばし、とにかくひたすらに喚き散らす男を前にして、気の弱い母は怯えていた。だから悠太朗はひとまず住民たちに謝罪して、その場は引き取ってもらったのだ。

　もっとも多少辞を低くした程度では相手が引き下がらなかったので、最後はこちらも警察を呼ぶと言って脅す羽目になった。実家から二軒先に住んでいる馴染みの婦人がそれを聞いて取りなしてくれなかったら、本当に警察の世話になっていたかもしれない。

　その事件のあと、悠太朗は動転した母から一体何の研究をしているのか、危険な研究ならやめてくれと泣きつかれ、閉口せざるを得なかった。更に厳しい顔をした父からも、明日は一日外に出るなと釘を刺され、今に至っているというわけだ。

　こうなることは覚悟していたが、それにしてもままならない現状に苛立ちが募った。この町の人間は葦田彩子やオシルベサマの名前を出すと、途端に口が重くなるのだ。

中には昨日の老人のように、その名を聞いただけで人格が豹変し、激昂する者も少なくない。過去の調査ではまだ熱い茶を顔面にかけられ、怒号と共に訪問先を叩き出されたこともあった。

（だけど……それでも俺は、真実を知りたいんだ）

　悠太朗は自分の腹の中に冷たく硬いものが居座っているのを感じながら、ふと机の隅で伏せられた写真立てに手を伸ばした。帰省してからまだ一度も触れていなかったそれを、静かに立てる。そこには真新しい制服を着てどこか気恥ずかしそうに笑う悠太朗と、一人の少女が写っていた。

「詩織……」

その少女の懐かしい笑顔を見つめて呟く。途端に胸の奥がざわりと騒いで、悠太朗は微かに眉を寄せた。

「……必ず助ける」

目を閉じ、そう呟いてもう一度息を吐く。次いで瞼を開けたときには、再び闘志が燃えていた。

――まだだ。まだ諦めない。

何故なら悠太朗には、最後の切り札が残っている。

◆第漆夜

カラカラカラ、と回る扇風機の音を聞きながら、宙夜は読み終えた本をぱたんと閉じた。

カーテンを開け放った窓から射し込む夏の陽射しが、天井の木目をくっきりと照らし出している。宙夜はそれを見るともなしに見上げながら、まあ、こんなもんかな、と胸中でひとりごちる。

以前は好んで読みあさっていた怪奇小説。それがどうもこのところ、何を読んでもしっくりとこなかった。

それは恐らく宙夜自身が、ここ一月ほどの間にこの世ならざる体験を重ねてしまったせいだ。あの執拗に絡みつく生々しい死と闇の恐怖を知ってからは、どうにも小説の中の様々な描写が嘘くさく感じられる。

（……それでも何か、サイコさんにつながるヒントがあればと思ったんだけど）

結局のところ、所詮フィクションはフィクションだ。どんなにリアリティ溢れる筆致で書かれていたとしても、それらが宙夜たちの生きる現実と直接結びつくことはない。

無駄な時間を過ごした。何となくそんな気分になりながら、宙夜は読み終えた文庫本を枕元に置き、代わりに充電コードとつないでいたスマートフォンを手に取った。

真っ暗になっていた画面を点灯し、現在の時刻を確認する。七月二十四日、午後二時十七分。燈の従兄である悠太朗と面会したのはもう四日も前のことだ。

あの日宙夜は悠太朗と互いの連絡先を交換し合ったが、あれ以降特に彼からの接触はない。葦田彩子やオシルベサマについて何か分かったら連絡するとは言われたものの、あれから調査に進展はないのか、宙夜のスマホはじっと沈黙を守ったままだ。

最後にスマホが鳴ったのは一昨日の夕方。届いたのは合宿中の玲海からの他愛もないメールだった。どうやら彼女の方は順調に合宿を楽しんでいるらしく、メールには部活仲間と撮ったらしい写真が添付されている。そこに写った玲海の笑顔が、合宿へ行く前よりだいぶマシになっているのを見てほっとした。完全に吹っ切れたわけではないにしても、大好きなバレーに打ち込むことで少しは気が紛れたのだろう。

画面の中で笑う玲海の胸には、あの薄桃色のお守りがある。それが少しでも支えになっているのなら、こちらも貸した甲斐があったというものだ——と、宙夜がメール画面を閉じ、再びスマホを枕元へ戻そうとした、そのときだった。

突然耳慣れない着信音が鳴り響き、宙夜ははたと手を止める。何だこの着信音は、と数瞬考え、ようやく気づいた——電話だ。

そう言えばここ久しく電話でのやりとりなど誰ともしていなかった。家族である玲海やともえとのやりとりはだいたいいつもメールかＬＩＭＥで、それ以外に宙夜が連絡を取り合う相手などまずいない。そんな自分に一体誰が、と改めて画面を確認し、宙夜は目を丸くした。

『千賀燈』。

悠太朗ではなく燈の方だ。かかってくるとしたらまず前者だろうと思っていただけに、宙夜は微(かす)かな違和感を覚えつつ、ひとまず通話ボタンをタップする。

「……はい、もしもし」

『あっ、宙夜くん!?』

耳に当てたスピーカーの向こうから聞こえたのは、少し慌てたような燈の声だった。その声はわずかばかり上擦っていて、宙夜が出たことに驚いたようでもあり、安堵したようでもある。

「この間はどうも。……どうかした？」

『あ、あのね、ちょっとね、宙夜くんに訊きたいことがあって……宙夜くん、ゆーたろさんが今どこにいるか知らない？』

「……え？」

『宙夜くん、こないだうちに来たときゆーたろさんと番号交換してたでしょ？　だから、もしかしたら宙夜くんのとこなら何か連絡が行ってるかもって思って……』

「待って、千賀さん。どういうこと？」

——嫌な予感がした。

相変わらず慌てている様子の燈を宥めつつ、宙夜はさっとベッドの上に体を起こした。

そうして深刻な顔をした宙夜の背中を、扇風機の風が撫ぜる。途端に背中に滲んだ汗が、すうっと冷えていくのを宙夜は感じた。

『あ、そ、そっか、ごめん……でも、わたしも何がどうなってるのかよく分からなくて……宙夜くん、あれからゆーたろさんと連絡取ったりした？　ゆーたろさんから何も聞いてない？』

「俺は日曜に会ってから、悠太朗さんとは会ってないし連絡も取り合ってないよ。だけど悠太朗さんに何かあったの？」

『そ、それが、わたしもさっき伯母さんから聞いたんだけど——ゆーたろさん、昨日からおうちに帰ってないらしいの。ちょっと出かけてくるって家を出たきり、何の連絡もないらしくて……』

今度は全身に悪寒が走った。ぞくりと背筋を刺すそれは、真冬の風のような冷たさで宙夜からしばし平静を奪った。悠太朗が昨日から帰っていない――？

「それ、昨日からって、昨日のいつ？」

『午前中って伯母さんは言ってた。な、なんかね、わたしもよく分からないんだけどね……ゆーたろさん、あれから一人でサイコさんのこと色々調べてたみたいなんだけど、それを知った町の人たちが火曜日の夜、ゆーたろさんのとこに押しかけてきたらしいの。それで、サイコさんのことについて嗅ぎ回るのをやめろってたくさん怒鳴られたらしくて……だから伯母さんもゆーたろさんに〝もうサイコさんについて調べるのはやめて〟ってお願いしたんだって。でも……』

悠太朗はそれを聞き入れたのかどうか、翌水曜は大人しく実家で過ごし、木曜の朝になって外出したきり姿を消した。

悠太朗の母親は彼がまた無理な調査に出かけるつもりなのではないかと引き止めたそうだが、悠太朗は笑って「母校に顔を出してくるだけだよ」と言ったらしい。

そこで悠太朗が言った母校とはすなわち、宙夜たちの通う加賀稚高校のことだ。悠太朗の母もそれは聞いていたから、今朝になって学校に問い合わせの電話を入れた。

だが対応に出た職員からの返事は、〝昨日悠太朗が学校を訪ねてきた事実はない〟――

つまり実家を出た直後から、悠太朗の足取りはまるで掴めなくなっているということだ。

『伯母さん、そのせいですごく取り乱してて……もしかしたらゆーたろさん、火曜日におうちに乗り込んできた人たちに刺されたんじゃないか、なんて言うの。たぶん今頃警察に相談に行ってると思うけど、近所の人は〝サイコさんに深入りしすぎて祟り殺されたんだろう〟って笑って相手にしてくれないって……でも、もしそうならどうしよう。わたしのせいだよね？　わたしが凛ちゃんの話なんてしたから、きっとゆーたろさん、もっとちゃんと調べなきゃって……っ』

電話の向こうで懸命に話す燈の声は、次第に涙声になりつつあった。恐らく燈もまだ状況が呑み込めず混乱しているのだろう。

何せその失踪の背景には、凛子を殺したサイコさんがいる。恐らくそれは間違いのないことだ。

宙夜は自分の体が更に冷えていくのを感じながら、スマホを握る手に力を込める。

「千賀さん。今どこ？」

『え……？　あ、わ、わたしなら、今は家にいるけど……』

「分かった。詳しい話を聞きに行くよ。ちなみに千賀さん、悠太朗さんの家は分かる？」

『う、うん、分かる』

「なら一つお願いがあるんだけど——そっちに着いたら、悠太朗さんの家まで案内してくれる？」

千賀家で燈と合流してから、宙夜は彼女と共に移動し、バスに乗って海沿いの住宅街を目指した。このあたりも宙夜の暮らしている蔚染地区に比べると、比較的新しい住宅街だ。商店街に面した大通りでバスを降りた途端、内陸では感じることのできない潮の香りがふっと鼻先をくすぐって、白雨山脈の方へと吹き過ぎていく。

そんな住宅街の一角に建つ白壁の一軒家。悠太朗の実家だというその家に案内された宙夜は、すっかり憔悴しきった様子の燈の伯母に断りを入れて、二階にある悠太朗の部屋へと入れてもらった。

燈の伯母は、彼の部屋に手がかりになるようなものは何もないと言っていたが、自分たちは悠太朗の研究に協力していたので何か分かることがあるかもしれないと言って、中を見せてもらえるよう頼み込んだのだ。

「大きな荷物は置いたまま出かけたって言ってたけど……確かにそうみたいだね」

燈に案内されて悠太朗の部屋を訪れた宙夜は、まずざっと室内の状況を確認した。

普段は北の天岡市で一人暮らしをしているという悠太朗の部屋は、ちょっと殺風景なほどざっぱりしている。あるのは飾り気のないパソコンデスクとスカスカの本棚、それから細身のクローゼットくらいでベッドやテレビは見当たらない。

恐らく夜はカーペットの上に布団を敷いて寝ているのだろう。大口の窓が正面にある室内は、日の光を燦々と取り入れて明るかった。その部屋の片隅に、恐らく着替えなどが入っているものと思しい旅行鞄がひっそりと置かれている。他に目につくものと言えばデスクの上に載ったノートパソコンと、その傍らに置かれた数冊の本だけだ。

「悠太朗さんは車で出かけていったんだよね？」

「うん。でもその車もまだ見つかってないって……」

「携帯はつながらないまま？」

「うん。昨日は自分のもお仕事用のも両方持って出かけたみたいだけど、どっちにかけても電源が切られたままになってるみたい」

燈はそわそわと落ち着かない様子で、不安げに部屋の中を見回している。一時間に一本しかない路線バスを待っている間、宙夜が停留所で渾々と話に付き合ったため少しは落ち着いたようだが、やはり胸中は穏やかではないようだ。

宙夜はそんな燈に一瞥を向けながら、パソコンの脇に積まれたハードカバーの本を手に取った。かなり古い書籍のようで、ぱらぱらと中身をめくると日本各地の様々な地名が目に飛び込んでくる。どうやら全国の古い生活文化を扱った研究書のようだ。

その下に積まれていた他の本も内容は似たようなもので、特にこれと言って手がかりになりそうなものはなかった。

だとすれば、あとは——と、束の間燈と目配せし合い、宙夜はおもむろに悠太朗のノートパソコンへ手をかける。

ところがいざパソコンを立ち上げると、真っ先に現れたのはパスワード入力によるログイン画面だった。当然ながらパソコンの中身を見ようと思えば、何とかそのパスワードを解き明かしてロックを解除しなければならない。

試しに悠太朗の誕生日など思いつく限りの英数字を打ち込んではみたが、いずれも結果は虚しかった。やはり何の手がかりもなくパスワードを特定するなど不可能か——デスクの前で肩を落とし、宙夜がそう諦めかけたそのときだ。

「……。ねえ、宙夜くん。ちょっと待っててくれる？」

不意に燈がそんなことを言い出して、宙夜は怪訝な顔をした。すると目が合った燈は曖昧に「えへへ」と笑い、身を翻して一階へと下りていく。

……何か彼女なりに閃くものがあったのだろうか？　ひとまず宙夜は燈が戻るまで手持ち無沙汰となり、デスクの前に置かれたキャスターつきの椅子に座った。

そうして一つ息をついたところで、ふと気づく。それまでパソコンの陰になっていて気づかなかったが、デスクの上にはもう一つ、何故か下向きに伏せられた写真立てが置かれていた。

何かの拍子に倒れたのだろうか。そう思った宙夜は手を伸ばし、何の気もなくその写真立てを立て直す。

瞬間、はっとした。何故なら写真立ての中には真新しい加賀稚高校の制服を着た悠太朗と、同じくセーラー服を着た見知らぬ少女が写っていたからだ。

（この人は……？）

思わず気になり、一度は置いた写真立てを再び手に取る。背後に『入学式』と書かれた立て看板があることから、写真は悠太朗が加賀稚高校に入学したときのものだとすぐに分かった。

少しはにかんだように笑う悠太朗の隣にいるのは、長い髪を肩の上で二つに結った利発そうな少女だ。小顔で黒目がちな目は大きく、ともすれば何かの雑誌にモデルとして載っていてもおかしくないような容姿をしている。

その胸に、宙夜たちも登校の際は必ず身につけるよう言われている名札がついているのを見つけて、宙夜はじっと目を凝らした。文字が潰れて読みにくいが、『高山詩織』と書かれているようだ。当時の悠太朗の恋人だろうか？

宙夜がぼんやりそんなことを考えていると、階段を上ってくる足音がした。それに気づいた宙夜はとっさに写真立てを元のとおり伏せて置く。一瞬後ドアが開き、わずかに息を弾ませた燈が飛び込んできた。

「宙夜くん！　ゆーたろさんのパスワード分かったよ！」

「本当に？」

「うん！　入れてみてもいい？」

と勢い込んで燈が言うので、宙夜はそれまで座っていた椅子を彼女に譲った。

礼を言ってその椅子に座った燈は、やや緊張した面持ちでキーボードへと手を伸ばす。その手が人差し指で一つずつ、確かめるようにキーを打つ様を、宙夜も後ろから目で追った。

s、h、i、o、r、i、1、1、2、0――シオリ、1120。

燈がたどたどしく打ち込んだ英数字が宙夜の脳内で意味を持ち、途端に背筋がぞわりとする。

だが宙夜がその感覚に身震いする暇もなく、燈の指がエンターキーを叩いた。直後、画面にパッと映り込んだのは、ログインに成功したことを示す『ようこそ』の文字。

「やった！　入れた！」

と、それを見た燈は無邪気な喜びようを見せていたが、宙夜は素直に同調することができなかった。――シオリ１１２０。先程目にしたばかりの写真の笑顔が目に浮かぶ。あるいはあの写真の彼女は、今も悠太朗と付き合っているのだろうか？　だから彼女の名前がパスワードに？

だがそれならば何故最近の写真ではなく、敢えて高校時代の写真など飾っているのか……

「あの、宙夜くん」

「……」

「宙夜くん？」

「……え？　あ、ごめん。何？」

「あ、あのね、パソコンに入れたのはいいんだけど……ここからどうすればいい？」

ふと目をやれば、そこから先のことは何も考えていなかった、と言いたげに、困り顔をした燈がこちらを見上げていた。その燈と目が合った宙夜は、ひとまず雑念を振り払う。今の自分が為すべきことは悠太朗の過去の詮索ではなく、彼の現在の居場所を掴むことだ。

「ちょっと借りていい？」

宙夜はそう言って後ろから身を乗り出すと、燈の手からマウスを借りた。そのままざっとデスクトップのアイコンに目を通す。

宙夜はその中に『150722 調査記録』という名のファイルを見つけた。アイコンを見るに、どうやらワープロデータのようだ。試しにダブルクリックしてみると、すぐさまワープロソフトが立ち上がり、画面いっぱいに悠太朗が打ち込んだと思しい調査記録が表示される。

「わ、これ……」

「悠太朗さんが俺たちに話してくれたオシルベサマの伝承だね。ファイルの日付が一昨日になってるから、たぶん今回の帰省で調べたことと一緒にまとめ直してたんだと思う」

「でも二十二日ってことは……ゆーたろさん、前の日に町の人たちから怒鳴り込まれたはずなのに、それでもまだ研究を続けてたんだ……」

「うん。もしかしたら悠太朗さんは、加賀高に行くって言うのは建前で、本当はもう一度調査に出かけたのかも――……ん？」

と、そんな会話を交わしながら画面をスクロールしていた宙夜は、あるところで手を止めた。それは作成された文書の最終部分。そこに突然、青字の英数字の羅列がひょっこりと顔を出したのだ。

それは俗にハイパーリンクと呼ばれる、ファイルから直接ウェブサイトへ飛べるリンクだった。だが宙夜はそこに記されたURLに見覚えがある。まさかと思ってクリックすると、すぐさまインターネットブラウザが開き、画面が突如真っ黒になった。

「えっ？　な、何これ？」

表示されたのは、背景が黒一色の個人ブログ。

カレンダーや各記事へのリンクが非常にシンプルに並んだそれは――

「これ……俺がこの前覗いた……」

「え？　な、何？」

「あ、いや……これ、昔俺がよく見てたサイトなんだ。もしかしたら悠太朗さんもここでオシルベサマのことを……」

調査記録のリンクから飛んだ先は、ブログのトップページではなかった。どうやらある特定の記事に直接飛ぶためのリンクだったらしく、上部には二〇〇八年の日付と記事のタイトルが表示されている。

だがその記事の内容も、よくよく見ればつい最近宙夜が読んだ覚えのあるものだった。それはブログの管理人がオシルベサマの怪談の出所をつきとめ、サイコさんの都市伝説と何か関連があるのではと推理していたあの記事だ。

しかし宙夜は、何か妙な胸騒ぎを覚えた。この記事に書かれてあることの大半は、悠太朗が自らの研究で証明し、既に知っているであろうものばかりだ。

なのに悠太朗は敢(あ)えてこの記事を調査記録の末尾に添えていた。恐らくそれには何か意味がある。宙夜はスクロールバーを操作し、一気に画面を引き下ろした。するとやがて二〇〇八年の記事には似つかわしくない、真新しい日付が宙夜たちの目に飛び込んでくる。

サイコさんに質問です。
オシルベサマを知っていますか？
2015/7/23　2:03　悠太朗

瞬間、宙夜と燈の呼吸が同時に止まった。急に目が乾いて、動機が激しくなる。口の中にじわりと湧いた生唾を呑み込もうとして、しかし、上手く呑み込めない。

「ひ……宙夜くん、これ……」

震えた燈の声が響き、宙夜は一瞬、このまま画面を下に送ることを躊躇した。

だがここまで辿り着いておいて何も見なかったことにはできない。宙夜は知らずマウスを握る手に力を込め、覚悟を決めて画面を下へスクロールする。

知っています
2015/7/23　2:09 3dqxeb

燈が声にならない悲鳴を上げた。両手で押さえられた彼女の口からは、それ以上の声は出ない。

ここから先はまずい。宙夜の本能もそう告げていた。

しかし宙夜は手を止めず、更に画面を下へ下へと送っていく。

あなたはサイコさんですか?
2015/7/23　2:11 悠太朗
はい、そうです
2015/7/23　2:17 3dqxeb
あなたは葦田彩子ですか?
2015/7/23　2:20 悠太朗

はい、そうです
2015/7/23　2:23 3dqxeb

蔚染村を知っていますか？
2015/7/23　2:26 悠太朗

知っています
2015/7/23　2:26 3dqxeb

あなたはそこの出身ですか？
2015/7/23　2:31 悠太朗

はい、そうです
2015/7/23　2:31 3dqxeb

あなたが亡くなったのはいつですか？
2015/7/23　2:34 悠太朗

1921年8月13日です

2015/7/23　2:34 3dqxeb

あなたは何故亡くなったのですか？

2015/7/23　2:36 悠太朗

あなたは殺されたのですか？

2015/7/23　2:48 悠太朗

あなたがオシルベサマですか？

2015/7/23　2:55 悠太朗

違う

2015/7/23　2:55 3dqxeb

ではオシルベサマとは何ですか？

2015/7/23　2:56 悠太朗

元凶

2015/7/23　2:56 3dqxeb

嘘

2015/7/23　2:56 3dqxeb

あいつらが殺した

2015/7/23　2:56 3dqxeb

全部嘘だ

2015/7/23　2:56 3dqxeb

殺した

2015/7/23　2:56 3dqxeb

あいつらのせい

2015/7/23　2:56 3dqxeb

あいつらの

2015/7/23　2:56 3dqxeb

あいつら

2015/7/23　2:56 3dqxeb

おまえら
2015/7/23　2:56 3dqxeb

おまえらだ
2015/7/23　2:56 3dqxeb

許さない
2015/7/23　2:56 3dqxeb

許さない許さない許さない許さない許さない許さない許さない許さない許さない許さない
許さない許さない許さない許さない許さない許さない許さない許さない許さない許さない
許さない許さない許さない許さない許さない許さない許さない許さない許さない許さない
2015/7/23　2:56 3dqxeb

燈の手が、マウスへ伸びた宙夜の腕を掴んだ。そうして恐怖のあまり宙夜に取り縋った燈の体を、宙夜も左腕で支えてやる。

叶うことなら、今すぐにでもこのパソコンの電源を切って何もかも消し去ってしまいたかった。

だが宙夜がその衝動に突き動かされる寸前、悠太朗の投げかけた最後の質問が目に入る。

高山詩織をどこへやった？
2015/7/23　2:58 悠太朗

ドクン、と、心臓を直接殴られたような衝撃が走った。

高山詩織。先程の写真の少女の名だ。そして、恐らくは悠太朗の――

井戸の底
2015/7/23　2:59 3dqxeb

悠太朗と葦田彩子のやりとりは、そこで終わっていた。

悠太朗からの質問も、狂ったような葦田彩子の書き込みも他にない。

宙夜はしばし画面を見つめて固まったあと、もう一度最初からこのやりとりを見直すべきかどうか、束の間悩んだ。しかし自分に縋りついたままの燈が頑なに画面から目を背けているのを見て、宙夜はその考えを捨てる。

息が詰まるような沈黙の中、宙夜は無言でブラウザを閉じた。そのまま文書も閉じてしまおうとしたところで、ふと気づく。例のハイパーリンクから何行かの空行を挟んで、文書には続きがあったのだ。そこにはこう綴られている。


『7/23　蔵六の井戸を探す。詩織はそこにいる』

「——千賀さん」

未だ怯えたままの燈を、宙夜は思わず促した。

その声でようやく顔を上げた燈が、震えながらパソコンの画面を顧みる。

「……く…… 〝蔵六の井戸〟 ……？」

それが、今の宙夜たちに残された唯一の手がかりだった。

「ゆーたろさんも……そこにいるんだ……」

指の間から零れた燈の声が、涙と共にぱたぱたと彼女の膝を濡らしていく。

●●●

「は～、サッパリした～」

と、濡れた髪をタオルで絞りながら廊下を歩く。上靴の下でぺたぺたと鳴っているのは、夏の夜の湿気で少しばかり湿ったリノリウムの床。

合宿部屋へと続く部室棟三階の廊下の窓は開いていて、吹き込む風は生温い。しかし冷たいシャワーを浴びたあとの体にはそれくらいの温度がちょうどよく、玲海は隣を歩く同学年の友人たちと笑い合った。

七月二十四日、夜。時刻は午後八時を少し回った頃だろうか。加賀稚高校バレー部恒例の夏合宿も早五日目。今日も朝から晩まで続いた練習で汗を流し、皆で一緒に食事をして、あとは部屋に戻って眠るだけという段になっていた。

練習後に浴びる冷たいシャワーは気持ちよく、気分もシャッキリとする。合宿前には暗く淀んだ気持ちで毎日を過ごしていたのが嘘のようだ。

やはり自分はバレーが好きなんだなと、玲海は友人たちと談笑しながら改めて思う。幸い加賀高バレー部はそれほど厳しい上下関係などもなく、先輩後輩皆が仲のいい友人のようで、頭から部活漬けになれるこの合宿が玲海は楽しくて仕方なかった。

無論、蒼太や凛子のことを忘れたわけでも、父の件が解決したわけでもない。しかし玲海は、この合宿の間だけはそれらから目を逸らすことを許してもらおうと、そう思った。

けれど同時に、自分だけがこんなに楽しい思いをしてもいいのだろうかという思いもよぎる。合宿中もふとした瞬間に凛子の死に顔が脳裏を掠めることがあり、その度に玲海は心臓を抉り出されるような気分になった。

それとまったく同じものを、あの日共に山へ登った宙夜や燈も抱えているはずだ。なのに自分だけがその現実から逃げ出して、今、こうして心穏やかなときを過ごしている。そう思うと途端に罪悪感が頭をもたげ、玲海の喉を焼こうとするのだ。

「――でもさ、なんか良かったよ、玲海がまたそうやって笑ってくれるようになって。ほんとはちょっと心配だったんだ。玲海、今年の合宿は休むんじゃないかなぁって」

「え……な、なんで?」

「だってさ、最近玲海の周りで色々ありすぎたでしょ？　そのせいで夏休み前もずっと部活来なかったし。だからもし玲海が来なかったら、みんなで合宿中に千羽鶴折ろうかって先輩が言ってたの。そんぐらいみんな心配してたんだよ」

隣を歩く友人から思いがけない話をされて、玲海は思わず目を丸くする。一緒にシャワーを浴びに行った二人は顔を見合わせて、直前の話が真実であることを裏づけるように頷き合った。

そんな友人たちの素振りを見た途端、瞳の奥がかあっと熱くなる。――皆が自分のことをそんなに気にかけていてくれたなんて、知らなかった。ここ数週間はとにかく自分のことで精一杯で、周りに目が向いていなかったのだ。

「二人とも……ありがとう。ごめんね、心配かけて……」

「いや、ウチらは何もしてないから。でも、玲海がちょっとでも元気になれたなら良かったよ」

「うんうん。それでなくても玲海がしおらしくしてると、なんか調子狂うし」

「あっ、ひどい、それどういう意味!?」

隣で腕を組みながら頷いている友人に、玲海は眉を吊り上げて噛みついた。すると友人たちは弾けるように笑いながら「冗談だよ」と取りなしてくる。

いつもどおりの他愛ない会話。それが今の玲海にとっては何よりの救いだった。もしも皆から腫れ物を触るように扱われていたら、玲海は途中で合宿を抜けることも考えただろう。

そんな自分に対する仲間たちの気遣いが心に沁みた。同時に玲海は、友人に恵まれた幸せを噛み締めた。けれどもそのとき、

「――きゃーっ!　これヤバーい!」

と、突然響き渡った甲高い女子の声に、玲海たちはびくりと竦み上がる。声が聞こえたのは、今まさに玲海たちが入ろうとしていた合宿部屋からだった。入り口を目の前にして立ち止まった玲海たちは、揃って顔を見合わせる。

そうしてガラリと引き戸を開けると、途端に賑やかな黄色い声がどっと部屋から溢れてきた。

そこは十八畳の畳部屋で、中には玲海と同じ二年生の部員が集まっている。元々同学年の十人があてがわれた部屋だが、今は隣の部屋に割り当てられた同級生も集まって、全部で十二、三人ほ

どいるようだ。

彼女たちは部屋の真ん中で円陣を組み、きゃあきゃあと騒ぎながら何かを覗き込んでいた。それを不思議に思った玲海は手に持っていたタオルを首にかけ、上靴を脱ぎながら問いかける。

「なになに？　みんなどーしたの？」

「あ、玲海、いいとこに！　実はさ、今――奈穂がサイコさんやってんの！」

瞬間、巨大な氷の塊がガツンと降ってきたような、そんな衝撃が玲海を襲った。

指先からたちまち冷たいものが上ってきて、全身が凍りつく。夏の夜の蒸し暑さなど忘れるほどの悪寒が玲海を包み、しかし額からはどっと汗が噴き出してくる。

――嘘でしょ？

そう言いたかったのに、何かが喉に張りついて声が出なかった。

薄く開けた口からは絶望色の吐息が微かに漏れただけで、思考が黒く塗り潰される。

「やる前はみんなガセだって言ってたんだけど、これヤバいよ！　ほんと全部当たるんだけど！」

「奈穂が北海道にいた頃通ってた小学校の名前も、ちぃちゃんの妹の誕生日も、山田先生の旧姓も全部当たったの！　玲海も何か質問してみ――」

「――奈穂、それ今すぐやめて!!」

刹那、玲海は自分でも驚くほどの金切り声でそう叫んでいた。その声にぎょっとした全員が、目を見張ってこちらを振り向いてくる。

しかし玲海は矢も盾もたまらず、上靴を乱暴に脱ぎ捨てて仲間たちの輪へと飛び込んだ。そうしてその中心で唖然としている同級生――戸栗奈穂の手から彼女のスマホをひったくる。半狂乱で目を落とした画面には、奈穂がよくネット上で使っている『なー』というハンドルネームと、

『.egd/B』の文字があった。

それはＬＩＭＥのトーク画面。メッセージの送信相手は同じ部活仲間の千由里になっているが、そこで奈穂が送った問いかけに『.egd/B』という人物が答えている。

だがＬＩＭＥのシステム上、そんなことはありえない。個別トークで会話ができるのはユーザーがメッセージを送った相手だけだ。たとえこれがグループトークの画面であったとしても、そのグループには招待を受けた者しか入れない。そんなシステムの制約も何もかも無視できる相手などただ一人。

――サイコさん。

玲海はぞっと背筋が凍るのを感じながら、とにかく奈穂のスマホの電源を落とそうとする。

「ちょっとっ……これ！　電源落ちない！　なんで⁉　長押ししてるのに！」

「れ、玲海、分かんないけどちょっと落ち着いて……」

「落ち着いてる場合じゃないから！　サイコさんはほんとにヤバいの！　蒼太が親を殺して行方不明になったのも、凛子が崖から落ちて死んだのも全部コレをやっておかしくなったから！　サイコさんを呼び出した人は呪われるんだよ！　知らないの⁉」

玲海は怒りとも焦燥ともつかない感情に支配され、とにかく叫んだ。叫び倒した。

そんな玲海を見た部活仲間の何人かは、とうとう玲海の気が狂れたと思ったかもしれない。だがその尋常ならざる形相が真に迫って見えたのか、ほとんどの部員はサッと青ざめて顔を見合わせた。それは実際にサイコさんを呼び出した奈穂も同じだ。

「な、何それ、知らないよ……でも、そんなのありえなくない？　都市伝説なんて、所詮……」

「じゃあこれもヤラセだっていうの？　千由里宛にメッセ送ってるのに？　なのに千由里以外の

人がそれに答えると思う⁉　凜子も死ぬ前にＬＩＭＥでまったく同じことやってたんだよ！　このままじゃ奈穂まで呪われる！」

「か、貸してっ」

上擦った声を上げ、今度は逆に奈穂がスマホをひったくる。そうして彼女もスマホの電源を落とそうとしたようだが、どこか小動物を思わせる友人の顔はみるみる絶望に染まった。

何しろスマホの電源が落ちない。どんなに力一杯電源ボタンを押し続けても落ちないのだ。

事態に気づいた他の部員の顔も真っ青になる。誰かが「貸して！」と言って同じようにシャットダウンを試みたが、結果はいずれも虚しかった。それどころか――

「――いやぁっ！　何これ！」

と、スマホを奪い取った部員の一人が悲鳴を上げる。彼女はそのままスマホを放り投げ、受け止める手のなかったそれは畳の上へと落下した。

その画面が更新されている。


『次の質問は？』

『次の質問は？』

『次の質問は？　次の質問は？　次の質問は？　次の質問は？　次の質問は？』

その場に居合わせた誰もが悲鳴を上げた。画面を塗り潰しているのは『.egd/B』からのメッセージだった。もはや誰も手を触れようとしない中、画面にはどんどん吹き出しが増えていく。

次の質問は？　次の質問は？　次の質問は――？

「な、何これ……何なのこれ、おかしいよ！」

「ねえ、ヤバいよ、だからやめようって言ったじゃん！」

「で、でも、やったらこんなことになるとか、あたし知らなかったし！」

「どうすんの？　これどうやったら終わるの⁉」

「――ねえ、それ！　それをサイコさんに訊いてみたら⁉」

そのとき恐慌(きょうこう)を来(きた)しかけた部員の中の一人が、突然そんな提案を持ちかけた。

するとそれを聞いた別の部員が、さも名案だと言いたげに「それだ！」と声を上げる。一方玲海の直感はやめた方がいいと告げていたが、今は他に手立てがない。

「奈穂、もっかいサイコさんに訊いて！　〝どうやったら帰ってくれますか？〟って訊いて！」

「わ、分かった……！」

大きな目を恐怖で潤ませた奈穂がスマホを手に取り、すかさずテキスト入力画面を開いた。一瞬の逡巡(しゅんじゅん)に惑わされた玲海はそれを止めることができず――すぐにその選択を後悔することになる。

「サイコさんは、どうやったら、帰ってくれますか？」

書き込む文章を読み上げながら打ち込み、奈穂はちょっと信じられないような速さで入力を完了した。その質問がＬＩＭＥへと送信され、暴走していた画面に突如奈穂の吹き出しが浮かぶ。

その瞬間、『.egd/B』の書き込みがぴたりと止んだ。皆が固唾(かたず)を呑んで画面を見つめる。

やがて『.egd/B』から返信があった。

『帰らない』

玲海の背中を悪寒が走る。だが誰もが絶句する中、『.egd/B』の書き込みは続いた。

『私は帰らない』

『帰らない』

『おまえたちも、帰れない』

●●●

『井戸の底』

そう記された黒い画面を、宙夜はベッドに寝転んだまま眺めていた。

時刻は二十一時過ぎ。警察による蔵六山の捜索は一度打ち切られた頃だろうか。あるいはあの山の上に建つ加賀稚高校にも捜査の手が伸びたかもしれないが、今のところ悠太朗の消息が掴めたという報せはない。

『高山詩織をどこへやった？』

スマホの画面を下へスクロールし、悠太朗が最後に書き残した一文を見つめて、宙夜は知らずため息をついた。

高山詩織は悠太朗の幼馴染。しかし八年前に忽然と彼の前から姿を消し、以来悠太朗は何故か加賀稚町に伝わる民間伝承の研究に没頭し始めた――とは、昼間宙夜と燈が事情を尋ねた悠太朗の母の言だ。

最愛の息子の行方が知れず、憔悴しきった彼女からはそれしか聞き出すことができなかったが、高山詩織の失踪が恐らくサイコさん絡みであったことはこの書き込みからして明らかだった。悠太朗はその消息を掴むためにサイコさんの研究を続けていたと思しい。そしてついにその手がかりを掴み、逃すまいと引き寄せた――つもりが、逆にあちら側へ引きずり込まれてしまった。

この件は恐らくそういうことだろう、と宙夜はそう推測している。一応悠太朗のパソコンに残っていた例のメモから、彼が蔵六山へ向かった可能性が高いという情報は警察にも伝えたが、『蔵六の井戸』という単語について彼らは首を傾げていた。

何せそれが一体どこに存在する井戸なのか、その場にいた誰にも分からなかったのだ。蔵六の、というからには、恐らく同じ地名を冠するあの山のどこかにある井戸なのだろうということは推測できたが、そんな井戸の存在は記録にも残っていないという。

ならばそれは井戸ではなく、何かの隠語なのではないか。そう推理する警官もいた。しかしその一点において、宙夜は間違いなく井戸だろうと思っている。根拠が不確かなので警察には言えなかったが、確信があるのだ。

――サイコさんに呪われた者は、井戸の底にいる夢を見る。

その事実が、悠太朗の書き残した『蔵六の井戸』という言葉と符合した。これはきっと偶然ではない。あるいは両親を殺害して行方を眩ました蒼太もまた、その井戸の底にいるのかも――

そう想像を巡らせるだけで、宙夜はぞっと背筋が冷えるのを感じた。

だとしたらその井戸は深く淀んだ闇の底に、これまで何人の人間を呑み込んできたのだろう？

「――ヴヴヴヴッ」

と、そのとき突然手の中で震動し始めたスマートフォンに、宙夜は肩を震わせた。何事かと我に返って目を見張れば、それまで真っ黒だった画面が白く点灯している。電話の着信画面だ。

発信者は、玲海。夜の九時過ぎと言えば、合宿先の学校は既に消灯時間を迎えているはずだった。そんな時間に電話をかけてくるとは、何かあったのか。宙夜は怪訝に思いながらも、ひとまず通話ボタンをタップしてスマホを耳へ持っていく。

「もしもし？　玲海？」

『……』

瞬間、宙夜は眉をひそめた。電話の向こうから応答がない。それどころか、ノイズがひどい。宙夜が耳に当てた小さなスピーカーからは、まるで壊れたラジオが吐き出すようなザザッ、ザッ、という耳障り（みみざわ）りな雑音が聞こえるばかりだった。加賀稚高校は確かに山の上にあるが、スマホの電波状況はそう悪くない。なのにこの通信状態の悪さは一体どうしたことなのか。

「玲海？　聞こえる？」

『――……ろや……けて……！』

そのときノイズの隙間から、微（かす）かに玲海の声がした。それは雑音の波に揉まれるように不確かだ。しかしその刹那、宙夜はサッと血の気が引き、反射的に扇風機の電源を切った。

――宙夜、助けて。

途切れ途切れではあったが、辛うじて聞こえた玲海の声は、そう言っていたように思えたのだ。

「玲海？　玲海！　俺の声、聞こえてる？」

『……イコさん……いかけ……！　……しよう……ずっと、私……なんで？　……がい……助け……宙夜……！』

宙夜はベッドに上体を起こし、全神経を右耳のスマホに集中した。途端に額から汗が噴き出し、心臓がバクバクと騒ぎ出す。

「玲海、電波が悪くてよく聞こえない。サイコさんがどうしたって？」

『追いか……る……サイコさ……追いかけてくる……！　……が、みんなでサイ……て、おかしくな……！　……しよう……怖いよ……宙夜……！』

宙夜は自分の息が上がりそうになるのを、何とか堪えた。これ以上体が騒ぎ出せば、それだけで掻き消されてしまいそうなほどに玲海の声は遠い。

だが彼女は電話の向こうで泣きじゃくっている。それだけははっきりと分かった。断片的に聞こえた玲海の言葉をつなぎ合わせるとしたら、こうだ。

玲海は今学校で、サイコさんに追われている――

「玲海。分かった、俺もそっちに行く。今どこ？　部室棟？」

『……う……室に……隠れ……でも、たぶん……まで来てる……！』

「ごめん、聞こえない。どこに隠れてるって？」

『……くしつ……――化学室……！』

――化学室。確かに聞こえたその場所の名を、宙夜はしっかりと脳に刻み込んだ。

それと同時にベッドを飛び下りる。この際持っていくものなど吟味（ぎんみ）している暇はない。

「分かった、すぐに行く。だから俺が行くまでそこに隠れてて。いい？」

『……や……待って、ひろ……電話、切らな……お願――』

机の上に投げっぱなしにしてあった黒のボディバッグ。それだけを手に部屋を飛び出した宙夜の耳元で、無情にも通話は途切れた。宙夜が切ったわけではない。ブッと何かが切れる音がして、勝手に遮断されたのだ。それに気づいた宙夜はスマホの画面を見て舌打ちし、階段を駆け下りながら素早くリダイヤルの操作をする。

「――ひろくん、どうしたの？」

茶の間からともえの声がした。しかし宙夜はそれを振り返る時間も惜しみ、スニーカーを引っかけて玄関を飛び出した。再び耳に当てたスマートフォンは無機質な不通音を吐き出している。

宙夜は走りながら何度も電話をかけ直した。

しかしその電波が玲海の声を捉えることは、ついになかった。

汗が体中を濡らすのも構わず、駆けた。

喉の奥から血の味が込み上げてくる。生温い夜気を吐いては吸う胸が苦しい。

それでも足を止めることなく、宙夜は駆けた。駆けた。駆けた。

役所の怠慢を責めたくなるほど暗い住宅街を抜け、町道沿いを走る。やがて前方から水音が聞こえた。駒草川だ。ここまで来れば、学校はもう目と鼻の先。宙夜は役に立たないスマホを握り締めたまま、まったく人気のない鬼灯橋を渡った。そして――

「――宙夜くん⁉」

突然の呼び声に驚いて足を止める。宙夜が立ち止まったその場所は、偶然にも街灯の明かりの真下だった。

橋の袂に佇むその街灯は古く、群がる羽虫に弱りきった様子で明滅している。そんな頼りない明かりの下で、宙夜は顎を伝う汗をぐいと拭い、荒い呼吸のまま声のした方を振り向いた。

「千賀さん……？」

ぱたぱたと軽い足音がして、花模様の描かれた白いサンダルが近づいてくる。そこから更に視線を上げれば、次に見えたのは腰のあたりから切り替えになったワンピース。

その緑色の裾を揺らして現れたのは、昼間別れたはずの燈だった。どうして彼女がここに、と宙夜は目を見張ったが、駆け寄ってきた燈の方も宙夜を見てひどく驚いた顔をしている。

「わ……！　ほ、ほんとに、宙夜くんだ……！」

「千賀さん……こんな時間に、どうしたの？」

どうやら燈もだいぶ長い距離を走ってきたらしい。二人は互いに息を切らしたまま、それぞれの困惑を吐き出した。が、燈は胸に手を当ててしばし呼吸を整え、いくらか落ち着いたところで膝に預けていた手を離す。

「そう言う宙夜くんこそ、こんなところでどうしたの？　もしかして玲海ちゃんに何かあった？」

「……！　ひょっとして、千賀さんのところにも電話が？」

「電話？　玲海ちゃんから？　宙夜くん、玲海ちゃんと話したの？」

お互いに事態が呑み込めていないせいで、話が微妙に噛み合わない。そのことに宙夜がもどかしさを感じると、燈もそれに気づいたのだろう、すぐに順を追って話し始めた。

「わ、わたしもね、さっき玲海ちゃんに電話をかけたの。もしかしたらもう寝てるかなって思ったんだけど、寝る前にどうしても玲海ちゃんの声が聞きたくなって……だけど、その電話が……」

「つながらなかった？」

「ううん、つながった。でも玲海ちゃんの声、全然聞こえなくて……代わりにザーッていう砂嵐みたいな音と——その向こうから、かごめかごめの歌が……」

——かごめかごめ。燈が震えと共に吐き出したその言葉が、宙夜の心臓を鷲掴みにした。

ここまでの疾走で、既に跳ね上がらんばかりだった動悸が更に暴れ出す。燃えるようだった体温もすーっと冷えて、汗だけが別の生き物のように頬を滑り落ちていく。

「だからわたし、玲海ちゃんに何かあったのかもって……でも、宙夜くんがここにいるってことは、やっぱりそうなんだよね？」

「……」

「ねえ、宙夜くんは玲海ちゃんとお話ししたんでしょ？　玲海ちゃんは無事？」

縋るように、祈るように、燈はぐいっと宙夜の黒いシャツを引っ張った。その目が不安と恐怖に揺らぐ様を、時代遅れの白熱灯が不安定に演出する。宙夜は最初に燈の姿を見た瞬間、何と言って誤魔化そうかと考えたのだが、この様子ではもはや嘘を並べるだけ無駄だろう。

「玲海はまだ学校にいる。俺もノイズがひどくてほとんど聞き取れなかったんだけど、それだけは間違いない。玲海は電話で追われてるって言ってた。だからこれから助けに行く」

「なら、わたしも——」

「それは駄目だ。いくら田舎でも、こんな時間に女の子が外にいたら親御さんが心配するよ。だから千賀さんは家に帰って」

「宙夜くん」

「それに千賀さんにもしものことがあったら、玲海が悲しむ」

だから、玲海のことは俺に任せて。そう言って、宙夜はシャツを掴む燈の手を外そうとした。

――僕はね、真瀬君。これ以上サイコさんの呪いが広まるのを止めたいんだよ。

数日前、ぞっとするほどまっすぐな目でそう言っていた悠太朗の気持ちが、今なら分かる。

宙夜はもう、この件に誰も巻き込みたくなかった。理不尽な呪いの連鎖に人が呑み込まれる様を、これ以上見たくなかった。だってこれはたぶん、自分が呼び寄せたことだから。

だからそのツケは自分で払う。自分で償う。自分が背負う。

それが自分の受けるべき罰だと、宙夜にはちゃんと分かっていた。


『全部――全部、あんたのせいよ。あんたが悪いのよ！』

――分かっている。分かっているから、どうかこれ以上誰も呪わないでほしい。


「宙夜くん」

そのとき、宙夜が遠ざけようと掴んだ手を、驚くほど強い力で燈がぎゅっと握り返した。

その白くて細い指のどこにそんな力が眠っていたのだろうか。まるでほどけかけたものをつなぎ直すように、燈の手が強く、強く、宙夜の手を包み込む。

「あのね。宙夜くんは、ほんとは分かってるよね？」

「何を……」

「宙夜くんにもしものことがあっても、玲海ちゃんはきっと悲しむってこと」

先程まであんなに頼りなく揺れていた燈の瞳が、今はまっすぐに宙夜を見ていた。

だが驚くべきは、それ以上に――燈が微笑ったことだ。この状況で、燈は正面から宙夜の目を覗き込み、穏やかに微笑った。

「それにね、そんなことになったら、わたしも悲しい。だから、わたしもいっしょに行く。宙夜くんがダメって言っても、絶対行く」

「だけど、行ったらもう後戻りできない」

「それでもいい。わたし、もう嫌なの。凛ちゃんのときみたいなのは、もう嫌。なのに、玲海ちゃんや宙夜くんまでいなくなったりしたら……」

言って、燈はうつむいた。何かを堪えるように、しかし宙夜の手は握ったまま。

「ねえ、宙夜くん。玲海ちゃんは、わたしには何にも言わないけどね……凛ちゃんのことで、玲海ちゃんはずっとずっと自分を責めてると思うの。あんなことになったのは、山に遊びに行こうなんて言った自分のせいだって」

「……」

「それに、宙夜くんもおんなじ風に思ってるでしょ？　あのとき最初に牧場に行こうって言ったのは、宙夜くんだったから」

「俺は」

「いいの。わたしも同じ」

「千賀さんも……？」

「うん。だってね、凛ちゃんにサイコさんのこと教えたの、わたしなんだよ」

宙夜は、はっとした。再びこちらを見上げた燈の、泣き笑いのような顔を見ながら、ある日聞いた彼女の声を唐突に思い出した。

『――ねえねえ、〝サイコさんの噂〟って知ってる？』

そうだ。すべてはあの日から始まった。あの日から何かが狂い始めた。

その事実を燈は、今までどんな思いで一人抱えていたのだろうか。宙夜や玲海を気遣う笑顔の裏で、彼女は何を思い、何を感じていたのだろうか。

「あのときわたしがあんな話をしなければ、凛ちゃんはサイコさんを試さなかったかもしれない。それに凛ちゃんのことがなければ、ゆーたろさんだってきっと……」

「千賀さん、それは」

「違うって言ってくれる？　なら、わたしも言うよ。凛ちゃんのことは宙夜くんのせいじゃない。森くんのことも、ゆーたろさんのことも、玲海ちゃんのことも」

——だからそんな風に、何もかも一人で背負い込まないで。

弱々しく笑いながら、けれど怯みなくそう告げた燈に、宙夜は何も言えなかった。

返そうと思った言葉は、喉のあたりに引っかかって出てこない。どうにかそれを押し出そうとしていた気力さえ、右手に感じる燈の掌の熱さに尻尾を巻いて退散していく。

「ね、宙夜くん。だから今度は二人で行こう？」

宙夜は、その言葉を再び拒むことができなかった。できたのはそんな自分の甘さに呆れながら、燈から目を逸らし、黙って頷くことだけだ。

それから二人は連れ立って、駒草川の上流にある学校へと急いだ。校門は既に施錠されてしまっていたが何とかよじ登り、強引に敷地内へと侵入する。

「はあ、はあ……な、何とか入れたね……」

自力では門を越えられず、宙夜に引っ張り上げられてようやく塀を越えた燈は、しばし体を屈めて息切れしていた。宙夜はそんな燈の様子を案じつつ、聳え立つ学校の影を仰ぎ見る。

つい一週間まで当たり前のように通っていた学び舎が、今ではすっかり別物に見えた。まるで闇がほくそ笑んでいるような、細い細い月を頭上に戴いた夜の校舎は、何かひどく禍々しく恐ろしげなものに思えてくる。

「玲海ちゃん、だいじょぶかな……？」

「分からない。でも、さっきの電話では化学室にいるって言ってた。とにかく行ってみよう」

不安げな顔で頷いた燈を連れ、宙夜は校舎へと続く斜面を登った。不気味な静寂が学校を包んでいる。古いコンクリート製の階段を上りきった先には、昇降口。けれども無機質な蛍光灯の明かりを浴びた扉はぴったりと閉まり、多少の力ではびくともしない。

「ここも駄目か……」

「鍵がないと入れないかな？　でも、玲海ちゃんは中にいるんだよね？」

「うん……だとすると、どこか開いてる窓があるかもしれない。千賀さん、手分けして入れそうな場所を探そう。開いてる窓を見つけたら連絡して」

「はい！」

互いのスマホが正常に動くことを確認して、宙夜たちは一旦、二手に分かれた。宙夜は右手から、燈は左手からぐるりと校舎を回り込み、玲海が逃げ込む際に使ったと思しい侵入口を見つけようと考えたのだ。――しかし。

「宙夜くん！　入れそうな場所、あった!?」

それから数分後、校舎裏のゴミ捨て場付近で燈と合流した宙夜は、力なく首を振った。ここまで目につく窓を一つ一つ確認しながらやってきたのだが、鍵の開いている窓などどこにも見当たらなかったのだ。

それは燈の方も同じだったようで、彼女は宙夜の反応を見ると、焦りと戸惑いの表情を浮かべた。あるいは校舎の中へ逃げ込んだ玲海が、追っ手を阻もうと鍵を閉めてしまったのだろうか？そんなことをしても悪霊であるサイコさんを止められるとはとても思えないが、彼女がもし恐怖で錯乱していたのなら、無意味な行動も責められない。

（化学室があるのは二階だ。もし玲海がまだあそこにいるのなら、下から声を上げれば届くかもしれないけど――）

宙夜は真っ暗な校舎を見上げて、化学室の位置を探った。校舎の中と外とでは、同じ場所を目指すにしても方向感覚が変わってくる。宙夜は校舎の見取り図を脳裏に思い描きながら、ひとまず元来た道を戻ろうとした。が、そのとき、

「宙夜くん、ちょっと下がってて！」

不意に背後から声が上がり、振り向いた宙夜の目の前を、ものすごい速さで椅子が通りすぎていった。

――椅子。そう、通常ならば教室の机とセットで並んでいるあの椅子だ。

ただ宙夜の視界を横切っていった椅子はもうずいぶんとボロボロで、たぶん傷みが激しいために捨てられたものだったのだろう。

直後、学校を呑み込んでいた静寂を、ガラスの砕け散る音が景気よく劈いた。窓を突き破った椅子はそのまま向こうの壁にぶち当たり、更には床に落下して派手な音を立てている。

その一部始終を、宙夜は硬直したまま見届けた。やがて叩きつけられた椅子の残響が消えた頃、ゴミ捨て小屋の前に立った燈が「やった！」と声を上げ、嬉しそうに拳を握る。

「宙夜くん、これで中に入れるよ！」

「…………うん、そうだね」

言いたいことは色々あったが、宙夜は結局そう言って頷くことしかできなかった。

何があっても、彼女だけは怒らせない方がいい。そう肝に銘じながら。

校舎に侵入した瞬間、宙夜は本能的に、

(……これはまずい)

と、そう思った。何かが足元を擦り抜けていく感覚に背筋が凍る。吸い込んだ闇はまるで質量を帯びているかのように重く、ともすると息が詰まりそうだ。

校舎内に漂う空気は、明らかに外のそれとは違っていた。じっと廊下に佇んでいるだけでも生温く淀んだ静寂が肌にまとわりつくようで、背中を走る悪寒が止まらない。

夜の十時過ぎ、無人の学校ともなれば静かなのは当たり前だ。だがこの静けさはただの静寂(しじま)とはわけが違う。この季節、本来ならば盛んに夏の歌を奏でているはずの虫の声はとんと聞こえず、風すらも吹いていないのだ。

「な、何だか、わたしたちの通ってる学校じゃないみたい……」

「うん……千賀さん、ここからは俺から離れないで」

「う、うん……玲海ちゃんは、化学室にいるんだよね?」

「たぶん。行ってみよう」

言いながら宙夜はスマホを操作し、端末の裏側にあるライトを点灯させた。しかしその明かりを翳(かざ)してもどこか心許なく感じるほどに、校内の闇は濃い。

だから燈の手が再びシャツの裾を掴むのを感じても、宙夜は特に咎(とが)めなかった。むしろそうしていてくれた方が、彼女がちゃんと後ろにいることが分かって安心する。若干の歩きにくさは否めないが、今は互いにはぐれないようにすることが第一だ。

「――玲海！」

自分の足音すら別の生き物のように思える静寂の中、宙夜は辿り着いた化学室の扉を開けて叫んだ。だがそれに応える声はない。じっと目を凝らしても室内に人のいる気配はなく、あるのは重苦しい沈黙と暗闇だけだ。

「れ、玲海ちゃん？　いないの？」

燈の呼びかけにも答えはない。宙夜は舌打ちと共に電灯のスイッチを叩いたが、どういうわけか明かりはつかなかった。仕方がないのでスマホの明かりだけを頼りに中へと踏み込む。化学室は生徒ごとに個別の机と椅子が与えられている普通教室とは違い、実験用の流しがついた長机がいくつかと、背もたれのない丸椅子があるばかりだった。

その椅子はどれも逆さまにして机に上げられており、一見室内は整然としているように見える。だが宙夜はその中に椅子の足りない机があることに気がついた。他の机はいずれも六脚の椅子が上がっているのに、入り口から最も遠い奥の机には四脚しか椅子が載っていなかったのだ。

それを不審に思って近づいてみると案の定、机の傍には落下した椅子が転がっていた。それもかなり乱暴に叩き落とされたのか、壁際の方まで転がっている。

机の上に残った椅子も、何か強い力で押しのけられたような形跡があった。それはともすれば、誰かがここで争った跡のようにも見える。宙夜は縋るような気持ちでその周辺を念入りに照らした。そしてふと、机の下に何か四角い物が落ちていることに気づく。

「――！　宙夜くん、それ、玲海ちゃんの……！」

リノリウムの床に膝をつき、宙夜が拾い上げたそれは、玲海が二年近く愛用しているスマートフォンだった。そのスマホが落ちているということは、玲海はやはりここにいたのだ。

そう確信した宙夜はとっさに机の下へ潜り込み、さっとあたりの床を撫でる。ざらざらした埃(ほこり)の感触の他に、わずかだが床が温(ぬく)まっているのを感じた。言わずもがな、その温もりは、先程まで玲海がそこにいた証拠。それがまだ床に残っているということは、玲海がここを出てからそれほど時間は経っていない。しかし彼女は何故宙夜たちを待たずに化学室を去ったのか——

「玲海はここにいた。それは間違いない。けど……」

「も……もしかして、サイコさんに見つかった——?」

同じく宙夜の傍らに膝をついた燈が、瞳に涙を浮かべている。そんなことはない、と否定してやりたかったが、状況的に燈の推測どおりであろうことは疑いようがなかった。

しかも彼女のスマホがここに残されている以上、もはや玲海とは連絡の取りようがない。元々謎の障害で役に立たなかったとは言え、これでは完全に手詰まりだ。

半ば絶望的な思いで——しかし一縷(いちる)の希望を捨て切れず、宙夜は玲海のスマホの画面を点灯させた。どうやらスマホ自体は壊れていないようで正常に動作する。

しかしパッと画面が明るくなった途端、宙夜はすぐに目を見張った。何故ならスリープモードが解けるや否や、そこに浮かび上がったのは通常の待受画面ではなく——メールの入力画面だったからだ。

「ひ、宙夜くん、これ……宛先が宙夜くんになってるよ?」

横からスマホを覗き込んだ燈の言うとおり、作りかけのメールの宛先は宙夜の名前になっていた。しかしそれが送信されずに残っているところを見ると、玲海は何らかの理由でこのメールを送れなかったようだ。宙夜は一抹の緊張を覚えながら画面をタップし、玲海が入力したと思しいメールの内容を確認する。


宙夜、電話が通じない。さっきはつながったのに、もう何回試してもだめ。

燈からも電話きてたみたいだけど、何言っても届かなかった。

ねえ、どうしたらいい？　奈穂がおかしいの。たぶんサイコさんに乗り移られてる。

私がシャワー浴びてる間にみんながサイコさんやってて、止めたけど間に合わなかった。

それから突然奈穂がおかしくなって、みんなのこと襲い始めたの。朝美は窓から突き落とされて、サトコも刺されて血塗れで、もうどうしていいか分かんなくてみんなで逃げた。

でも追ってくるの。奈穂が私を追ってくる。

たぶん先生も襲われた。学校からは出られない。

ねえ、なんで？　どうすればいいの？　助けて、ひろ

だれかきた

背筋にぞっと悪寒が走り、宙夜と燈は言葉を失くした。メールはそこで終わっている。玲海はその時点でこのメールを送ろうとしたのか——それとも、送れなかったのか。

「う……うそ……奈穂ちゃんが……そんな……でも、そしたら玲海ちゃんは……っ」

そのとき口元を押さえ、糸が切れたように燈が震え出した。——戸栗奈穂。顔も名前も分かる。玲海と同じ部活、同じクラスの小柄で活発な女子生徒だ。その奈穂が、サイコさんを。状況は分

かった。

だが一つ気になることがある。――〝奈穂が私を追ってくる〟

玲海がメールに残した一文だ。そのとき宙夜の脳裏に四日前、悠太朗から聞いた話が甦る。

『葦田彩子は恨みや怒り、悲しみ、苦しみ……そういう感情が一際強い人たちを選んで呪っているんじゃないかな。何となく、そんな気がするんだ』

あの仮説が事実だとしたら、サイコさんが玲海を狙う理由は十分だった。蒼太のこと、凛子のこと、父親のこと。今の玲海には抱えているものが多すぎる。

それを考えると、状況はとても楽観視できるものではなかった。しかし宙夜は燈と自分、双方に言い聞かせるように、泣き出した燈の肩に触れて言う。

「千賀さん、大丈夫だから落ち着いて。詳しい状況は分からないけど、メールには人が刺されたって書いてある。もしこれが本当なら、正直言って相当まずい。だけど少なくともここに玲海が刺された形跡はないし、廊下にもそんなものはなかった。だから大丈夫」

――大丈夫だ。繰り返し言い聞かせながら、宙夜はひとまず玲海のスマホの電源を落とした。

本音を言えば、不安で不安でたまらない。あと一つ自制の箍が外れたら、たぶん自分も燈と同じように取り乱してしまう。だがここで宙夜まで冷静さを失えば、燈の心が持たないだろう。

やはり彼女を連れてくるべきではなかった。苦い後悔と共にそう思いながら、宙夜は泣きじゃくる燈へ更に言葉をかけようとして、

「――ガラガラガラッ」

瞬間、思考が凍った。思わず燈と顔を見合わせ、お互い反射的に息を殺す。

聞き間違いなどではなかった。すぐそこで、教室の扉が開く音がした。

玲海だろうか。そう思い、とっさに立ち上がるべきか迷ったが——

「玲海ィ？」

間延びした——それでいて、どこか狂気を孕んだ声。

まるで口角と比例するように細く吊り上がった言葉尻に、燈が宙夜の腕を掴んだ。

恐らく一瞬、宙夜が立ち上がりかけたのを見抜いたのだろう。燈は大きな瞳いっぱいに涙を溜めたまま、必死の形相で首を振る。——入ってきたのは、玲海ではない。それは既に明らかだった。二人はそのまま気配を殺し、神経を張り詰める。

「玲海ィ？　ここにいるのォ？」

ズリズリ、という、鉄が床を引っ掻くような、ちょっと高めの音が聞こえた。玲海を呼ぶ声の主は先程宙夜たちが入ってきた教卓側の入り口から、何かを引きずりながらやってくる。

その気配を感じた宙夜はとっさに机の下へ潜り込み、無意識に燈も引き入れた。光源にしていた自分のスマホの電源を切る。実験台を兼ねた黒い机は脚の部分が四脚ではなく腰壁のようになっていて、宙夜はそこに背中を預けて呼吸を止めた。が、隣の燈の息が荒い。必死に両手で口を押さえ、呼吸を整えようとしているが、恐怖のあまり体が言うことを聞かないのだろう。過呼吸になった彼女の瞳からぼろぼろと涙が零れ落ちる。その間にも声の主は、やはりズリズリと鉄の音を立てながら、ゆっくりとこちらへ迫っていた。

このままではまずい。本能的にそう察した宙夜は燈を引き寄せ、彼女を庇うような体勢で抱き留める。燈も宙夜の胸に縋(すが)りつき、ようやく乱れていた呼吸を止めた。足音はもうすぐそこだ。自分のものか燈のものか判然としない心音が、ドクドクとうるさいくらいに鳴っている。

「ねェ、玲海ィ。どォして逃げるの？　アタシたち、友達でしょォ？」

声はもうすぐそこから聞こえた。ふと目をやれば、机の向こうに足が見える。

暗くてはっきりとは分からないが、その足は加賀高の運動靴を履いているように見えた。少し裾幅のあるシルエットはジャージの類だろうか。それだけを見れば、そこにいるのは間違いなくこの学校の生徒だった。

だがゆっくりとこちらへやってくる二本の足とは別にもう一本、細いシルエットが見える。あれは恐らく——鉄パイプ。しかも足音が近づくにつれツンと鼻を刺すこの臭いは。

間違いなく、血の臭いだった。それも胸が悪くなるほど大量の。

「ねェ、玲海ィ。逃げないでよォ。一緒にいきましょォ？」

腕の中にいる燈の震えがピークに達する。今まさに宙夜たちの隠れる机の横を、二本の足と鉄パイプが通りすぎようとしていた。

声の主はそのままこの教室をぐるりと回るつもりだろうか。もしそうならさっさと去ってくれ。一秒が本来の何倍にも引き伸ばされたような感覚の中、宙夜はただそれだけを祈った。

ところが、刹那——声の主の足が止まる。

あと少しで宙夜の視界から消える、その直前のことだった。

そうして二本の足がゆっくりと、爪先をこちらへ向ける。燈を抱く腕に力が籠もった。

死角になっている天板の陰。

そこから静かに、静かに、長い髪の先端が、

「——千由里！　ねえ、千由里でしょう⁉」

そのときだった。突然教室の外から甲高い女生徒の声が聞こえ、ゆっくりと下りてきつつあった髪がバッと視界から消えた。

次いでバタバタと廊下を通り過ぎていく足音。恐らく玲海と共に校舎へ逃げ込んだバレー部員のものだ。バラバラに逃げていた仲間を見つけたのだろうか、少し離れたところから二人の生徒の泣き声が聞こえてくる。

「ねえ、もう、何がどうなってるの⁉　何なのこれ⁉　おかしいよ！」

「他のみんなは？　あたし、あたし、逃げてる途中で友梨ちゃんとはぐれて……！」

「分かんないよ！　とにかく何もかもおかしいの！　さっきから何度も学校を出ようとしてるんだけど、昇降口は開かないし、窓も全然割れないし！」

「窓？　割れない？　で、でもさっき、どこかでガラスの割れる音が……」

宙夜と燈は息を殺して、廊下に響くその会話を聞いていた。二人の傍で止まった足は、その場に立ち尽くしたままだ。

だがほどなく背筋が凍るような笑い声を上げ、立ち止まっていた影が駆け出した。鉄パイプを引きずった足音は化学室を飛び出していき、途端に闇を引き裂くような二人の女子の悲鳴が響く。

宙夜はその悲鳴と足音が狂ったように遠ざかっていくのを聞きながら、机の下で動けずにいた。もしこれがまともな状況だったなら、追われている生徒を助けに行かなければとか、この事態を何とかしなければとか、とにかくそんな思いに駆られてじっとしてなどいられなかっただろう。

だが想像を絶する恐怖から解放された今、そんな思考は一瞬たりとも脳裏をよぎることはなかった。そういう自分を薄情だと感じる思考力さえ残っていない。ただただ全身を強張らせたまま、体中を汗で濡らし、辛うじて呼吸を繰り返すだけで精一杯だ。

そうして一体どれほどの時が流れただろうか。しばらくの間放心していた宙夜と燈は、ようやくゼンマイを巻かれた玩具のように自我を取り戻し、どちらからともなく体を離した。

あの鉄パイプの持ち主に追われていった女子生徒の悲鳴はもう聞こえない。彼女たちがあのあとどうなったのかは知る由もないし、できることなら知りたくない。

「ね……ねえ……れ、玲海……玲海ちゃんは……」

「……うん。たぶん、まだ無事だ……きっとこの校舎のどこかにいる」

「や……やっぱり、そうだよね……そ、それなら早く、探しに行かないと……っ」

そう話すうちから、燈の頬を次から次へ、一度は止まったかに見えた涙が濡らした。

体の震えも先程よりはいくらかマシになっているが、完全には止まっていない。無理に立ち上がらせたら膝から崩れて、そのまま動けなくなってしまうのではないかと心配になるほどだ。

「千賀さん、歩ける？　何なら千賀さんだけでも先に……」

が、言いかけた宙夜の言葉を遮るように、燈はすかさず頭を振った。

その目は恐怖に濡れてこそいるが、ここへ来た理由と覚悟を忘れてはいない。むしろ先程よりいっそう強くなった意思の光に、宙夜は一つため息をつく。

「……千賀さんって意外と頑固だよね」

「宙夜くんこそ」

そう言って、燈は笑った。今度こそ本当に泣き笑いだったが、この状況でさえ笑える彼女の強さを、宙夜はこの上なく心強く思った。

そうして机の下を這い出し、先に立ち上がって燈に手を貸す。互いに服の汚れを払い、電源を切ったスマホも甦らせた。

再びライトを点灯させる。充電がまだ十分にあることを確認して、目の合った燈と頷き合った。

時刻は午後十時三十七分。校内を包む闇はますます濃い。それでも萎えかける気力を奮い起こし、宙夜たちは玲海の捜索を再開すべく化学室の扉に手をかけた。

しかしほどなく、二人の肺は再び凍った。

宙夜が開けた扉の向こうには、血塗れの姿でニタリと笑う戸栗奈穂が、いた。


どこかに隠れなければ、と頭では分かっているのに、体が言うことを聞かなかった。

燈の手を引いて校舎内を走る。走る。ここで立ち止まったら殺される、という恐怖が全身を支配し、それ以外のことまで頭が回らない。

背後からは奇声。もういちいち振り向かなくても、長い髪を振り乱した戸栗奈穂が凶器を手に追ってきているのは分かっていた。汗は滝のように流れるが、もはや暑さを感じている暇はない。

「下に降りよう！」

やがて前方に見えた階段を、宙夜はとっさに駆け下りた。何か成算があってのことではないが、階段を過ぎればその先は行き止まりだ。袋の鼠にならないためには階を跨いで逃げるしかない。

だがそのささやかな抵抗も、あとどれだけ続けられるか――

すぐ後ろから燈の荒い呼吸が聞こえる。それでなくとも宙夜たちは、それぞれの自宅からここまで走り通してきたあとだった。これ以上は体力が持たない。やはりどこかに身を隠してやり過ごさなければ、いずれは力尽きてしまう。しかし隠れると言ってもどこに、どうやって？

「あっ！」

宙夜がそんな思考に気を取られた、一瞬だった。

突然背後で悲鳴が上がり、右腕をガクンと持っていかれる。慌てて足を止め振り向けば、燈が階段の最後の一段を踏み外し、その場に膝をついていた。

本人はすぐさま立ち上がろうとしたようだが、再び足がもつれて倒れ込む。ここまで全力で駆けてきた疲労と恐怖による震え——そしてたった今挫いた痛みで、足が思うように動かないのだ。

「千賀さん！」

「……っ！　ひ、宙夜くん、逃げて……！」

床に手をつき、切れ切れの声で燈は言う。だがここで彼女を置いていけばどうなるか、そんなことは考えるまでもなかったし考えたくもなかった。

宙夜はとっさに彼女の傍へしゃがみ込み、横から肩を貸そうとする。しかしすぐにハッとして、背後の気配を振り向いた。

その先に伸びる階段——更にその上の踊り場に、小柄な人影が飛び出してくる。

不自然に体を曲げながら、こちらを見下ろす狂気の目。口裂け女のごとく赤い口。その体格には不釣り合いなほど長い鉄パイプと——吐き気を催すような、血の臭い。

「ヒヒ、ヒヒヒヒ、ヒヒヒ——見ィツケタ」

それはもう、奈穂であって奈穂ではなかった。顔貌こそ宙夜たちの知る戸栗奈穂だが、その実体は違う。まるでこの学校を呑み込む闇が凝縮され具現化したような、あまりに禍々しい気配——それは過日、荊野家で宙夜たちを襲ったサイコさんと瓜二つだ。

狂喜にまみれた異形の雄叫びが谺した。血に濡れた鉄パイプを振り上げ、奈穂が迫る。

このままではまずい。逃げ切れない。殺される——

「ひ、宙夜くん、あそこ……！」

そのときだった。すべての感覚がスローモーションのように流れていく中で、宙夜は燈の声を聞いた。振り向いた先、そこで燈が何か指差している。

——扉。

扉だ。階段の真下に口を開けた、鉄製の古い扉。それはどれほどの間放置されてきたのか、白い塗装があちこち剥げ落ち、不気味に錆が覗いていた。

だがその扉が開いている。まるで二人を誘うように。刹那、宙夜は思い出した。

その扉の名は、『開かずの間』。

「千賀さん、こっちへ！」

瞬間、宙夜は体に残った最後の瞬発力を使い、床を蹴ると同時に燈の腕を引っ張った。

その渾身の誘導が功を奏し、燈がまろぶようにしながらもついてくる。直後、それまで彼女が膝をついていた場所に、奈穂の振り下ろした鉄パイプが降ってくる。

尋常ならざる力で殴られた床の悲鳴。それが学校中に轟き渡っている間に、宙夜は燈を連れて開かずの間へと飛び込んだ。この際怨霊がどうとかオシルベサマがどうとか、そんなことはどうでもいい。とにかく今は身を守るため、宙夜は重い鉄の扉を全力で閉じ、ドアノブについていたツマミを回す。

そうして鍵を閉めるや否や、扉の向こうから雄叫びが上がった。次いで激しく扉を殴りつける音が聞こえ、宙夜と燈は後ずさる。

恐らく鉄パイプを打ちつけているのだろう、暗闇の中、頭が割れそうなほどすさまじい音が数回に亘って鳴り響き、更にドアノブがガチャガチャガチャガチャと狂ったように振動した。

これでこの扉を破られたら今度こそ終わりだ。地獄の底から響くような喚き声を聞きながら、宙夜は固唾を呑んで目の前の扉を凝視した。

一体どれほどの間そうしていただろうか。気がつくとあれほど激しかった殴打音は止んでいて、宙夜は燈と二人、ぽつねんと闇の中に座り込んでいた。扉の向こうからは何も聞こえない。怖気が走るような気配もない。宙夜はそこでようやく我に返り、握ったままのスマホに目をやった。

　午後十時四十一分。今のはたった十分足らずの出来事だったのか。それが宙夜には一時間にも二時間にも及ぶ体験のように感じられ、思わず体から力が抜けた。

「わ……わたしたち……助かったの……？」

「たぶん、ね……」

　正直なところ、こうして生きているのは奇跡だ。そう思えてならないほどに、間一髪の出来事だった。だが奈穂から逃げ切れたからといって安心するのはまだ早い。宙夜は徐々に戻ってくる平常心と引き替えに、体がすうっと体温を失っていくのを感じた。

　何故ならここは開かずの間。加賀稚高校――ひいてはこの町に伝わる、すべての不吉の源だ。とっさのことだったとは言え、そんな場所へ逃げ込んでしまった自分を、宙夜はこのときになってようやく責めた。

「ね、ねえ、宙夜くん……ここって……」

　恐らく燈も同じことを考えていたのだろう。彼女の手が弱々しく縋りついてくるのを、宙夜は黒いシャツ越しに感じた。だがそれと同時に気づく。手に触れた土の感触――そう、土だ。宙夜が床についたつもりでいた掌は、剥き出しの地面に置かれていた。

　しかしここは一応校舎内のはず。そんな疑問に駆られた宙夜は、意を決してあたりを照らしてみる。するとやはり屋内は屋内だ。左右には冷たいコンクリートの壁がそそり立ち、頭上には天井もある。ただ足元だけが一切舗装されておらず、まるでこの学校が建つ以前のままに、天然の土が敷かれているのだ。

「こ……ここって、確か先生たちは鍵が壊れて開かなくなった物置だって言ってたよね……?」

「うん。でも、物置と呼ぶには……」

——何もなさすぎる。闇と静寂だけを溜め込んだ空っぽの空間を照らしながら、宙夜はそうひとりごちた。たぶんそこは、校舎の下に打たれた基礎と基礎の間の空間なのだろう。通常なら初期工事の段階でコンクリートが流し込まれるべきその場所が、ぽっかりと忘れ去られたまま残った。そんな感じだった。

しかしそうは言っても階段下の空間だ。恐らくそれほど奥行きがあるわけではないのだろうと、宙夜は振り向きざまに背後を照らした——そして、息を呑む。

そこには、井戸があった。

『開かずの間』の七不思議に登場するお堂ではなく、井戸が。

古く苔生(こけむ)した、円筒状の大きな井戸だ。その直径は子供が両腕を広げたくらいはあり、特に蓋などもなく、闇へ向けてぽっかりと口を開けている。

「な……なんで……なんでこんなところに井戸が……!?」

「まさか——これが〝蔵六の井戸〟?」

驚きが一周回っていくらか冷静になるのを感じながら、宙夜はその場に立ち上がった。そのまま井戸の様子を確かめようと踏み出すと、後ろから燈がシャツを掴んでくる。目が合った彼女は怯えた様子で首を振ったが、大丈夫、と宙夜は言い聞かせた。

何せこれが本当に〝蔵六の井戸〟なら、その底に今回の件で失踪した者たちがいるかもしれないのだ。それを確かめずにここを去るという選択肢は、宙夜にはない。

覚悟を決め、一歩一歩慎重に井戸へと近づいた。ホラー映画などでよく見るように、そこから異形のものが飛び出してくる可能性も否定できなかったが、それでも宙夜は歩を進める。

次第に低くなっていく天井に合わせて身を屈め、やがて井戸の縁まで辿り着いた。

そこで宙夜は目を見張る。何故ならその井戸の縁には……

「……鉤縄？」

思わずその場に跪き、井戸に垂れたそれを引っ張り上げた。

ナイロンで編まれた白いロープの先に、宙夜の掌ほどもある大きなフックが結ばれた鉤縄だ。それもかなり新しいもののようで、ロープもフックも一切汚れていない。何故こんなものがここに――？　ますます疑問を募らせた宙夜は、思い切って井戸へと身を乗り出した。

そうして中を照らしてみれば、ロープは井戸の底までしっかりと届いている。深さはおよそ四、五メートルくらいだろうか。

「ひ、宙夜くん、だいじょうぶ⁉」

「ああ、大丈夫だよ。……井戸の中には誰もいない。水もとっくの昔に涸れてるみたいだ」

「で、でも、そのロープは……？」

「分からないけど、これ、ほとんど新品同然だよ。こんなものがここにあるってことは――」

――千賀悠太朗。そのとき宙夜の脳裏には、昨日から行方が分からなくなっている燈の従兄の姿が浮かんだ。何故なら彼は、数年前に謎の失踪を遂げた幼馴染が〝井戸の底〟にいると知って行方をくらませたのだ。その直前に彼が残したメモには〝蔵六の井戸を探す〟と記されており、ここが蔵六山の上にある学校であることを考え併せると、すべての事実が符合する。

「そ、それじゃあゆーたろさんは、わたしたちより先にここへ来てたってこと……？　でも、中には誰もいないんでしょう？」

「うん。少し、底が掘り返されたような跡があるけど……ここからじゃよく見えないな。下りてみるよ」

「えっ」と途端に後ろの方で、燈が上擦った声を上げた。しかし宙夜は頓着せず、金属製のフックを再び縁へかけると井戸の中へと踏み込んでいく。

「ちょっ、ちょ、ちょ、ちょっと待って、宙夜くん！」

「え？」

「え？　じゃなくて！　あ、あ、危ないよ⁉」

「平気だよ。このロープもフックもかなりしっかりしてるし、底に何かあるってわけでもなさそうだから。あ、ただ千賀さんさえよければ、スマホで中を照らしてくれる？」

「そ、そ、それはいいけど、ほんとにだいじょうぶ……⁉」

「大丈夫。これでも運動神経はいい方だから」

「そ、そうじゃなくて……！」

　燈はそう言ったきり何故か頭を抱えていたが、宙夜はちょっと首を傾げただけでやはり頓着しなかった。そのままロープを掴んで後ろ向きに進入し、内部の壁に両足をついて体を支える。摩擦で掌を傷つけないよう注意しながら、ゆっくりと井戸を下った。

　その様子をすぐ頭上から燈が照らしてくれていたので、宙夜は思いのほかすんなりと底まで下りることができる。すっかり乾いた底の土は、やはり少しだけ掘り返されていた。しかし穴の底には何もなく、代わりにそのすぐ横に小さな園芸用のシャベルが落ちている。試しに手に取ってみると、それもまた新しい。尖った先端にはわずかに土がついているが、それ以外は新品同然だ。

（……これも悠太朗さんが？　だとしても、遥々こんなところまで幼馴染を探しに来る人が、たったこれだけ掘って諦めるとは――）

と、そうして再び足元へ目を向けたところで、宙夜は気づいた。

――穴。悠太朗が手ずから掘ったものと思しい穴の他に、そこにはもう一つ、穴がある。

「千賀さん！　ごめん、スマホを投げて！」

宙夜が突然上げた大声に、燈は一瞬驚きながらもすぐさまスマホを投げて寄越した。背面のライトを光らせながらくるくると落ちてきたそれを、宙夜は器用に受け止める。

そうしてその白い明かりで、巨大な石の筒の麓を照らした。そこにあったのは人一人がやっと這って進めそうなほどの横穴だ。縦幅は三十～四十センチほど。横幅はもう少しあるだろうか。

その穴はまるで誰かが壁を穿ったようでもあり、腐食によって自然とできたもののようにも見えた。そこに人の這っていった跡がある。悠太朗が掘り起こしていったと思しい土が横穴の反対側に押しのけられ、靴の爪先で踏み潰された形跡が残っていたのだ。

「ひ、宙夜くん、何かあったの？」

「ああ、ここに横穴がある。しかもつい最近誰かが入っていったみたいだ。もしかしたら、悠太朗さんはこの先にいるのかも」

「ええっ……!?　で、でもその穴、どこまで続いてるの？」

「分からない。かなり先まで続いてるみたいだけど――」

と、言いかけて、そのとき宙夜はハッとした。覗き込んだ横穴の中に、何かある。

とっさに地面へ膝をつき、姿勢を低くして手を伸ばせば、指先に細い紐のような感触が触れた。それを掴んで引き寄せた直後、宙夜は思わず言葉を失う。それは明るいオレンジ色のヘアゴムだった。多少汚れてはいるものの、宙夜はそれを知っている――そのヘアゴムは、玲海が髪を結ぶのにいつも使っていたものだ。

「……！　宙夜くん、それ……！」

茫然と座り込みながら、宙夜が照らしたそれが燈にも見えたのだろう。答える代わりに顔を上げれば、頭上、身を乗り出した燈と視線が合う。

瞬間、燈が頷いた。

恐らくこの穴の先に、玲海と悠太朗がいる。

◆第捌夜（だいはちや）

土まみれになって穴を抜けたのち、宙夜はしばし放心していた。

目の前に、障子がある。紙のところどころに穴の開いた、いかにもな腰高障子だ。

そこはトイレの個室程度の非常に狭い空間で、閉じた障子が佇む正面以外は三方を板壁で囲まれていた。当然のように明かりはない。だが宙夜に続いてやってきた燈も手にはスマホを持っていて、二つの光がそれぞれにその空間を照らし出す。

「ひ、宙夜くん……ここ、どこ？」

「……分からない」

少なくとも一つはっきりしていることは、ここは恐らく学校の地下だろうということだけ。まったく予想していなかった事態に、二人は少時並んで立ち尽くした。ふと目をやった燈もまた、全身を土まみれにしている。それもそのはず、何せ宙夜たちは開かずの間で見つけた井戸の横穴へ腹這いになって潜り込み、モグラのような要領でその穴を進んできたのだった。

しかし穴の中にいた時間はせいぜい五分程度。それほど遠くまで這ってきたという実感が、宙夜にはない。また横穴の開いていた方向から考えても、ここはまだ加賀高の校舎内であるはずだ。

「こ、ここも倉庫か何かかな……？」

「……かもね。だとしても、今はまったく使われてなさそうだけど——」

言って、宙夜は目の前の障子に手をかけた。真ん中から左右に割れるタイプのその障子戸を、一思いに引き開ける。そして――目を疑った。

真っ先に視界へ飛び込んできたのは、人形。左右の壁一面を埋め尽くす人形。人形。人形。人形。人形。人形。人形。人形。

「な……何これ……」

障子戸の向こうに広がっていたのは、現在宙夜たちがいる奥の間とさして変わらぬ広さの空間だった。だがその左右に設けられた棚の上に、びっしりと人形が並べられている。どれもこれも長い黒髪に白い面、そして赤や黒の着物をまとった日本人形ばかりだ。

その不気味としか言えない光景に、怯えた燈がサッと宙夜の服を掴んだ。天井まで届く棚にずらりと並べられた――いや、それはもはや無造作に積まれていると言った方が正しい――人形たちは、どれも虚ろな眼で暗闇を見つめている。されどその一つ一つが今にも動き出し、一斉に宙夜たちを振り向きそうなほど異様な空気が、大口を開けて二人を呑み込もうとする。

「この人形……まさか、悠太朗さんが言ってた――葦田のお堂……？」

立ち尽くした宙夜がぽつりと漏らせば、燈がハッとしたように顔を上げた。

かつてこの地に暮らす人々が恐れていたと言われる葦田の怨霊。その怨霊を鎮めるために設けられたというお堂。伝承に残るそのお堂には怨霊の呪いを避けるため、土地の人々が身代わりとして捧げた人形が無数に奉納されていた、と悠太朗は言っていた。

加えて加賀稚高校に伝わる『開かずの間』の七不思議では、宙夜たちがくぐったあの扉の向こうにはお堂がある、と言われていたのだ。

その二つの点と点をつなげば、自ずと辻褄が合ってくる。つまり宙夜たちが悠太朗から聞いた伝承は、事実と多少の差異こそあれ、どれも本物だったということだ。

「そ、そんな……学校の地下に、こんなものがあったなんて……わたしたち、何も知らずにその上で暮らしてたんだ……」

震えた声で燈が言い、青い顔のまま身を寄せてくる。刹那、二人の正面からふっと冷たい風が吹き、ただでさえ血の気の引いた肌を粟立たせた。

だが風が流れているということは、この人形の間の先にも更に別の空間があるということだ。宙夜は意を決して敷居を跨ぐ。今にも左右の人形たちが雪崩かかってくるのではないかという恐怖心を抑えつけ、燈を連れてお堂の出口らしき扉へ手をかける。

そうしてその扉を開けた直後、宙夜たちは呆気に取られた。

頭上には月明かり。吹き渡る風と葉擦れの音。

真夏の蒸し暑さとはまるで無縁の、どこか冷え冷えとした濃ゆい夜気。

二人が佇むその場所は、紛れもなく〝外〟だった。見上げれば見事な満月を、叢雲が朧に霞ませている。左右には枝いっぱいに緑をつけた木々が立ち並び、風はその葉を鳴らしながら土の匂いを運んでくる。そんな馬鹿な、と驚いて振り向いた先には、急斜面を背に佇む小さなお堂。

ここはどこだ、と、改めて宙夜は思った。しかし考えれば考えるほど混乱して分からない。

ここは、どこだ。地下深く掘られた井戸の底から、どうして突然地上へ至る？

「ひ……宙夜くん……」

「……」

「宙夜くん、あれ――」

そのとき燈にシャツを引かれ、宙夜は辛うじて思考を放棄せずに済んだ。

彼女の呼ぶ声に気づき、顔を上げる。そこには古い屋敷があった。森の木々に埋もれるように佇んだ、かなり巨大で立派な屋敷だ。

しかし雲間から漏れる月明かりに照らされたそれは、遠目にも朽ちかけているように見えた。何しろ瓦を戴いた屋根の一部が陥没し、壁にも穴が開いている。たった今宙夜たちがいるのはその屋敷の庭と思しいものの、あたりには遠慮を知らない草木が自生し、かつては庭園を美しく飾っていたと思われる庭石も今では濃い苔の中だ。

「な……なんで、こんなところにお屋敷があるんだろう……？」

「……とりあえず、今の段階で言えることは……俺たち、もしかしたら黄泉比良坂を通ってきたのかもしれない」

「よ、よもつひらさか？」

「あの世とこの世の境目、って言ったらいいのかな……この時期になるとよくやる心霊番組なんかで、心霊スポットとして有名なトンネルを〝あの世への通り道〟とか言ったりするだろ？　さっき俺たちがくぐってきたあの横穴が、もしそういうトンネルと同じものだったとしたら……」

「こ、ここは、現実じゃない――〝あの世〟ってこと……？」

今にも卒倒しそうな顔色で、燈が茫然と呟いた。宙夜はそれを安易に肯定したくなかったが、しかし否定することもできない。何せ普通に考えてありえないのだ。地下に潜ったはずが、突然地上へ抜けるなど。

それにそう考えた方が納得のいくことがある。教師たちさえ開かないことを認めていた開かずの間が開いていたのは、葦田の怨霊が学校に呼びだされたことで現世と幽世がつながったためではないか？　しかもたった今宙夜たちの背後に佇む小さな堂は、伝承と共に失われたと思しきものだ。そんなものが存在するこの場所を現実と呼ぶのは無理がある。

しかし、だとすればあの朽ちかけた屋敷は――?

「……千賀さん。本当にもう後戻りできないかもしれないけど、いい?」

ざわざわという草木のうねりの中で、宙夜は訊いた。

こちらを見つめた燈の瞳は、やはり恐怖で濡れている。

されど彼女はきゅっと唇を引き結び、頷く代わりに宙夜の手を握った。それは宙夜と離れないようにするため、というよりも、宙夜が離れていかないようにするため、のような気がする。

「行こう」

それを彼女の覚悟と受け取って、宙夜は一歩踏み出した。ちょっと気味が悪いほどやわらかな土の感触が、靴の底から染み込んでくる。ざわざわ、ざわざわと相変わらず木々はうるさいものの、虫や夜鳥の声は一切しないのが不気味だった。ここでは生命の営みというものがまるで感じられない。すべてが虚ろで、無機質で、冷たく閉じられている場所のように感じる。

やがて燈と共に屋敷の玄関前に立った宙夜は、閉じられた木戸に向かってそう声を上げた。

「ごめんください」

が、やはりと言うべきか、中からの反応はない。そこで宙夜は意を決し、どす黒く変色した取っ手の部分に手をかける。

腐りかけの木戸は少しばかり建てつけが悪かったが、ガタガタと不粋な音を立てて開いた。

途端にサッと中を照らせば、すうっと闇へ消えるように奥へと伸びた廊下が見える。その手前には思いのほか広々とした土間があり、やはり人のいる気配はない。

だがそこで宙夜たちは、新たな手がかりを発見した。

「――! 宙夜くん、あれ……!」

燈が指差したのは、土間から玄関への上がり口。そこにはこのオンボロ屋敷にはあまりに不釣り合いな、白い靴が置かれていた。

側面に赤いラインが入ったその靴は、紛れもなく加賀稚高校の運動靴——

急いで駆け寄り確認してみれば、靴の中、裏張りの部分に玲海の名前が書いてある。

——やはり玲海はここにいるのだ。そう確信した宙夜は、燈と顔を見合わせて頷いた。

こんな屋敷にまでわざわざ靴を脱いで上がり込むあたりが玲海らしいが、おかげで宙夜たちの行く先に小さな希望の灯がともる。

「ここに靴があるってことは、玲海ちゃんはきっとまだ無事だよ！」

「うん。たぶんここがどこか分からなくて、あちこち歩き回ってるんだ。俺たちも行こう」

一度玲海と合流することができれば、あとはどうとでもなる。宙夜は逸る気持ちを抑えて——靴は脱がずに——板敷の廊下へと上がり込んだ。

途端にギィッと床が軋む。何とも嫌な軋み方だ。

恐らく内部も腐食が進んでいるのだろう。左右にそそり立つ漆喰の壁はところどころ黒ずんでいて、その黒ずみが人の顔に見えそうだと思ったところで、宙夜は注視するのをやめた。

二つのスマホの明かりだけを頼りに、慎重に奥へと進んでいく。時折隣で燈が玲海の名を呼ぶが、返事らしきものは聞こえない。そのまま道なりに進むと大きな引き戸の前に出た。

両開きの引き戸を開ければ、その向こうにはかなり大きな空間が広がっている。ざっと十畳以上あるように見えるが、真ん中に囲炉裏があるところを見るとこの屋敷の居間だろうか？

天井は高く、見上げると奥の扉の上に中二階があるのが分かった。その中二階へ続く階段が向かって右手にあり、左の壁にもどこかへ続く扉が見える。

「うわあ……立派なお部屋だねぇ……」

「外から見た印象でそうだろうとは思ってたけど……この屋敷、かなり広そうだ」

下手をすると、宙夜たちは相当長い間この屋敷を彷徨うことになる。それだけは勘弁してもらいたいな、とわずかに眉を寄せながら、宙夜はひとまず先に中二階へ上がってみることにした。

居間の上を三分の一ほど覆う中二階には、壁の真ん中に一つ、ボロボロの障子が貼られた丸窓がある。その向こうで木々の影がざわざわと妖しく蠢いているのを見た宙夜は、思い切って障子を開けてみた。

すると見えたのは、草木が伸び放題になった中庭。広さは居間と同じくらいだろうか。暗いのと、目の前まで迫った木の枝が邪魔でよく見えないが、庭の左右は回廊になっているようだ。

「宙夜くん。あっちにも階段があるよ」

その回廊に玲海の姿が見えないか、と、宙夜が身を乗り出して目を凝らしていたところで、不意に燈が声をかけてきた。振り向けば燈が指差す方向に、中二階から更に二階へと上がる階段が口を開けている。見るからに狭くて急な階段だ。

「まずは二階から探してみる？」

「うん……そうだね。二階なら、一階より広いってことはないだろうし」

屋敷内を虱潰しに探すなら、手っ取り早く済む方を先に潰した方がいいだろう。そう判断した宙夜は早速二階へ上がってみることにした。

ところがそのとき、ギィッ……と階段が鳴く。今まさにその階段へ向かおうとしていた宙夜と燈は、足を止めて凍りついた。ゆっくりと軋みを上げて、何かが階段を下りてくる。階段は急で、しかも上り口の真上に垂れ壁があり、下りてくるものの姿は見えない。

燈が再び、ぱっと宙夜の手を掴んだ。その手が小刻みに震えている。

「れ……玲海ちゃん……？」

それでも希望に縋るように、燈が声を振り絞った。が、やはり返事はない。

宙夜たちが全身を強張らせて答えを待つ間にも、足音は近づいてくる――逃げなければ。

固まっていた思考が融解し、その中に包まれていた防衛本能がようやく機能し始めたとき、宙夜は見た。階段を下ってくる誰かの足。今時の中学生や高校生が好んで履きそうな黒いスニーカーに、同じく黒のハーフパンツ――

「……うそ」

やがて姿を現したその人物を前に、燈が茫然と呟いた。白と黒のボーダーシャツに、紺色のジャケット。その手には、宙夜たちの注ぐ明かりを鈍く照り返す包丁のようなモノ。

「見ィツケタ」

そう言ってニタリと口角を上げながら、彼は目を見開いた。

それはもう三週間近く行方が分からなくなっていた、森蒼太だった。


「森……なんで、お前がここに……」

ようやく振り絞った声は、まるで自分のものではないかのように掠れていた。

宙夜と燈が照らした先で、不自然に首を曲げた蒼太が目を見開き、ニヤニヤと口角を吊り上げている。その手には赤黒く汚れた包丁。よくよく見れば蒼太は全身血塗れで、もはやそれが彼の血なのか、それとも彼が殺めた両親の血なのか、まったくもって判然としない。

ヒヒッ、と、蒼太は宙夜の問いに答える代わりに、引き攣るような笑いを零した。そうして一歩こちらへと近づいてくる。それに合わせて、宙夜と燈も後ずさった。

「も……森くん……？　本当に、森くんなんだよね……？」

「ヒヒヒ」

「なんで……なんで、こんなところに森くんが……？　わ、わたしたちのこと、分かる……？」

「ヒヒヒヒ」

「ね、ねえ、森くん……どうしちゃったの……なんで、なんであんなこと……！」

「駄目だ、千賀さん。今の森は正気じゃない」

――否。これはもう蒼太ではないと言った方が正確か。

直感的にそう悟った宙夜は、燈を軽く自分の後ろへ押しやった。そうして糸が切れたように笑っている蒼太と相対し、全身に緊張を漲らせながら、言う。

「なあ。お前――森蒼太じゃないな？」

「ヒヒ、ヒヒヒヒ」

「葦田彩子。そうだろう？　今度は森の体なんか乗っ取って、どうするつもりだ」

「――皆殺し」

紫色に変色した唇を開いて、蒼太は――葦田彩子は、呪詛のような言葉を吐き出した。

その目はよりいっそう見開かれ、今にも眼窩から眼が零れ落ちそうだ。けれど口元にはやはり狂気の笑みが浮かび、覗いた唇の間から汚れた歯が剥き出しになる。

「皆殺し、皆殺し、皆殺し」

「森」

「皆殺し皆殺し皆殺し皆殺し皆殺し皆殺し皆殺し皆殺し皆殺し皆殺しぃ!!」

「森……！」

「お前ら全員殺してやる。殺してやる、殺してやる、殺してやる！　呪いだ！　村中みぃんな呪い殺してやる！　一人残さず！　殺す！　殺す！　殺すううううう!!」

——これは無理だ。宙夜がそう判断したのと、蒼太が包丁を振りかぶるのがほぼ同時だった。

話の通じる相手ではない。そう分かった以上宙夜たちに残された選択肢は〝逃げる〟しかない。

宙夜はとっさに燈を押すようにして後ずさった。そうして蒼太が振り下ろした刃を躱し、叫ぶ。

「千賀さん、森はもう駄目だ！　一旦逃げよう！」

これだけ広い屋敷ならば、どこかしら身を隠せる場所もあるはず。その一縷の望みに賭けて燈を促し、宙夜自身もまた逃げようとした。

だが燈が居間へ下りる階段を目指して駆け出したのを認め、自らもそれに続こうとした刹那。

ほんの一瞬蒼太から外した視線を元に戻して、宙夜はその場に凍りついた。

目の前に、ニタリと笑った蒼太の顔がある。それと同時に突き出される、刃。

「——宙夜くん!!」

自身の脇腹を狙って突き出されたその刃を、宙夜はすんでのところで押さえ、止めた。

しかし助走をつけて突っ込んできた蒼太の力はすさまじく、宙夜はその場に押し倒される。後頭部に衝撃が走り、一瞬意識が飛びそうになった。だが次に気がついたとき、視界には宙夜に馬乗りになった蒼太の姿と——その頭上高く翳された、血濡れの包丁。

息を呑む暇もなく振り下ろされたそれを、宙夜は再び蒼太の手首を掴むようにして止めた。

しかしこの体勢では明らかに宙夜の方が不利だ。全体重の乗った蒼太の両腕を下から支えるのには限界があり、その尋常ならざる力の前に、宙夜の腕はみるみる小刻みに震え出す。

「ヒヒ、ヒヒヒヒ、ヒヒヒヒヒ……死ね、死ね、死ねえ!!」

「……っ！」

「私はお前らを許さない！　許さない許さない許さない！　だってお前らはハジメさんを殺した！　殺した、殺した、殺した！　だから私もお前らを殺す！　殺してやる！　殺してやる!!」

――ハジメさん？

そのとき蒼太の口から飛び出した名前に、宙夜が束の間気を取られた、瞬間だった。

突然スパン！　と小気味の良い音がして、ほとんど同時に蒼太が怯む。

「――宙夜、くんを、放してぇ……っ！」

倒れた拍子に宙夜が取り落としたスマートフォン。その明かりが、必死で蒼太の頭を叩きまくる燈の姿を照らしていた。しかも燈はただ蒼太を叩いているわけではない。その手には白いサンダル。見れば燈は自分が履いてきたそれを片方脱いで、とっさの武器代わりにしたようだ。その靴底で蒼太の頭を何度も、何度も、何度も――

「駄目だ、千賀さん！　早く逃げ――」

「アァアアァアアァアァアアァア!!」

宙夜の予感は的中した。せっかくの狩りに邪魔が入った蒼太は激昂し、その瞬間、宙夜の手を振りほどいた。かと思えば目にも留まらぬ速さで床を蹴り、体当たりの要領で燈に激突する。不意討ちを喰らった燈は悲鳴を上げてひっくり返り、一メートルほども吹き飛ばされた。

その体が、中二階の居間側に設けられた手摺に当たってようやく止まる。したたかに体を打ちつけた燈はその場に蹲り、涙に濡れた目で迫り来る足音の主を見る。

そこには冷ややかな――この世のものとは思えぬほど冷ややかな目で彼女を見下ろす、森蒼太。

その包丁が、振り上げられた。燈は何とか起き上がろうと両手をついたが、間に合わない。

「死んでしまえ」

赤黒い刃が空を切った。躊躇している暇など、なかった。

宙夜はその瞬間、床から跳び起きた勢いを駆って、蒼太の背中にぶつかった。

よろめいた蒼太は勢いよくつんのめり、悲鳴を上げて燈の体を乗り越える。その体が、先程燈を受け止めた手摺に激突した刹那——ミシッと、嫌な音がした。

宙夜は反射的に燈の手を引いて、自分の方へ引き寄せる。それとほぼ時を同じくして、蒼太の体重を受け止めきれなかった木の手摺が粉々に崩壊した。

その崩壊に巻き込まれ、蒼太の体が落ちていく。小柄な影は一瞬にして視界から消え、ゴキャッと嫌な音がした。

再び静寂が屋敷を覆う。宙夜と燈は肩を寄せ合って座り込んだまま、しばらく動くことができなかった。何かが蠢く気配は、もうしない。ざわざわ、ざわざわと、丸窓の障子に映る木々だけが、興奮冷めやらぬ様子で騒いでいる。

「ひ……宙夜くん……宙夜くん、けがしてない？」

「……ああ、俺は大丈夫」

どれほどの間放心していただろうか。宙夜は燈から声をかけられて我に返り、彼女も無事であることを確認した。すぐ傍に落ちていたスマホを拾い上げ、そちらも壊れていないかどうか確かめる。相変わらず端末裏のライトは皓々(こうこう)と光っていたし、画面も通常どおり動作した。ただ電波の受信状況だけが『圏外』。しかもよくよく見れば、画面に表示された日付が狂っている。

八月十三日。宙夜はその日付に覚えがあったが、気づかないふりをして画面から顔を上げた。

そうしてよろよろと立ち上がり、崩落した手摺の間から真下の居間を照らしてみる。

そこには、あらぬ方向に首を曲げて横たわった蒼太がいた。相変わらず目は見開かれたままで、物言わず恨めしげに宙夜を見上げている。

また、殺した。宙夜は、そう思った。

また人を殺した。また――

『――お母さん！』

瞬間、宙夜の脳裏にあの日の情景がフラッシュバックする。

降りしきる蝉の声。

アスファルトからゆるく立ち上る陽炎。

その向こうに見えた白いガーデンハットと――

「宙夜くん」

――耳を劈（つんざ）き、脳を揺さぶるようなブレーキ音。

それが頭の中で轟き渡る直前に、宙夜は燈に手を引かれ、再びその場に座り込んでいた。

視界が明滅し、赤色が広がっていく。脳と心臓が位置を入れ替えたかのようにドクドクと脈動し、ゆっくりと自我が失われていく。

そうだ、あの日もこうだった。自分はまた、背中に、白い、坂道を、両手を、おどかすつもりで、振り向き、最後に、目が合った――

「――宙夜くん！」

土の匂いがした。それでいて温かい。

宙夜の意識は、ようやくあの日の記憶から呼び戻された。気がつけば鼻先に何かを押し当てられていて、少しジンジンとする頭の後ろにも温かいものが触れている。

……何だろう、これは？　ぼんやりする頭でそう考えてから数瞬後、宙夜はついに燈に抱き締められているのだと気がついた。しかも燈は泣いている。頭のすぐ上で、鼻を啜る音がする。

「宙夜くん……ありがとう。さっき宙夜くんが助けてくれなかったら、わたし、きっと森くんに……でも、あれはもう森くんじゃなかったの。そうでしょう？」

そう言って、燈はようやく宙夜を放した。かと思えば宙夜と目線を合わせ、潤んだ瞳でこちらを覗き込んでくる。

「だから、宙夜くんのせいじゃない。宙夜くんのせいじゃないよ。そんなの、違うよ……」

言って、燈は更に泣いた。うつむいた彼女の瞳から、床へ向かってぽろぽろと涙が落ちていく。

それはこの地獄のような世界で、唯一美しいものだと、宙夜は思った。

「……大丈夫。千賀さんのせいでもないよ」

燈がぱっと顔を上げた。

宙夜は自分でも下手くそなのを自覚しながら、それでも少しだけ、笑ってみせる。

「行こう。――玲海を探さなきゃ」


歩く度にギィッと軋む木の床が、嫌な感じだった。迂闊に足を踏み出すと、床が抜けて下の階へ落ちてしまうのではないか。そんな不安が常につきまとってくる。

ゆえに宙夜と燈は入念に足元を照らしながら、そろそろと先へ進んだ。

場所によっては既に穴が開いている箇所もあり、油断できない。おまけにいつまた葦田彩子が襲ってくるとも分からず、暑くもないのに宙夜の額からは絶えず汗が流れていた。

時折玲海の名を呼びながら、目につく扉を一つずつ開けていく。できれば余計な扉は開けたくなかったが、先刻の宙夜たちと同じように玲海もまた蒼太に襲われていたとしたら、怪我をしてどこかで動けなくなっている可能性があった。そればかりか最悪の場合——とその先を想像してしまいそうになって、宙夜は軽く首を振る。

大丈夫だ。玲海は確かにちょっと抜けているが馬鹿ではないし、機転も利く。おまけに運動神経もあるから、その持久力と瞬発力をもってすれば追っ手から逃れることなど容易(たやす)いだろう。

何度もそう言い聞かせ、慎重に先を急ぐ。行く手に曲がり角が見え、二人はその先に何者も潜んでいないことを祈りながら歩を進めた。そして、燈が息を呑む。

「ひ……宙夜くん……！」

彼女の右手がバッと宙夜の腕を掴んだ。それとは逆の手に握られた、燈のスマホが照らす先。

そこに夥(おびただ)しい量の血痕(けっこん)があった。まるでサスペンスもののドラマでよく見る殺害現場のような。

そしてその血は点々と廊下の奥へ向かって続いていた。二人は息を詰めて顔を見合わせ、しかしどちらからとなく頷いて、黒く変色した血の痕を追っていく。

やがて宙夜たちが辿り着いたのは、一枚の古い引き戸の前だった。戸の向かいには障子窓がついていて、汚れきった障子紙が青白い月の光を透かしている。二人の足元にすうっと細い格子の影を落とす月明かりは、引き戸の取っ手部分についた血の痕をも青く照らし出していた。

その痕跡から、恐らくこの血痕の主は目の前の引き戸の向こうへ逃げ込んだのだろうと推測できる。だが外から声をかけてみても、反応らしいものは何もなかった。

目を落とした引き戸の麓には、やはり大量の血。

宙夜は緊張で口の中が乾くのを感じながら、ゆっくりと戸に手をかけた。

本当は、開けたくない。もしこの向こうに玲海がいたら。それも宙夜たちの呼びかけに答えられないほどに冷たく、硬くなっていたら――

そんな不吉な想像が胸を塞ぎ、宙夜は激しい息苦しさを覚えた。しかしここまで来て確かめないわけにはいかない。

意を決し、戸を開けた。二つの明かりがすぐさま室内を照らし出す。

真っ先に部屋へ駆け込んだのは燈の方だった。しかしざっと室内を照らしてみても、そこに玲海の姿はない。あるのは暗闇と静寂と――そして、酔いそうなほどの古書の匂い。

そこはかつてこの屋敷の書斎（しょさい）として使われていた部屋なのだろうか。三方の壁を囲むように書架が置かれ、その中にはぎっしりと書物が詰め込まれていた。これまで覗いてきたいくつかの部屋とは、明らかに雰囲気が違う。室内は妙に埃っぽく、明かり取りの窓もない。

だが足元にはやはり血痕があり、それは唯一書棚のない引き戸脇の壁際に溜まっていた。

この血痕の主はその壁に身をもたれ、しばらくここで休んでいたのだろうか――。そんな推測を巡らせた宙夜の視界に、そのときチカリと不自然に白いものが飛び込んでくる。

「これ――ボイスレコーダー？」

一際大きな血痕の脇、そこに落ちていたのは小さな現代の機械だった。拾い上げてみると実に軽く、宙夜の手の中にすっぽりと収まってしまう。が、そのとき隣から覗き込んできた燈が、ぱっと顔色を変えてにわかに宙夜の手を掴む。

「ひ、宙夜くん、それ、ゆーたろさんの……！」

「え？」

「わたし、見たことある！　ゆーたろさんが前にどこかの村の昔話を録音したの、この機械で聞かせてくれたの……！」

　ボイスレコーダーを握った宙夜の右手を、縋るように掴みながら燈は言った。その表情からはみるみる血の気が引き、再び涙が浮かんでいる。だが殴られたような衝撃を覚えたのは宙夜も同じだった。このボイスレコーダーは悠太朗のもの――。だとすれば、足元にある血痕は。宙夜はごくりと苦い唾を飲み、試しにボイスレコーダーの電源を入れてみる。

「昨日の日付の録音がある……」

　端末上部についた小さな画面。それを見ながら手探りで操作してみると、ほどなく端末に保存されている音声データの一覧が表示された。

　最新のデータは七月二十三日、十八時三十八分。スマホのように日付が狂っていないのは、手動で日時を設定する端末だからだろうか。宙夜は燈を促してひとまず部屋の隅に座り込み、最後に録音されたと思しい音声データを再生する。

『……七月二十三日木曜日、記録。想像もしていなかった事態になった……俺は今、蔚染村の蔵六邸にいる』

　聞こえてきたのは、やはり悠太朗の声だった。

　途端に燈が息を呑む。口元を押さえ、言葉を失った彼女の瞳に、いよいよ涙が込み上げてくる。

『過去に古い資料で見た、蔚染村の村長の屋敷だ……こんなことになるとは思ってなかった。桐月寺の住職に嵌められた。あの人はこちらの取材に渋々応じるふりをして、俺を開かずの間に閉じ込めた……まさかそこにずっと探していた蔵六の井戸があるとは思ってもみなかったが、どうもあのドアは鍵穴に鍵を差したままだと内側から解錠できない造りになっているらしい。最後に聞いた音からして、住職は差し込んだ鍵を折っていったんだろう……まんまとやられた』

疲れ切った様子の悠太朗の音声に、自嘲が交じる。だが宙夜は耳を疑った。——桐月寺の住職？　途端に宙夜の脳裏には、半月ほど前、ただならぬ形相で自分たちを追い立てた男の姿が甦る。

あの住職が、悠太朗を嵌めた。つまり住職は開かずの間の秘密を知っていて、それを追及しに現れた悠太朗を口封じのために閉じ込めたということか。

『——アァアァアァアァアァアァアア‼』

ところがそのとき、突然端末のスピーカーから響き渡った絶叫に、宙夜も燈もびくりと肩を震わせた。

今の声は——蒼太の。同時にスピーカーはドンッ、ドンッと何かが壁にぶつかるような音を吐き出し始め、その騒音の間に悠太朗のため息が漏れる。

『おかげでこの有り様だ。井戸の底で見つけた横穴は黄泉比良坂（よもつひらさか）だった。いや、ここも黄泉比良坂（よもつひらさか）の一部と見た方がいいか……とにかく今俺がいるのは現実じゃない。全国各地の民話に登場する〝異界〟……ここの時間は葦田彩子が死んだ、あるいは殺された一九二一年の八月十三日のまま止まっている。もう何時間もこの屋敷を彷徨（さまよ）っているが、夜が明ける気配はない。おまけに屋敷の中には死人や死霊がうようよしている……今そこで扉を破ろうとしている彼もそうだ』

喋り続ける悠太朗の声の後ろで、壁を殴る音はなおも続いていた。それが時折、獣の唸りのような声に変わる。「殺してやる……」という低くおぞましい声が、何度も何度も聞こえてくる。

『あの子はこの間ネットで騒ぎになっていた……森さんのところの、蒼太君といったかな。サイコさん関連のまとめサイトに顔写真が載っていたから覚えてる。彼もまた〝サイコさんの呪い〟の犠牲者……もうずっとこの異界を彷徨っているところを見ると、森蒼太としての人格は死んでいるんだろう。アレは実体を持った死霊だ』

『アァアァアァアァア!!　殺す!!　殺す!!　殺す!!』

『……さっきから終始あの調子だ。持っていた包丁で右足を刺された……出血がひどい。一応止血を施したが、このままじゃ……』

　スピーカーから、再び深いため息が漏れた。宙夜がちらと盗み見た先で、依然口を押さえたままの燈が震えている。

『……。こんなことは、とても信じたくないんだが』

　やがてしばしの沈黙を溜めて、悠太朗の声が言った。

『屋敷を探索している間、邸内を彷徨う死霊の中に――詩織がいた。見間違いではない……と、思う。失踪したあの日から、少しも見た目が変わってなかった……変わったのは既に実体を失っていることと……恐らくこの屋敷を彷徨う他の死霊と同じように、生者を襲う化け物になっていること。俺は恐ろしくて、それ以上のことを確かめることができなかった。だが詩織は……たった一人で屋敷を彷徨いながら、〝助けて〟と――』

　――呻くように、何度も繰り返していた。そう言ったきり、悠太朗の声はしばし途絶えた。

　スピーカーが吐き出し続けるのは、扉を破ろうとする蒼太の喚（おめ）きと騒音だけ。

　ところがそんな音声が二、三分ほども続いたかと思うと、不意にぱったりと静寂が訪れる。

『……行ったか』

　恐らく一時的に悠太朗を狩るのを諦めたのだろう。ボイスレコーダーには、蒼太が恨めしげな呻きを上げながら遠ざかっていく足音まで録音されていた。

　それからまたしばしの沈黙を挟み、ふーっと悠太朗が息をつく。そのとき彼はこの場所で一人、どんな顔をしていたのだろうか。

『――今ここに、俺が今日まで調べたすべてを残す』

ほどなくスピーカーが吐き出したのは、明らかに何かの覚悟を決めた悠太朗の声だった。

『ここは昭和三十年、五村合併により消失した蔚染村。蔚染村にはそれまで葦田の怨霊と呼ばれる伝承があり、代々村長を務めた蔵六一族がかつて暮らしていた屋敷には、その怨霊を鎮めるためのお堂があったという。しかし何故そんなお堂が村長邸にあったのか。その理由は、蔵六一族が葦田彩子の呪いによって滅亡したからだと聞いている。

蔵六家の系譜が途絶えたのは大正十一年頃。以前国立国会図書館で見つけた新聞記事によると、何でも時の当主だった蔵六辰造が突然乱心し、家人と村人数人を惨殺して自害したのだという。以来蔵六屋敷は呪われた家と恐れられ、山中に放置された。その蔵六屋敷がかつて建っていた場所が、現在の加賀稚高校がある蔵六山だ。

あの高校の一階に蔵六家の井戸が残されていた理由は、恐らく学校に伝わる七不思議のとおり。当初は工事の段階で埋められる予定だったが不審な事故が相次ぎ、やむなく『開かずの間』として封印されたんだろう。

……話が前後するが、加賀稚高校が建つまで屋敷の庭にあったとされるお堂には古井戸が祀られていたのだと聞いた。それが蔵六の井戸だ。

どうしてお堂の中身が井戸だったのか、それは当時話を聞かせてくれた話者もついに明かしてくれなかったが……ここに来て、ようやくそれが分かった。あの井戸がすべての元凶だったんだ。葦田彩子はあの井戸の中で死んだ。住職が俺を閉じ込める前にそう言った。あの男は怨霊の力が強まり封印が弱まっている、だから新たな封印を施しに来た、と言っていたが……恐らくそうして代々開かずの間の秘密を隠してきたんだろう。

葦田彩子は忌み子だった。住職は扉を閉める前、確かにそう言っていた。

あの男が何を指して忌み子と言ったのかは分からない。だが蔚染村に伝わる独特の風習——オシルベサマの信仰と併せて推測するならば、恐らく葦田彩子は未婚の処女または未亡人と誰かが密通して生まれた子供だったんだろう。

だから彼女は殺された。オシルベサマの祟りを呼ぶ子だと。そう考えればすべての辻褄が合う。かつてあれほど強烈な求心力を持っていたオシルベサマが後世に悪霊として伝わるようになったのは、オシルベサマが原因で葦田彩子という怨霊が生まれたせいだ。加えてオシルベサマにまつわる神事のすべてを引き受けていた蔵六家が滅んだことで、あの信仰をのちの世に正しく伝承する者がいなくなった……たぶん、そういうことだったんだろう。

だがさっきも言ったとおり、蔵六家が滅んだ原因もまた葦田の呪い……。そしてその蔵六の屋敷に今、サイコさんに呪われた者たちが集まっている。森さんの息子さんや詩織の姿があったことからも、この屋敷のあちこちにいる死人や死霊は現世で葦田彩子とつながってしまった者たちと見てまず間違いないだろう。

そういう者たちがどうしてこの屋敷に集まっているのかは分からない。あるいは葦田彩子が何らかの意図で彼らをここに集めているのか……何にせよ、今の段階ではっきりしていることは一つだ。この此岸(しがん)と彼岸(ひがん)の狭間から詩織を解き放つには、葦田彩子の呪いを止めるしかない。

何とかして彼女の悪しき意思を鎮め、この呪いの連鎖を終わらせる……』

どこか悲壮を帯びた悠太朗の声。その声が突然途切れ、ゴトリ、と何かを床に置く音がした。

それからしばしごそごそと布擦れの音が聞こえて、更にジッパーを開けたり閉めたりする音がする。持ってきた荷物でも確認していたのだろうか。

そんな物音がおよそ一分ほど続いて、再びゴトッと音がした。たぶんそれは、悠太朗が一度床に置いたボイスレコーダーを持ち上げた音だ。

『これは俺の推測だが、都市伝説上のサイコさんが〝何でも知っている〟のは、恐らく全知の神であったオシルベサマと同化したためだろう。ここはかつて、そのオシルベサマにまつわる神事が執り行われていた神聖な家。だとすれば何かしら、怨霊を封じるのに有用な情報や道具が残されているかもしれない。

俺はそれを探しに行く。生きて帰れるかどうかは五分五分といったところだろう。まあ、仮に生きて戻ったところで、地上への出口は閉ざされたままだ。それならせめて、俺はここでできる限りのことをやってみる。そのために今日まで研究を続けてきたんだ。

……このボイスレコーダーは、ここに置いていく。もしも誤ってこの狭間に迷い込んでしまった人間が今、これを聞いているのだとしたら――頼みたい。

どうか葦田彩子の呪いを止めてくれ。

この世に彼女の呪いが存在する限り、犠牲者は増え続ける。俺はその呪いを止めたい。もう詩織のような人間を出したくない……だから、頼む。

この記録を聞いた人が、俺の遺志を継いでくれることを祈って。――以上。録音、終わり』

プツッと短い音がして、それきりボイスレコーダーは黙りこくった。

暗闇の中、古書と埃の臭いが充満する部屋の片隅で身を寄せ合った宙夜と燈は、互いに言葉を発することができない。唯一宙夜にできたのは、うつむいたままの燈の瞳(め)から涙が零れていく様(さま)を、黙って見ていることだけだった。

この記録が残された時間から、既に丸一日以上が経過している。それでも未だ葦田の呪いがその猛威を振るっているところを見ると、恐らく悠太朗の意思は達せられなかったのだろう。

だが、宙夜たちは聞いた。彼が命懸けで残してくれたもののすべてを受け継いだ。

だとしたらやるべきことは一つだ。宙夜は燈の傍らにそっとボイスレコーダーを置いて立ち上がり、古い書架に囲まれた室内をぐるりと見渡して、息を吸う。――あるいはこの中に。

そう意を決して息を吐き、宙夜は最も奥に置かれた書架へと向かって歩き出した。すべての棚に隙間なく詰め込まれた古書。その中から無作為に数冊を取り出して、スマホのライトで照らしてみる。

『蔵六家系記』『桐月寺奉加帖』『蔚染祭事録』――

これだ、と宙夜は思った。この古書の中からそれらしいものを調べれば、オシルベサマの祭事や儀式について何か分かるかもしれない。そんなものは悠太朗も調べて事に臨んだだろうが、もう一度別の視点で調べ直せば、新たな発見がないとも言い切れない。

宙夜はとにかく片っ端から古書を抜き取り、その中からオシルベサマの祭事に関係のありそうなものを次々と足元に積み上げた。これをすべて読むのは相当骨が折れるが、泣き言は言っていられない。とにかく今は何かしらの手がかりを、

「――ミシッ」

と、そのとき何か不吉な音がして、宙夜ははたと手を止めた。初めの一瞬は気のせいかと思ったが、やはり聞こえる。ミシミシミシ、と、硬い木が重く撓むような音。

――何だ、この音は。そんな思考が先に立ち、その音が自分の足元から聞こえてくるのだと気づくまでに、宙夜は要らぬ時間を要した。瞬間、バキッとすさまじい音がする。次いでメリメリ

メリと天が裂けるような音を立てたのは――足元の、床。

「――！　宙夜くん！」

迂闊だった。ここの床も廊下のそれと同様、相当劣化が進んでいたのだと気づいた頃には、宙夜の体は沈んでいく書架に巻き込まれていた。壁際から床が崩れ、傾く。突然足元の安定を失ったことで体は宙に浮き、そのまま倒れて雨のように降り注ぐ古書と共に落下する。

頭上で燈の声がした。しかし宙夜はそれを見上げることもできなかった。

大口を開けた階下の闇に呑み込まれ、現実味のない浮遊感の中へと、落ちる。

そこでぷつりと意識が途切れた。

鈴の音が、聞こえた気がした。

●
●
●

それは、小学二年生の夏だった。

その日宙夜はいつものように、住宅街の真ん中を走る長くて急な坂道を、自宅のある麓へ向かって歩いていた。背中には黒いランドセル。当時から同学年の児童の中でも小柄な方だった宙夜にはそのランドセルが少しばかり大きくて、時折ランドセルの方に宙夜が背負われている、そんな風に見えなくもなかった。

登下校の際に必ず通らなければならないこの坂道は、幼い宙夜にとってちょっとした悩みの種だ。今は下り坂だからいいものの、朝、学校へ通うときがとにかくつらい。どうして天岡市はこんな丘の向こうに小学校を立てたのだろうと、宙夜は幼心に何度もそう憤慨したものだった。

それを言うなら本来責めるべきはそんな丘の麓のマンションなど購入した両親の方なのだが、生憎当時七歳だった宙夜には、両親に疑念や不満をぶつけるという発想がなかった。

幼い宙夜は両親のことが大好きで、彼らの言うことは何だって手放しで信じてしまえる、そんな年頃だったのだ。あの頃宙夜は両親のことを、これからも当たり前のように傍にいて、ずっとずっと自分を守り導いてくれる存在なのだと信じて疑っていなかった——だから。

あっ、と長い坂道の途中で、そのとき宙夜は足を止めた。そしてみるみる自分の頬が緩んでいくのを感じる。麓には二車線の大きな道路が走っていて、反対側へ渡る横断歩道が伸びていた。

宙夜はその横断歩道の手前に、大好きな後ろ姿を見つけたのだ。白い袖なしのワンピースに、同じ色のガーデンハット。肩にはこの時期にピッタリの籠(かご)バッグが下がっていて、宙夜がいつも買い物についていく度に目印にしているコサージュが取っ手の付け根を彩っている。

——お母さん。今にもそう叫び出したいほどの喜びを押し留めて、宙夜はランドセルの背負い革を掴み、一目散に駆け出した。

赤信号。母は目の前を次々と流れていく車を見送りながら、その信号が青に変わるのを待っている。あそこの信号機は青に変わるまでが長いから、今から駆け出せばきっと間に合う。宙夜にはそんな確信があったし、何より母に驚いてほしかった。

あの信号が青になる前に、背後からワッと声をかけて驚かすのだ。いかにも小学二年生の子供が考えそうな悪戯心(いたずらごころ)。宙夜はそうして驚いた母が次の瞬間には破顔して、「こら、宙夜!」と、いつものように自分を叱ってくれるのを期待した。

期待、していた。そのとき宙夜が望んだのは、たったそれだけのことだった——なのに。

「お母さ——」

すぐそこへ迫った背中へ向けて両手を伸ばす。母が呼び声に気づき、帽子を押さえながら振り向こうとする。

――さあ、驚け。幼い宙夜が悪戯たっぷりに笑みを零した、直後。

突然足がもつれた。坂道の終点付近にあったコンクリートの亀裂、そのわずかな段差に爪先が引っ掛かり、宙夜は思いきり体勢を崩した。

ゆるく立ち上る陽炎の中へ、坂道を駆け下りてきた勢いのままに投げ出される。

瞬間、母と目が合った。

前方へ伸ばしたままだった両手がその白い体を突き飛ばし、宙夜は歩道へと倒れ込む。

耳を劈くようなブレーキ音がした。次いで何かがぶつかり、ひしゃげ、潰れる音。

宙夜はうつぶせに倒れた歩道から、茫然として顔を上げた。

それが幼き日の宙夜が見た、最初の地獄だ。

「――宙夜」

その事故があってからというもの、宙夜は学校を休みがちになり、そのまま夏休みに入り、何もかもが宙夜から遠くなった。それまで当たり前のように遊び、笑い合っていた友人も。顔を合わせる度に明るく挨拶してくれていた近所の人たちも。あの日を境に宙夜の世界は色を失い、そよぐ風の音も、遠い蝉の声も、何だかすべてがよそよそしかった。

宙夜が毎日のようにそこへ通うようになったのは、母が灰になってから数日後のことだ。宙夜は喪が明けても学校へは行かず、自分が母を殺したあの場所へと通い続けた。

そうして日がな一日、横断歩道の前に座っているのだ。目の前を次々に流れていくたくさんの車や、電信柱に添えられた慎ましやかな献花を眺めながら。

そして夕方になると、そんな宙夜を父が迎えに来る。少しばかり困ったような、やりきれないような、そんな顔で。

父はもっと自分を責めて良かったのだ、と宙夜は思う。優史は結局、死ぬまで一度も宙夜を責めなかった。ただ何度も何度も、仕事が終わると飛ぶように帰宅して、あの場所まで宙夜を迎えに来てくれた。

——宙夜、しばらく叔母さんのところへ行かないか。

——父さんな、このマンションを売ってしまおうと思うんだ。

——そうしてどこか遠くに引っ越さないか?

父からそんな風に持ちかけられたこともある。けれども宙夜はそのいずれの提案にも、頑なに首を横に振り続けた。

父はそんな宙夜を持て余していたように思う。夏休みに入る前には学校指定の心理カウンセラーのもとへ連れていってくれたこともあったが、宙夜が他者に対して口も心もすっかり閉ざしてしまっているのを見ると、やがて無理に連れ出すことを諦めた。

そうして最後は、時間が解決してくれるのを待つしかないと腹を決めたのだろう。それからは宙夜があの場所へ行くのも止めず、黙って迎えに来る日々を繰り返した。自分の仕事が忙しいときには祖父母や義妹を呼び寄せ、代わりに宙夜を迎えに来させることもあった。

誰もが宙夜を憐れみの目で見ていた。父でさえもそうだった。

周囲のそんな視線から逃れるように、宙夜はやがてオカルトの世界にのめりこんだ。

きっかけはささいなことだったと思う。あるときテレビで心霊番組を見る機会があって、確かそこで死者の世界と現世とをつなぐという心霊スポットの存在を知ったのだ。

宙夜は父のいない間に、彼のパソコンを使ってその心霊スポットについて調べ始めた。生憎遠く離れた他県のトンネルだったために、幼い宙夜には足を運ぶ術がなかったが、他にも似たような場所があるのではないかと必死になって探し始めた。

わずかな小遣いをコツコツ貯めて、実際にそういう噂のスポットを一人で訪ねたこともある。結果はいずれも虚しかったが、それでも宙夜は諦めることができなかった。

——もう一度、母に会いたい。会って、自分のしたことを謝りたい。たとえ永遠に許してもらえないとしても。

当時の宙夜を生かしていたのは、ただその思いだけだった。

それから七年後——中学三年の夏のことだ。

「宙夜、プラネタリウムを見に行かないか？」

と、父が笑顔で誘ってきたのは。


あれは忘れもしない、二〇一二年の八月半ば。世間では盆休みもそろそろ終わろうかという頃、父の優史は連休最後の休日を、自分のために使えばいいのに家族サービスへ振り分けた。

その日、継母の恭子は隣県にある自分の実家へ帰省していて、家にいたのは優史と宙夜、そして恭子の実子である遥真の三人だけだったのだ。遥真は当時やんちゃ盛りの小学三年生で、受験勉強に勤しむ宙夜の後ろでお構いなしに大騒ぎして遊んでいる、そんな義弟だった。

兄弟仲が悪かったのかと言われれば、決してそういうわけではない。宙夜は優史の再婚相手である恭子への配慮として、遥真にはそれなりに気を遣っているつもりでいたし、自分よりも遥真を立てるような振る舞いをいつだって心がけていた。

ただ、戸籍上のつながり以上の意味で彼を弟だと強く実感したことは、結局一度もなかったように思う。それは継母である恭子に対しても同じで、彼女はそうして自分たち母子との間に一線を引く宙夜がかわいくなかったのだろう。

再婚したばかりの頃はいつも気の毒なくらい完璧に〝良い母親〟を演じていた恭子も、その頃にはもう宙夜の前でにこりとも笑わなくなっていた。それどころかひどく呪わしいものを見る目で宙夜を睨み、優史ともしきりに口論していたような気がする。

「えーっ、プラネタリウム⁉　行きたい行きたい！　行こうぜ、宙夜！」

そんな母親と宙夜の関係を間近で見ていて、幼い遥真も何か思うところがあったのだろう。彼は宙夜を決して兄とは呼ばなかった。それでも一応は家族としての体裁を取らなければいけなかったから、遥真は優史の前では良き息子、良き弟を演じ切った。優史のいないところでは駄々をこねて宙夜のものを横取りしたり、同部屋の宙夜を露骨に邪魔者扱いしたりと自身の優位を主張することに余念がなかったが、弟の顔をしているときの遥真は驚くほど宙夜に従順だった。

――お前がいなくなればいいのに。

それが恭子や遥真の本心であったろうことは、宙夜にも分かっている。だから宙夜は夏休みに入ると受験勉強のためと称して毎日図書館へ通い、閉館まで帰らないという生活を続けていた。本当にいなくなることができればどんなにか良かったが、自分のために望んでもいない再婚までした父のことを思うと、どうしても最後の一歩を踏み出すことができなかった。

優史はそんな宙夜の心中を理解していたのか、どうか。彼がプラネタリウムへ行こうと声をかけてきたのは、その日も宙夜が図書館へ行こうと支度をしていたときのことだった。そこへ遥真が「行こう行こう」と畳みかけてくるので、宙夜も何となく断れない空気になってしまったのだ。

結果、宙夜は短く「いいよ」とだけ答えた――あのときたとえ父を傷つけてでも「行かない」と言えば良かったと、宙夜は今でも後悔している。

「こうしてお前と星を見に行くなんて久しぶりだなぁ」

天岡市の天文台は、車でもなければなかなか足を運べないようなちょっと不便な場所にある。その天文台へ向けて車を運転しながら、優史は嬉しそうにそう言った。

優史は星が好きだ。中学までは天文学者になるのが夢だったというくらいだから相当なもので、宙夜がまだ幼かった頃はよく山や川原へ天体観測に連れていってくれた。

優史と共に高原から見上げた夜空の美しさは、今でもよく覚えている。あれはベガ。向こうの星がアルタイル――そんな風に夜空を指さしながら、〝宙夜〟という名前はあの広大無辺の宇宙からつけたのだと、父は少し照れくさそうに、そして誇らしげに話してくれた。

――宇宙には無限の可能性があるように、お前にもあの星の数だけ希望があるんだよ。

あのとき父は、どんな思いで自分にそう語ってくれたのだろうか？

最愛の妻を殺した息子のことを、最期まで同じように思っていてくれたのだろうか？

「たまにはいいだろ、こういう息抜きも。最近忙しくて、あまり一緒に出かけたりしてなかったからな。本当はどこか旅行にでも連れていってやれれば良かったんだが」

「いいよ、別に。この間、食事にも連れていってもらったし」

「あれはほら、ともえさんが来てたから。最近めっきり加賀稚にも行ってないしな。けど、お前も嬉しかっただろう？　久しぶりに玲海ちゃんと会えて」

「別に……嬉しいとか、そういうのはないけど。玲海は変わんないなって、改めて思った」

「ははは、確かにあの子は昔からずっとああだ。玲海ちゃんは加賀稚の高校を受けるんだって？」

「うん。家から近いし、仲のいい友達も受けるし、自分はバレーができればどこでもいいって」

「玲海ちゃんは本当にバレーが好きなんだなぁ。宙夜は高校の部活はもう決めてるのか?」

「さあ。まだどの高校に受かるかも分からないし……でも、滑り止めの方には天文部があるって」

「天文部? そこに入るのか?」

「滑り止めの高校に入ることになったら、ね」

そっちは私立だから、あんまり気が進まないけど。宙夜が窓の外へ視線を投げながらそう言えば、優史はそれきり黙り込んだ。宙夜はそのとき、優史がどんな顔をしていたのか知らない。けれどもたぶん、微笑んでいたのだろう。いつものように、眼鏡の奥で目を細めながら。

「なあ、宙夜」

しばしの沈黙のあと、再び父が宙夜を呼んだ。助手席の窓辺に肘を預け、頬杖をついていた宙夜はふと顔を上げる。そうして父を振り向いたとき、前方からすさまじい音がした。

——何だ、と驚いて目を見張ったのが、最後。

次に気がついたとき、宙夜の天地は逆さまになっていた。頭がひどく痛んで、視界が霞む。車の外から、何かを叫ぶ男性の声がした。けれどもその言葉の意味を理解する前に、宙夜はぼんやりと視線を巡らせる。

そこで、二度目の地獄を見た。

隣で潰れていた父と、後部座席で後続車の追突を受けた遥真は、ほとんど即死だったそうだ。

「——遥真!! 嫌よ、どうして!! 遥真!!」

事故の知らせを受けて実家から飛んで帰ってきた恭子は、かなり長い時間霊安室で泣き喚いていた。頭部を三針縫う怪我で病室に入れられていた宙夜には、まるで見向きもしなかった。

幸い――と言っていいのかどうか。宙夜はその怪我以外に負傷した箇所はなく、念のための精密検査も済んで、翌日には家へ帰った。

それから数日はかなりバタバタしていたと思う。父方の祖父母は既に世を去って久しかったため、恭子の実家の方から親類が駆けつけ、更に加賀稚からも苅野家の三人が来てくれた。葬儀のときの記憶がひどく曖昧なのは、たぶん事故のショックと頭の怪我、その双方が原因だろう。

唯一覚えているのは、通夜の晩から玲海が決して宙夜の傍を離れなかったこと。

そして父と義弟が燃えた火葬場で、恭子から散々に罵られたことだけだ。

「全部――全部、あんたのせいよ。あんたが悪いのよ！　あんたが周りを不幸にするの。あんた、昔殺した母親に呪われてんのよ！　お前なんかもっともっと苦しめばいいって！」

恐らく恭子は、ぼろぼろの灰と骨だけになった遥真(むすこ)の姿を見て、ついに心の均衡が崩れたのだろう。彼女は髪を振り乱し、窶(やつ)れた顔で目を見開いて、亡者のごとく叫び倒した。彼女の父母や兄妹が止めに入っても、一度傾いた天秤が平衡を取り戻すことはついになかった。

「そのせいで遥真が……あの子が……あんたのせいで……あんたのせいよ!!　どうせ、どうせ不幸になるのなら――あんたが死んでしまえばよかったのに!!」

葬儀の記憶はそこでぷつりと途切れている。

それから夏休みが明けるまでの間、宙夜は苅野の家で過ごした。父の買ったマンションで恭子と共に過ごすことを、ともえは許してくれなかった。

けれど宙夜は思うのだ。たぶん恭子の言っていたことは正しいと。

母はきっと自分を殺した息子を心底怨んだことだろう。呪いたくなるほどに怨んだことだろう。

だから、これは報いなのだと。母の呪いを一身に受け、死ぬまで苦しみ続けることが自分に課せられた罰なのだと、宙夜はいつからかそう思うようになっていた。

けれども同時に、思う。それなら恭子が言っていたように、あのとき自分は死んでいれば良かったのだと。いや、あるいはもっと早くに。母を殺したそのあとに。

自分の存在が皆を不幸にするのなら、その不幸を丸ごと引き受けて、代わりに自分が死ねば良かった。代わりに、自分が。自分が――


「――真瀬！」

ぐいっと後ろから腕を引かれて、我に返った。目の前に川が流れている。

足元には向こう岸まで架かる巨大な影。何だろうと見上げれば、そこには見慣れた赤錆(あかさび)色の橋がある。鬼灯橋。ということは眼前を流れるこの川は駒草川かと、何拍か遅れて宙夜は解した。

あちこちから、驟雨(しゅうう)のように蝉の声が降っている。宙夜の両足は川の流れに浸かっていた。さらさらと通り過ぎていく水面(みなも)の上で、眩しいほどの陽の光が躍っている。けれども不思議と暑くはなかった。宙夜はどうにもぼんやりとした頭のまま、腕を引いた人物を顧みる。

「……佐久川さん？」

蝉時雨が、一段と姦(かしま)しくなった。流水の音さえ霞むほどに。

宙夜の腕を掴んだのは、佐久川凛子だった。相変わらず彼女の髪は痛々しいほど明るい色で、たっぷりとマスカラの乗った瞳はしかし、困惑と不審の間で揺れている。

「何よ、幽霊でも見たような顔して？　ていうかあんた、今何しようとしてたの？」

「……何って？」

「一人でフラフラ川に入っていこうとしてたでしょ！　あたしが止めなかったらどうするつもりだったわけ？」

「俺は……」

「玲海と燈は？　一緒じゃないの？」

「……そう、みたいだね」

「みたいだね、って……」

――あんた、大丈夫？　迫真の呆れ顔でそう言って、凛子はもう一度宙夜の腕を引っ張った。その力に釣られ、宙夜もひとまず川岸に上がる。黒い制服のズボンはびしょびしょで、それを見た凛子が「あーあ」とため息をついた。

「どうすんのよ、ソレ。そんなに濡らして」

「……佐久川さんは、ここで何してるの？」

「はあ？　何って、あたしはたまたま通りかかっただけだけど。そしたらあんたが死にそうな顔で川に入っていくのが見えたから、何となく止めなきゃヤバいような気がして」

「……そう」

宙夜の反応が、思った以上に薄味だったためだろう。「〝そう〟って……」と、凛子は更に呆れた様子で脱力した。けれども宙夜は、そのとき凛子とは全然別のことを考えていて、ふと眩しく光る対岸へ目を向ける。そうして、言った。

「……佐久川さんってさ。意外とお節介なんだね」

「は？」

「一応、褒めてる」

「全然そうは聞こえないんですけど？」

げんなりしているところを見ると、たぶん本気で分かっていないのだろう。しかし宙夜はそれ以上何も言わず、ゆっくりとその場に腰を下ろした。川の方へ足を向け、濡れたズボンの裾を絞る。冷たい水が音を立てて河川敷を濡らし、雫を受けた足元の草が撓んで跳ねた。

と、続いてスニーカーの中の水も切ろうと脱いだところで、隣に凛子がしゃがみ込んでくる。

彼女の目も、川の向こうを見つめていた。

「……なんかさ。あんたとこうして一対一でちゃんと話すのって、たぶんこれが初めてだよね」

「……そうだね」

「あんた、ちょっと前まであたしのこと避けてたでしょ？」

「うん……ごめん。ずっと苦手なタイプだと思ってたから」

脱いだスニーカーをその場でひっくり返しながら、宙夜は素直に白状した。すると凛子は、気を悪くした様子もなくけらけらと笑う。その声が、蝉の声より気持ち良く川原に響いた。

「あっそ。で、実際に話してみてどーだった？」

「……意外と話せた」

「だよねー。あたしも同じ。あんたのこと、愛想のない根暗だと思ってたから」

「だいたい合ってるけどね」

「でも、ほんとはいいヤツだって知ってるよ。今はね」

風が吹き、凛子の長い髪を撫ぜた。

夏の匂いがする。巡ってくる度に、陽炎のごとく宙夜の心を揺らめかせる、夏の匂いが。

「……俺は」

「〝別にイイヤツなんかじゃない〟って台詞なら、前にも聞いた」

「なら……」

「何回も同じこと言わせるなって？　だったらさぁ、教えてくんない？　あのときあんたが言いかけてた〝償い〟って何？」

宙夜は、凛子の横顔を見た。そんなことを訊くために彼女は自分を呼び止めたのか、と思った。やはり、凛子は宙夜が思っていたよりずっとお節介だ。あるいは玲海や燈のそれが伝染ったのかもしれないけれど。

「……俺、母親を殺したんだ。そのあと、父さんと義弟も死んだ。そっちは完全に事故だったけど、父さんの再婚相手は、俺が悪いんだって言った。俺が不幸を呼び寄せたんだって。俺が昔殺した母親が、俺を呪ってるんだって」

「……」

「玲海は、そんなこと絶対にないって言うんだけど。俺は正直、そっちの方が納得がいった。俺の周りにいる人は、何かと不幸な目に遭うし……たぶん、母さんが死ぬまで苦しめって言ってるんだろうなって。だから、それが母さんの望みなら、俺は生きなきゃならないんだ。生きて、死ぬまで苦しまなきゃ……だけど俺が生きてると、周りに迷惑がかかるから」

「だから〝償い〟？」

「そう。俺が息をしてることへの、償い」

「――バッカじゃないの」

しゃがんだ両膝に頬杖をついて、凛子は宙夜をちらりとも見ないままばっさりと斬り捨てた。

しかしその反応はまだ優しい方だ。過去にこの話を玲海にしたとき、宙夜は情け容赦なく頭を引っ叩かれた。そして散々怒鳴られたのだ。次にそんなこと言ったら二度と口きかないから、と。

……ここに玲海がいなくて良かった。そう思いながら、宙夜は口元に薄い笑みを滲ませる。

「玲海に話したときも、そう言われた」

「そりゃそーでしょ。だってあんたのその発想、ブッ飛びすぎ。マゾなの？」

「だけど他にどうすればあの日のことを償えるのか、俺は知らない」

始まりはほんの悪戯心。大好きな母親に驚いて、叱ってほしい。たったそれだけのことだった。

それがどうしてあんなことになってしまったのか。母の死をきっかけに、宙夜は父の優史も、恭子も、遥真も、皆を不幸にしてしまった。

なのに誰も自分を責めてくれない。あれは不幸な事故だったのだと、皆が口を揃えて言う。

宙夜にはそれが納得いかなかった。父から母を、母から人生を奪った自分を許したくなかった。

それくらい、両親のことを愛していたから。

「じゃあ、逆に訊くけどさ」

と凛子が言う。

「あんたさっき、自分の周りにいる人は不幸になるみたいなこと言ってたじゃん？　もしかしなくても、その中にあたしも含まれてたりする？」

「それは……もちろん」

「――ざっけんな」

その反応は、予想外だった。驚いて目を丸くした宙夜の前で、凛子はすっくと立ち上がる。そうしてちょっと苛ついたように前髪を掻き上げて、彼女は言う。

「それってさぁ、つまりあんたはあたしが不幸だったって言ってるわけでしょ？　あたしのこと、カワイソウなヤツだと思ってんだ？」

「俺は」

「そりゃあ確かにあたしはクソみたいな親のところに生まれたし、死に方も散々だったけどさ。でも、だからって——勝手に決めんな。佐久川凛子は不幸なヤツだった、なんて、あんたが勝手に決めんな」

「佐久川さん」

「あたしが本当に不幸だったかどうかは、あたしが決める」

まっすぐに宙夜を見下ろして、凛子は言った。その口調には鋭く尖った怒気があり——けれどもこちらを映した瞳は、決して宙夜を責めていない。

彼女はこんな目をする少女だったのかと、宙夜はこのとき初めて知った。

いや、違う。知ろうとしなかっただけだ。宙夜にとっての佐久川凛子とはあくまで玲海の友人であって、自分の友人ではありえなかった。

そうしてまた一本線を引いていたのだ。継母にしたのと同じように。だから宙夜は知らなかった。一見気が強くて悪擦（わるず）れしているように見える彼女が、こんな風に目を細めて笑うのを。

「ちなみに言っとくけど、あたしは自分のこと全然不幸だったなんて思ってないから。バカだったなぁ、とは思うけどさ。あたしが臆病だったせいで、玲海と燈のこと、すごく傷つけた。そんな自分が心底ムカつくだけ。あとは何にもカワイソウなんかじゃない」

「……どうして」

「言わなきゃ分かんない？」

細い腰に手を当てて、凛子はクイッと首を傾げた。彼女の明るい髪の色と真っ白なセーラー服が、何だか目に眩しかった。

そうして不敵に口角を上げた凛子の表情は、死の直前の彼女とは別人のようで。

ああ、そうか、と宙夜は思い知る——自分は本当に、何も知らなかったのだ。

「ねえ、真瀬。あの二人のこと、お願い」

「……」

「もうあんたにしか頼めないからさ。玲海と燈を守ってあげて」

「……」

「何よ、その浮かない顔は。それとも何？　あんた、今までその〝償い〟とかいうヤツのために義務感で付き合ってきたの？　だから玲海や燈のことなんて本当はどーでもいいって？」

「違う。俺は——」

「違うんなら、御託はいいからさっさと立ちなよ。いつまでもこんなとこでボサッとしてんな！」

川下から、風が吹いた。まるで宙夜の背中を押すように。

その風の中で、凛子が手を差し伸べてくる。煽られた髪を押さえながら。

宙夜は、その手を取った。ニッと笑った凛子が腕を引く。

蝉の声がまた一段と大きく聞こえた。宙夜は知っている。あれは、命を燃やす声だ。

「佐久川さん。……ごめん」

「は？　それ、何に対する謝罪？」

「色々だよ」

「色々って……まあ、いいけど。そんなことより、マジでお願いね。あの二人を泣かせたら、末代まで祟ってやるから」

「この状況で言われると、冗談でも笑えないんだけど」

「あんた、笑うの？」

からかうように、小首を傾げて凜子は言う。けれども数瞬ののち、彼女の表情は小さな驚きに染まった。かと思えば次の瞬間には、彼女も微笑んでいる。

二人は互いの手と手を放した。凜子の手は、ほのかに温かかったような気がする。

「良かった、最後にこうして話せて。もっと早くにこうしてればさ、あたしら、意外と気が合ったかもね」

「そうだね」

「あのさ、真瀬。世の中には色んな母親がいてさ……我が子を想わない親はいないとか、あんなのはウソ。みんながみんな、自分の子供だからって無条件に愛してくれるわけじゃない」

「……うん」

「でもね。あんたの母親は――」

言いかけて、凜子は不意に言葉を切った。どうしたのかと目をやれば、彼女は空を仰いでいる。

何だか胸に沁みるほど、よく晴れた空だった。そう言えばあの日もこんな晴天だった気がする。

「――ああ、もう時間だね。行きなよ、真瀬。玲海たちが呼んでる」

「……？　何も聞こえないけど……」

「聞こえるよ。あんたには聞こえる。だって、あたしにだって聞こえたんだから」

だからもう耳を塞ぐのはやめな。そう言って、凜子は笑った。

その笑顔を皮切りに、世界が突然眩しさを増す。空が、水面(みなも)が、何もかもがきらきらと輝いて、視界がどんどん白くなる。

「あ、そうだ、真瀬！」

名を呼ばれ、宙夜は目を細めた。すぐそこにいるはずの凛子の顔が、もう見えない。

「鈴だよ。鈴を持ってって！　その鈴がきっとあんたたちを助けてくれる――」

凛子の声が遠のいた。溢れ返る白の中で、見えるのはもはや彼女の輪郭だけ。

その凛子が、光の向こうで更に何か言っていた。彼女は笑っているようだった。

けれどその声はもう聞こえない。代わりに宙夜の耳に届いたのは、

「――や――ろや――」

「――宙夜！」

◆第玖夜

うっすらと目を開いたら、いきなり白いものが視界に飛び込んできて、宙夜は思わず眉をひそめた。すっかり暗闇に慣れた目へ無遠慮に注がれる光を遮ろうと、とっさに右手を持ち上げる。

が、瞬間、背骨沿いに鈍い痛みが走り、宙夜の意思とは無関係に口から小さな呻きが漏れた。

「宙夜！」

背中を庇うように体を横に向け、詰めていた息を吐き出す。するとそんな宙夜を支えるように傷だらけの手が伸びてきた。その手が肩に触れるのを感じ、宙夜は朧な視界を巡らせる。

そうして見やった先に、ずっと探していた顔があった。

――玲海。更に光の向こうへ目をやれば、そこには燈の姿もある。

「玲海……それに、千賀さんも……」

「ひ、宙夜くん……！　よ、良かった、目が覚めて……ほんとに、良かった……！」

それまで胸に手を当てて、中腰でこちらを見ていた燈が膝を折った。かと思えば彼女は幼さの残る顔をくしゃくしゃにして、ぼろぼろと泣き出してしまう。

その嗚咽を聞いた宙夜は手をついて、軋む体を何とか起こした。どうやら宙夜の体は先に落下し散乱した書物の山に受け止められたらしく、あちこち痛むものの骨折などはしていないようだ。

ただ、落下に巻き込まれた際に木材か何かで切ったのか、左の上腕からは血が流れていた。更にズキンと痛みを感じて、思わず額に手を添える。途端に指先に触れる、ぬるりとした感触。

汗ではない。血だ。それほど深い傷ではなさそうだが、額もどこか切れているらしい。

「宙夜、ねえ、大丈夫？　待ってて、今、血、止めるから……！」

「……玲海、何でここに？」

「何でって、宙夜たち、私を助けに来てくれたんでしょ？　燈から聞いた。ごめん、私があんな電話したせいで……」

「いや、そうじゃなくて……どこで千賀さんと？」

「わ、わたし、宙夜くんが落っこちちゃったあと、どうしたらいいか分からなくて、動けなかったの。宙夜くん、上から何回呼んでも、全然気がつかなくて……だ、だからわたし、怖くて、どうしようもなくて……っ」

「ちょうどそのとき、私も二階にいてね。誰か助けてくれる人がいないか探してたらすごい音が聞こえたから、様子を見に行こうと思って。そしたら宙夜を呼ぶ燈の声が聞こえて……」

——なるほど。それで無事合流できたわけか、と納得し、宙夜はその場で脱力した。

これぞまさに怪我の功名というやつだろう。正直床が抜けたと分かったときはもう駄目かと思ったが、どうやら自分は底抜けに運がいいらしい。

「ねえ、宙夜」

「……何？」

「ありがとう。助けに来てくれて」

「いいよ。ていうか、俺の方が逆に助けられてるし……それはそうとその懐中電灯、どうしたの？」

「え？　ああ、これ？　これは学校で奈穂から逃げてる途中で見つけたの。スマホ、どっかに落としてきちゃったからさ。職員室にあったの借りてきた。それよりこれで血、拭いて！」

言いながら玲海が押しつけてきたのは、見覚えのあるポケットティッシュだった。見れば宙夜が背中に提げていたボディバッグが外されていて、玲海はその中からこれを見つけたようだ。

更に彼女は自分の穿いている膝丈のジャージから腰紐を抜き取ると、それを宙夜の腕の傷よりやや上の位置へ結わえつけた。

このあたりの手際は、さすが運動部と言うべきか。宙夜は紐を抜いて大丈夫なのかと気にしたが、玲海曰くジャージの腰回りはゴムになっていて、紐はただの飾りだから問題ないらしい。

「よし、これでひとまずは大丈夫。無事に帰れたらちゃんと手当てするけど、他にどこか痛いところはない？」

「いや……たぶん大丈夫。それより——」

と、更に詳しい状況を確認すべく、宙夜は今度こそ本格的に身を起こした。が、そのとき右手が何かに当たり、硬いものが転がり落ちていく音がする。それだけならば宙夜も大して気にかけなかったが、刹那、思いも寄らぬ高い音が不意に夜気を震わせた。チリン、と。

その音にハッとして、宙夜は思わず振り返る。少しばかりくぐもっていたが、今のは確かに鈴の音だった。とっさに玲海の懐中電灯を借りて、物音がした方を照らし出す。

するとその先に、書物とは違う物体を宙夜は見つけた。腹を見せて床にひっくり返っているそれは古い木箱だ。木箱と言ってもそれほど大きなものではなく、底の浅い、ちょっとした文箱のような。

宙夜は身を乗り出してその箱を手に取ってみる。中からはやはりコロコロと何かが転がる音が聞こえ、それと共にチリリリリン、と鈴の鳴る音もした。重さからして他にも何か入っていそうだが、と思い、膝の上に置いたそれをサッと裏返してみる。そこで宙夜は息を呑んだ。

木箱の蓋にびっしりと貼られた何枚もの和紙。どうやらそれは――魔除けの御札だ。

「ひっ……宙夜、それ何……!?」

いかにも不気味なものを見る目で玲海が言い、燈と共にあとずさる。その反応も致し方あるまいと思うほど、その箱はおどろおどろしい空気を醸し出していた。

手当たり次第といった様子で貼られた御札は、蓋をぴっちりと封じるように側面にも貼られている。かなり強固に糊づけされているのだろうか、多少力を加えた程度ではびくともしない。

そこで宙夜は自身のボディバッグを引き寄せ、中身をあさった。確かどこかに小型のカッターナイフが入っていたはずだ。しかし宙夜がそれを取り出すと、燈と抱き合うようにした玲海が口元を引き攣らせる。

「ひ、宙夜、何する気？　そ、それ、開けない方がいいんじゃないの!?」

「いや。鈴が欲しいんだ」

「す、鈴……!?　なんで!?」

「たぶん大事なものだから」

「た、たぶんって……」

さっぱり意味が分からないと言いたげに、玲海と燈が顔を見合わせた。が、宙夜はその間にも蓋と箱の細い隙間にカッターの刃を差し入れて、すっと手前へ滑らせる。

そうして御札を切ってしまうと、箱は呆気ないほど簡単に開いた。中に収められていたのは、手鞠のような美しい模様が入った小さな鈴――そして、背中を紐で綴じられた数冊の古い書物だ。

「これは……？」

経年劣化ですっかり傷んでしまっている書物には、表紙がなかった。ただ真っ白な和紙を束ねて綴じたような粗末なもので、表題なども見当たらない。

一方鈴の方は不思議なほどその美しさを保ったままで、宙夜は結えつけられた赤い紐を摘んで持ち上げた。青と紫の線が織り成す幾何学模様は、もしかすると桔梗だろうか。少なくとも大正以前に作られたものであるはずなのにその模様は色褪せることもなく、むしろ毅然と宙夜が当てる懐中電灯の光を照り返している。

——これが例の鈴だとすれば……。そう思いながら、宙夜はカーゴパンツのポケットにしっかりとその鈴を捩じ込んだ。次いで箱の中から古書を取り出し、ぱらぱらと中身を捲ってみる。

そうして少し驚いた。達筆な筆文字が並ぶその古書は、誰かの日記だ。

◎十一月七日
本日、父の遣ひで天崗市へ赴く。久方ぶりの列車の旅だつた。父は昨今、瑣末な用事を全て私に押しつける。其れを腹立たしく思ひ乍らも、本日はひとつ良い事があつた。

帰り道、駅へ向かふ中途で露天商と知り合ひ、鈴を購ふ。全く同じ作りの鈴二つ。「双子鈴」と云ふさうで、此れの片割れを想ひ人に預け、夫ゝに持つてゐると縁の切れる事が無いと云ふ。

明日、此の鈴を彩子に渡して来ようと思ふ。父は良い顔をしないだらうが、何と云はれやうと、私は彩子を伴侶と決めたのだ。


宙夜は、思わず手を止めた。

双子鈴。彩子。伴侶——。それらの言葉が次々と視覚を通り、宙夜の脳に突き刺さる。

――ここに書かれている『彩子』というのは、葦田彩子のことだろうか？

宙夜はとっさにページを戻し、日記の最初のページを開いてみる。そこにはこれの綴られた年が記されていた。大正九年――葦田彩子が殺されたという年の、一年前だ。

その事実を知った途端、ドクン、と宙夜の心臓が騒ぎ出す。もう一度先程読んだページへ戻り、刺さった言葉を確認した。双子鈴。彩子。伴侶――

瞬間、宙夜の脳裏をよぎったのは、蒼太の肉体を乗っ取った葦田彩子が叫んだ言葉。

『お前らはハジメさんを殺した』――

赤いものが混じった汗の粒が、額から宙夜の頬を伝った。しかしそれが顎から落ちる前にぐいと拭い、宙夜はすぐにもう一冊の日記を開く。そちらの日記には大正十年の文字。葦田彩子が死んだ年だ。宙夜はその日記のページを次々と捲り、綴られた文字に目を滑らせていく。

◎八月三日
本日、父が彩子を忌み子だと云ひ出した。

――これだ、と、宙夜はとっさに手を止めた。八月三日。葦田彩子が死ぬ十日前。


私は其のやうな事はありえないと抗議したが、父は聞き入れる様子がなかつた。彩子は九年前に神隠しに遭つた桐月寺の坊主と、先月没した葦田典子が密通して出来た子だと云ふ。

典子さんは此れを夫の篤彦の子と云ひ張つてゐたが、其の云ひ条が如何にも怪しいと、篤彦さんが常、零してゐたらしい。典子さんが彩子を身籠つた時期と、篤彦さんが致した時期がどうしても合はないのだと云ふ。

私は何かの間違ひではないかと云つた。然し森さんの娘が其の昔、例の坊主と典子さんが野外で致してゐた所を見たと云ひ出し、今般の事態が発覚した。彩子は訊問の為に囚われ、今、当家の坐敷牢に入れられてゐる。父は私が彩子に会ひに行く事を許さない。どうすれば良いのか……


次のページを捲る指が、緊張で微かに震えた。しかしふと気がつけば右から燈が、左から玲海が一緒に日記を覗き込んでいる。

そんな二人の横顔を見た宙夜は、意を決してページを送った。日記の日付が飛んでいる。

◎八月七日
彩子が井戸に落とされた。御導様の祟りを避ける為、此れより数日、忌まはしき血に罰を与へるのだと云ふ。彩子は厳しい訊問に耐へ切れず、自らを忌み子と認めてしまつた。

然し、あのやうな訊問は人道に反する。彩子が何をしたと云ふのだ。私は何度も父に抗議したが容れられず、殴られた。此れは私情に因つて許嫁を拒んだ私に対する御導様の罰なのだと。

だが、其れならば私のみを罰すれば良い。何故彩子が苦しまねばならぬのか。村中の男衆が寄つて集つて、あのやうに惨い仕打ちを……妻との姦通以外は許さぬのが御導様の教へではないのか。其れに因つて生まれた忌み子には罰を与へておき乍ら、村の男衆は……

惨い。あまりに惨過ぎる。彩子の苦しみを想ふと気が狂ひさうだ。

何故私は斯くも無力であるのか。己が許せぬ。許せぬ……

斯くなる上は御導様なぞ知つた事か。此のやうな村、祟りを受けて滅べば良い。

◎八月九日
彩子は未だ井戸の底に居る。あの井戸は疾うに涸れてゐるのを幸ひと思つてゐたが、其れは全くの幻想であつた。父は穢れた血を罰すると云ふ名目で、村中より集めた人糞、尿、腐り物を井戸へと投じてゐる。私は最早あの男を父とは認められぬ。あれは紛ふ事無き畜生である。あれの種から生まれた己が悍ましい。殺してやる。

◎八月十日
昨夜深更、密やかに屋敷を抜け出し彩子と会つた。何時ものやうに食糧と水を届け、遂に出奔の手筈が整つた旨を伝へた。然し、彩子は行けぬと云ふ。穢れた己の事は最早忘れて欲しいと、其のやうに泣いて訴へる。胸が張り裂けさうだ。どうして彩子があのやうな負ひ目を感じる必要があるのだらう。どうして……
然し、私は彩子の事を諦めぬ。必ず助け出し、此の村を去ると心に決めた。決行は明後日。明日の内に全ての支度を終へなければ。蔵で祖父の刀を見つけた。明日、村を出る前に父を殺す。

◎八月十一日
彩子が遂に私の申し出を容れて呉れた。此れで共に逃げられる。
決行は明夜。必ずや彩子を仕合せにする。必ずや……

日記はそこで途切れていた。残りのページをぱらぱらと送っても、あとに続く文章はない。

しかしこれほど仔細に綴られてきた日記が持ち出されず、今もここに残っているという事実。

宙夜はそれを頭の中心に置き、ゆっくりと日記を閉じる。

「ねえ、宙夜、これ……」

耳元で聞こえた玲海の声が掠れていた。けれども宙夜は敢えて答えず、膝の上に置いた日記を見つめ、目まぐるしく思考を展開する。

アシタサイコ。オシルベサマ。忌み子。葦田参り。ハジメさん。殺した。どうしてころしたの？　井戸の夢。男。落ちてくる。みなごろしだ。嘘。全部嘘。あいつらが殺した。――かごめかごめ。

「……あのさ、二人とも。『かごめかごめ』の都市伝説を知ってる？」

「と、都市伝説？」

「そう。あの歌の歌詞は、死んだ妊婦のことを歌ってるっていう話。『かごめかごめ』の〝かごめ〟は〝籠〟の〝女〟。つまり母胎という〝籠〟に赤ん坊を入れた女のこと。〝いついつ出やる〟は、その赤ん坊はいつ生まれてくるだろう？　っていう意味。〝鶴と亀が滑った〟の〝鶴〟と〝亀〟は長寿の象徴。この二つが〝滑る〟っていうのは、すなわちひっくり返るという意味で、長寿の逆……短命。急逝。つまり〝死〟を意味してるって説。そして最後の……」

「〝後ろの正面だぁれ〟？」

「そう。〝後ろの正面〟。これは一見意味が分からないけど、その都市伝説の中ではこう言われてる。――誰かに高いところから突き落とされた妊婦の首が折れて、体は後ろ向き、顔は正面。その目に映った犯人は誰？　っていう意味だって」

ぞっと縮み上がった玲海と燈が、ほとんど同時に宙夜の腕を掴んだ。二人の顔面は蒼白で、宙夜に縋りついた手も気の毒なほど震えている。

「そ、そ、そんなの、初耳だけど……で、でも、それがどうしたの？」

「玲海、古典の授業ちゃんと受けてた？」

「へ？」

「古今和歌集。うちの古典の先生、あれが好きだろ。だからテストに出すって覚えさせられた。

『住の江の松ほど久になりぬれば　あしたづの音に泣かぬ日はなし』」

「……燈、覚えてる？」

「ううん、全然」

「……。ここで言う〝あしたづ〟っていうのは鶴のこと。葦田彩子の葦田に鶴と書いて葦田鶴だ」

「えっ……」

「そしてここは蔵六屋敷。〝蔵六〟は読み方を変えれば〝蔵六〟。〝蔵六〟っていうのは〝頭〟と〝尻尾〟、そして〝四肢〟の六つを甲羅――〝蔵〟に引っ込めることができる亀の異名だ」

「そ、それって……！」

「鶴と亀！」

ようやく二人が話についてきてくれた。そう思うと、場違いと分かっていても思わず深いため息が漏れた。……一気に頭を使ったせいだろうか。額の傷がズキズキと痛む。宙夜がそれを押さえている間にも、顔を見合わせた玲海と燈が直前の宙夜の思考をなぞっていく。

「ってことはこの場合、鶴っていうのがサイコさんのことで……」

「か、亀は、この日記を書いた人……？」

「恐らく、ね。この日記を書いたのはたぶん、大正十一年に自殺したっていう蔵六辰造の息子、蔵六ハジメ。日記の中に許嫁って言葉があったから、たぶんこの家の跡継ぎだったんだと思う。だけどその縁談を拒んで葦田彩子と駆け落ちしようとしたせいで、何者かに井戸へ突き落とされた。その井戸が〝籠〟だとすれば、〝籠の中の鳥〟は井戸に閉じ込められていた葦田彩子のこと……『かごめかごめ』は、それを暗示する歌だったんだ」

「だ、だからサイコさんに呪われた人にはその歌が聞こえたってこと？　だとすれば、凛子が何度も見るって言ってたあの夢は――」

「――葦田彩子が最後に見た、蔵六ハジメの姿」

宙夜が発したその言葉を最後に、あたりはしんと静まり返った。気管を塞ぐほどの静寂が、三人の聴覚を支配する。

「そ、そんな……そんなのって……それじゃあ、サイコさんが人を呪うのは……」

「……復讐のため、だろうね。葦田彩子は自分を陥れ、蔵六ハジメを殺した蔚染村の住人を――子孫までも、皆殺しにしたいんだ」

玲海が息を呑むのが聞こえた。反対側では燈が口元を押さえ、絶句している。

その頬を涙が濡らしていくのを、懐中電灯の明かりが心許なく照らしていた。

宙夜たちが今いるこの場所は、深い深い怨みの底だ。

お堂の横穴を通って、井戸へと戻った。

『かごめかごめ』の話などしたせいだろうか。行きは良い良い、帰りは……などという思考が一瞬脳裏をよぎったが、やや緊張しながら横穴を進むと、何事もなく校内へ帰ることができた。

この深い深い井戸の底で葦田彩子と蔵六ハジメは死んだのだ。そう思い、足元の地面を見下ろしてみる。

もしかしたらこの井戸は、本来もっともっと深かったのかもしれない。それを怨念ごと埋めてしまおうとした人々はこれまで何人もいたことだろう。けれども結局、投げ入れられた土は怨念を押し潰すどころか、むしろここから外へ押し出してしまった。

ボイスレコーダーで聞いた悠太朗の声が甦る。

――彼女の悪しき意思を鎮め、この呪いの連鎖を終わらせる……

「ね、ねえ、宙夜。ここまで戻ってきたはいいけど、これからどうするの？」

宙夜に続いて横穴をくぐり抜けてきた玲海が、不安げに体を抱きながら言った。その玲海から少し遅れて、頬を土まみれにした燈も顔を出す。宙夜はそれを玲海と二人がかりで横穴から引き抜いてやり、狭い井戸の底に三人の高校生が身を寄せ合うという、何とも奇妙な絵図ができた。

「上ではたぶん、奈穂がまだ暴れてるよ。先生だって殺されて……」

「大丈夫。学校の外へ続く扉や窓は、中からは開かなかったみたいだけど外からは壊せたんだ。校舎の裏手のゴミ置き場のあたり。そこから一旦ここを出て、誰かに助けを求めに行こう」

外に出られる。宙夜がそう教えてやると、玲海の表情に希望が灯った。それならば、というように彼女は垂れたロープを掴む。そのままひょいひょいと身軽に井戸を登っていく玲海を、宙夜は下から懐中電灯で照らしてやった。

そうして玲海が登り切ったら、次は燈だ。玲海と違って文化部の燈は、自分の体重を両手両足で支えながら壁を登ることに難儀していたが、どうにかこうにか井戸の縁まで辿り着き、玲海に引っ張り上げられて事無きを得た。次いいよ、と声をかけられて、頷いた宙夜はロープを掴む。

それをぐいぐいと何度か引っ張り、それからしばし沈黙した。

「……玲海。少し、金具が不安定になってるみたいだ。別の場所にかけ直してくれる？」

「あ、うん、分かった。ちょっと待ってて」

宙夜の言を素直に信じたのだろう。玲海はすぐさま井戸の縁にかかったフックを外すと、それを別の場所へ移動させようとした。その瞬間を見計らい、宙夜は思いきり縄を引く。「あっ」と声を上げた玲海の手から、フックが抜けて転がり落ちた。

井戸の内壁にぶつかり、カンカンと甲高い音を立てながらジグザグにフックが落ちてくる。宙夜はその動きをしっかりと目で追い、最後は自らの手で受け止めた。

——これでもう、玲海たちが下りてくることはできないはずだ。

「ちょ、ちょっと宙夜!?　何やって……！」

「二人はそのまま逃げて。交番に行って悠太朗さんの居場所が分かったと言えば、警察もすぐに動いてくれるはずだ」

「は!?　ま、待ってよ、どういうこと!?」

「俺はあの屋敷に戻る。サイコさんの呪いを鎮めなきゃ」

「も、戻るって……！　まさか、一人で行くつもりなの!?」

「この人数でぞろぞろ行ったって仕方ないだろ。危険は少ない方がいい」

「馬鹿言わないで！　そんなの絶対ダメ！」

ほとんど泣き叫ぶに近い玲海の声が、井戸の中に反響した。直後、玲海は縁へと身を乗り出し、それをとっさに燈が支える。玲海はそこから手を伸ばし、今までにないほど険しい顔つきで言う。

「ほら、早くそのロープを渡して！　こんなことになったのは、あの桐月寺ってお寺のお坊さんのせいでもあるんでしょ⁉　だったらあとのことはあの人に――」

「あの人は口封じのために悠太朗さんを閉じ込めるような人だ。信用できない。それにもしあの人が拒んだら、サイコさんの呪いはこのままだ。これ以上犠牲者が増える前に終わらせないと」

「でも、だからってなんで宙夜が……！」

「――玲海。俺、思うんだ。この井戸の底で蔵六ハジメが真っ逆さまに落ちてくるのを見た葦田彩子は、死ぬ間際何を思ったんだろうって」

「は……⁉」

わけが分からないというように、玲海がきつく眉根を寄せる。けれどもそのとき、そんな玲海を燈が地上へ引き戻した。これ以上は本当に落ちかねない、と思ったのかもしれない。

「葦田彩子は、最期に悔いたんじゃないかな。蔵六ハジメが死んだのは自分のせい――自分がこの世に存在したせいだって」

「宙夜」

「全部、俺の想像だけど。もしもそうなら、俺は行かなきゃならないような気がするんだ」

「宙夜……！」

「俺が行かなきゃ。俺が――」

「――私は！」

瞬間、玲海の叫びが宙夜の言葉を遮った。顔を上げた宙夜の頬に、ぽたりと冷たい雫が落ちる。それは玲海の瞳から次々と降り注ぎ、雨のように宙夜を打つ。

「私はあのとき、宙夜が遥真君の代わりに死ねば良かったなんてこれっぽっちも思ってない！」

「――分かってる。分かってるよ、玲海」

その雫を受け止めて、まっすぐに宙夜は言った。

玲海の目が驚きに見開かれる。宙夜はその眼差しから視線を逸らさずに、言う。

「だから全部終わったら、必ず無事に帰るから。それまで待ってて」

「……本当に……本当に必ず？」

「うん。必ず。でないと末代まで祟られるから」

「祟られる？」

誰に？　と言いたげな顔をしている玲海を見上げて、宙夜は笑った。それがまた意外だったのか、玲海の顔がますます驚きに彩られる。けれども宙夜は隣の燈へと視線を移して、更に言う。

「千賀さん。玲海のこと、お願いしてもいいかな」

ハッとしたように、玲海が燈を振り向いた。このままでは宙夜に流される。そう思ったのだろう。その手が素早く動いて、燈の腕を掴むのが分かった。しかし燈は玲海を振り向かず——宙夜を見つめて、頷いてみせる。

「燈！」

「だいじょぶだよ、玲海ちゃん」

悲痛な声を上げた玲海を宥めるように、燈はようやく振り向いた。

そうして自身の腕を掴む玲海の手にそっと触れ、確信めいた微笑と共に、言う。

「宙夜くんは、だいじょうぶ」

宙夜は、頭上の二人から視線を切った。何か言いたげにしている心臓には素知らぬふりを決め込んで、手にしたロープを地面に放る。

伝えるべきことは、伝えた。燈はきっと玲海をこの学校から連れ出してくれるだろう。

あとは自分が為すべきことを為すだけだ。そう心を決めて身を屈めたところで、

「――宙夜、待って！」

再び玲海の声が降った。見上げると、彼女が頭上に何か翳している。

「だったらこれ、持ってって！」

何だ、と、目を凝らす暇もなかった。玲海は井戸に向かって差し伸べたそれを、宙夜目がけて放ってくる。

それは宙夜が向けた懐中電灯の光をヒラヒラと躱すように落下して、やがて目の前までやってきた。瞬間、宙夜はその小さな影をサッと右手で捕まえる。そして目を丸くした。

玲海が落として寄越したそれは、宙夜が数日前に彼女に貸した、母の形見のお守りだ。

「玲海、これ……」

「感謝してよね。あの騒ぎの中でも汚さないように、ずっと服の中に入れて大事に持ってたんだから。私が一人であの屋敷をうろうろしてても無事だったの、きっとそのお守りのおかげだと思う。だから持ってって」

「……うん」

「その代わり、約束して。絶対無事に戻ってくるって」

「――うん」

宙夜は手の中のお守りを握った。薄桃色の小さな袋は、薄い板が入っているようで少し硬い。けれどもその感触が、宙夜の掌に不思議と馴染んだ。白く長い紐を手に取り、首にかける。直前まで玲海がそうしていたように袋はシャツの中へ入れ、大切にしまい込む。

「行ってくる」

最後に二人を仰ぎ見て、宙夜は言った。頷く二人の眼差しを、瞳の奥に焼きつけた。

人形たちの視線の先を擦り抜けて、宙夜は一人、怨念の底へ戻った。

崩れかかった蔵六屋敷は、なおも黒々とした闇をまとってそこにある。相変わらずそこは宙夜の他に生物の気配を感じない。風と葉擦れの音以外、無音に近い静寂の世界。

恐らく自分も、少し前までこんな世界にいた、と宙夜は思った。

そして葦田彩子もまた、そのような世界で一人彷徨い続けている。

——終わらせよう。宙夜は意を決して屋敷の戸に手をかけた。朽ちかけた玄関をくぐり、板敷きの廊下に上がって、床の上げる悲鳴のような軋みを聞きながらまっすぐに奥を目指す。

その先は居間。宙夜は引き戸を左右に押し開け、その広大な空間に踏み込んだ。

そしてすぐに気づく。目を細めて見やった先。そこに倒れていたはずの蒼太の死体が、ない。

宙夜は奥にある中二階の下まで行き、先程蒼太を突き落としたあたりを探ってみた。見上げた中二階の手摺は確かに砕けている。真下にもその残骸が散乱しているし、屋敷の時間が巻き戻った、というようなことではないようだ。だとしたら、蒼太はどこへ。宙夜は玲海から借りてきた懐中電灯を手に、その明かりでぐるりと居間を照らした。

が、そこでふと気づく。——足音。

先刻宙夜がやってきた方角とは別の扉。その先から、ゆっくりと近づいてくる足音があった。

その足音は、心なしか片足を引きずっているようだ。それに気づいた宙夜はわずかに体を強張らせ、細く隙間の開いた引き戸にじっと目を据える。

やがてその戸の隙間から、ぬっと人の手が現れた。その手はやけに緩慢な動きで戸を掴み、押し開ける。やがて見知った顔に、宙夜は表情を曇らせた。

闇の中、まっすぐ伸びた懐中電灯の明かりが照らし出したのは——ありえない角度に首を曲げて佇む、森蒼太だ。

「ミ、ミ、見ィツケタ……」

あの状態で、一体どこから声を出しているのだろう。蒼太は色を失った唇から濁った声を吐き出すと、その口角を三日月のように歪ませた。

既に生気のない両目は瞬きもなく見開かれ、その淀みの中にしっかりと宙夜を捉えている。右手には包丁。相変わらず衣服は血塗れだ。あの血の中にはきっと彼の両親の血痕だけでなく、悠太朗のそれも混ざっているに違いない。そう思うと自然、懐中電灯を握る手に力が籠もる。

「森……いや、葦田彩子。もう終わりにしよう」

相手から決して視線を切らず、硬い声で宙夜は言った。蒼太にはそれが聞こえていないのだろうか。彼はヒヒヒヒと不気味な笑いを漏らしながら、右足を引きずって宙夜へと向かってくる。

「あんたの、自分を陥れた村人に復讐したいって気持ちは分かる。だけどあんたの憎む蔚染村はもうないんだ。村長一族は死に、村人たちの分は子孫が十分に報いを受けた。これ以上は報復でも何でもない、あんたの憎む〝理不尽な殺戮〟だ」

蒼太の笑い声はなおも続いた。彼が足を止めることはない。文字どおり何かに憑かれたように、まっすぐ宙夜へと近づいてくる。だが宙夜は、そこから身を翻して逃げようとは思わなかった。

蒼太との距離が縮まる。血塗れの包丁が宙夜の肌に届くまで、あと十歩。五歩。——三歩。

チリン、と、そのとき宙夜の手の中で、鈴が鳴った。途端に蒼太の足が止まる。

それまでの笑みを引っ込めて、彼が茫然と見つめた先には、宙夜が突きつけた鈴があった。

——双子鈴。蔵六ハジメの日記にそう記されていた、桔梗模様の小さな鈴だ。

「これに見覚えは？」

不自然に首を曲げたまま、蒼太は微動だにしなかった。

「あんたはこれを知ってるはずだ。これは蔵六ハジメの双子鈴。この屋敷の奥で、彼の日記と一緒に封印されてた。片割れはあんたが持ってるんだろ？　ならこれは、あんたに託すよ」

言って、宙夜は更にずいっと蒼太の鼻先まで鈴を近づけた。が、相手はまるで魂が抜けたかのように無反応で、それを受け取ろうとする気配もない。

あるいはもう言葉も通じないのだろうか？　そう思い、一瞬躊躇して、けれども宙夜は腕を掴む恐怖を振り切った。その腕で蒼太の左手を取り、そこに鈴を握らせる。

刺されるかもしれない。その恐怖はほんの数秒の出来事を何倍にも引き伸ばし、宙夜に呼吸を忘れさせた。

しかしついに鈴を託してぱっと手を放したあとも、蒼太はその場に立ち尽くしたままだ。ただ宙夜が触れた左手をゆっくりと持ち上げて、今にも肩からずり落ちそうになっている顔の前に桔梗の鈴を持っていく。

中の玉がコロコロと微（かす）かに鳴って、それが宙夜には何故か、鈴が笑いかけているように思えた。

やっと会えたね——たぶん、そんな風に。

そのときだった。突然ゴトリと重い音がして、宙夜は思わずびくりと跳ねる。何だ、と思って足元を見れば、包丁が床に転がっていた。

ハッとして目を戻した先で、蒼太が——葦田彩子が呻いている。

彼女は憐れなまでに眉を寄せ、口を歪ませ、言葉にならない奇声を発している。

「ア、ア、アァア、アァァアァァアァ……!!」

傾いた彼女の頬を、横向きに涙が流れた。彼女は両手で鈴を包み込み、その場に力なく膝を折る。そうして手を胸に当て、体を屈め、この世のものとは思えぬ声で泣き叫ぶ。

「アァアァァアァ……!!　ハジメさん……ハジメさん……どうして……!!」

その声はもう、宙夜の知る蒼太のそれではなかった。あるいはただの幻聴かもしれない。しかし宙夜にはそれが、嘆きと怨念で悲しく濁った女の声に聞こえたのだ。

「どうして……どうしてどうしてどうして!!　どうしてあなたが、私のために……!!」

「……」

「あいつらが……あいつらさえいなければ……あいつが殺した……嘘……全部嘘……許さない……許さない、許さない、許さない許さない許さない許さないいいいいいいいいい!!」

それは宙夜が、わずかに緊張を解いた瞬間のことだった。突如として狂乱した葦田彩子が立ち上がりざま、床を蹴って獣のように飛びかかってくる。

まずいと思うと同時に、宙夜は背中に衝撃を感じた。気づいたときにはまたも床に押し倒され、信じ難い力で首を締め上げられている。

「殺してやる殺してやる殺してやる!!　皆殺し皆殺し皆殺し皆殺し皆殺し!!」

ギリギリと気道を圧迫され、宙夜は苦痛に顔を歪めた。体は無意識に酸素を求めて息を吸い、しかしそれは叶わず、喉に詰まってかはっと音を立てる。

それは首を締めていると言うより、首を圧し折ろうとしていると言った方がしっくりくるほどの力だった。宙夜は何とか蒼太の下を脱しようともがくが、とても振り払えない。

このままでは殺される。そう思った瞬間、宙夜の体は防衛本能に従って無意識に動いた。押し倒された拍子に懐中電灯を手放した手であるものを掴む。それは先程蒼太が落下した際にぶちまけた――中二階の、手摺の破片だ。

いびつな紡錘形に砕けた木片。その先端を、宙夜は迷わず蒼太の左目に突き刺した。どろっとした赤い血が眼窩から溢れ出す。さすがにこれは効いたようで、雄叫びを上げた蒼太が顔を押さえながら仰け反った。

その隙に宙夜は蒼太の下を這い出し、激しく咳き込む。ガンガンと頭蓋を内側から叩かれているような頭痛に意識が揺れたが、今はそのまま座り込んではいられない。

「アァアァァアアァァァアァア!! 殺してやる!!」

床に落ちた懐中電灯が照らす先。そこで絶叫した蒼太が、左目に刺さった木片を力任せに引き抜いた。

ブチブチと何かが切れる音がして、木片と共に目玉が抜ける。これにはオカルトに耐性のある宙夜でも、さすがに吐き気を催した。蒼太はもう死んでいる――そう分かっていても。

蒼太の手が再び包丁を掴んだ。それを視界の端に捉えた宙夜は咳で滲んだ涙を拭い、急いでその場に立ち上がる。包丁を腰だめに構えた蒼太が、そのまま宙夜へ向けて突っ込んできた。宙夜はぎりぎりのところでそれを避け、蒼太の雄叫びが通りすぎていくのを聞く。

このままではまずい。まずはあの凶器を何とかしなくては。宙夜はとっさに数歩あとずさり、そのとき踵に何かがぶつかるのを感じた。

見下ろせばそれは、先程の木切れよりも更に大きな手摺の破片。恐らく横木を支えていた柱の部分だろう。宙夜の肘から指先までくらいの長さがあり、これならばたぶん武器になる。

宙夜はとっさに足元の角材を拾い上げた。剣道の授業で握った竹刀よりずっと太く、角があるせいであまり手に馴染まないが、この際贅沢は言っていられない。

蒼太はもはや言葉を失い、獣のように吼えた。そうしながら残った右目も零れ落ちそうなほどに見開き、がむしゃらに包丁を振って迫ってくる。当然ながらその動きに剣道のような型はなく、刃は闇の中で無軌道に音を立てた。

そもそも宙夜は剣道など体育の必修として学習しただけで有段者でも何でもなく、いわゆる太刀筋など読めるわけがない。宙夜は何とか角材で蒼太の包丁を弾こうとしたが躱され、更に殴りかかったところを逆に弾かれそうになった。――ならば。

宙夜は、覚悟を決めた。瞬間、蒼太の振るった刃が左から宙夜を襲った。とっさに下がれと命じる本能を抑えつける。すっかり切れ味の鈍った刃が宙夜の肩に食い込み、シャツを裂き、玲海が結んでくれた血止めの紐を分断した。予想していた以上の激痛に一瞬、息が止まる。

だが、捕らえた。包丁の刃が骨に当たって止まった、刹那の隙。

宙夜はそこへ、右手の角材を突き出した。

狙ったのは、顔面。渾身の力で突き出された角材は、今度は蒼太の右目を潰した。

再び絶叫が轟き、吹き飛ばされた蒼太が倒れ込む。同時に宙夜も膝をついた。目の前の床には包丁。押さえた左肩の傷から血が溢れている。まるで体内の血が沸騰しているかのように、傷口が熱かった。呼吸が乱れ、額から大量の汗が滴り落ちる。

だが大丈夫だ。人間はこれくらいの傷では死なない。宙夜は痛みをこらえて右手を伸ばした。

そうして、自らの血が滴る包丁を握る。

「ォ……ア……アァ……」

中二階を支える柱の下で、うつ伏せになった蒼太が呻いていた。宙夜が角材を叩きつけた右目は潰れている。その顔面はもはや血なのか肉片なのかよく分からないもので真っ赤になっている。それでも蒼太は呻き、嫌な角度に首を曲げたままゆっくりと床を這ってきた。もう目は見えていないはずなのに、赤黒く開いた二つの穴で宙夜を捉え、口からはだらだらと涎を垂らしている。

そうして自らの足首を掴んだ蒼太を、宙夜は何も言えぬまま見下ろした。

つい先日までの、ひどく鬱陶しかったけれど、確かに生きていた彼の姿が脳裏をよぎる。

「森――ごめん」

許して欲しい、とは、言わなかった。宙夜は足元にいる蒼太の背中目がけて、勢い良く包丁を振り下ろす。刃は何とも言えない手応えと音を伴って、蒼太の体に深く、深く突き刺さった。

そのとき掌が覚えた感触を、自分は一生忘れないだろう、と宙夜は思う。

宙夜が自分の全体重をかけて突き刺した包丁は、柄の付け根の部分まで蒼太の背中に埋まっていた。しかし首が折れ、両目が潰れても動いていた体だ。それでもまだ襲ってくるようなら、と宙夜はしばし身構えた。

だが、それきり蒼太は動かない。まるで縫いつけられたように静止し、力なく頭を床につけたまま、文字どおり虚ろな目で宙夜を見上げているだけだ。

それを見て思わず安堵しかけ、しかし宙夜はすぐに気を引き締めた。これまで幾多もの怪奇小説やホラー映画を見てきたが、こういう場面で安心して気を緩めるのはいわゆる死亡フラグというやつだ。だから宙夜は如才なく懐中電灯で蒼太を照らしたまま、ゆっくりとあとずさった。

低く軋む板張りの床を踏みしめながら、一歩。二歩。――三歩。

「……どうして……」

瞬間、微かに聞こえた女の声を、宙夜は聞き逃さなかった。反射的に足が止まる。それは先程聞いた女の声よりずっとクリアで、消え入りそうなのにはっきりと宙夜の鼓膜を震わせる。

「どうして殺すの……？　どうして殺したの……？　どうして、どうして、どうして――」


「裏切り者」

「嘘つき」

「もうやめて」

「許して」

「こんなのあんまりだ」

「ひどい」

「許せない」

「寂しい」

「誰か助けて」

「置いていかないで」

「あんたなんか」

「会いたい。会いたい」

「消えてしまえ」

「つらい」

「死にたい」

「助けて」

「誰か」

「どうして」

「助けて――」

宙夜は思わず耳を塞いだ。否、そうして耳が正常であることを確かめた。

聞こえる。無数の声。渦巻いている。押し寄せてくる。一人の声じゃない。大人、子供、老人、女、男、少女、青年――様々な人間の声が、半開きのまま動かない蒼太の口から溢れていた。

それは洪水のような勢いで膨らみ、幾重にも折り重なり、やがて宙夜の頭を割らんばかりに轟き渡る。同時に鳴り始めた鋭い耳鳴りに眉をひそめ、再び膝をつきそうになるのを何とか堪えた。

これは恐らくサイコさんの呪いによってこの屋敷に取り込まれた人々の――

その声の群が広大な居間でとぐろを巻き、やがて一人の人間の形を取るのを、宙夜は見た。

すうっと闇に浮かび上がる、白い着物の女。長い黒髪。暗く虚ろな眼（め）。

――サイコさん。

「許サナイ」

真っ黒な口を開き、葦田彩子の怨霊が両手を伸ばした。そのままこちらへ向かってくる。逃げなければ。そう思った。けれども足が動かず、何だ、と宙夜は足元を見る。

そこに、無数の手と顔があった。

「許さない」

床から伸びた幾本もの白い手と怨めしげな眼差しが、宙夜を掴んで、離さない。

「帰さない」

「お前もここで――死ぬまで、苦しめ」

宙夜は拳を握り締め、顔を上げた。目の前に怨霊の姿がある。

――分かってる。分かってるよ。だけど、それでも俺は――

怨霊の髪が蠢いた。その髪が闇と同化し、生き物のように広がり、宙夜を、

「それでも俺は、帰るって約束したんだ！」

瞬間、宙夜の目の前が真っ黒になった。頬が裂けるほどに嗤った葦田の怨霊が宙夜を呑み込む。

七夕の晩と同じく、大量の毛髪が宙夜に絡みついた。腕に、足に、首筋に――それらは振り払う暇もなく宙夜の動きを封じ、ギリギリと締め上げる。

全身の骨が軋む音が聞こえた。体が引き千切られそうだ。喘いだが、息ができない。意識が遠くなる。

けれども宙夜は、最後に見た。

――泣いている。

葦田の怨霊がおぞましく口角を吊り上げながら、しかしその虚ろな眼からさめざめと涙を零している。

（……ああ、そうか）

――帰りたいのか、彼女も。

薄れゆく意識の中で、宙夜は最後の力を振り絞った。

肉を破裂させんばかりに締め上げてくる力に抗い、右腕を差し伸べる。尽きる間際の命を燃え上がらせ、怨霊の頬を濡らす涙に触れる。

「まっ……てる……」

虚無が巣食った彼女の瞳を見据えながら、宙夜は掠れた声で伝えた。

「蔵六……ハジメ、も……きっと……待ってる——」

——そのとき、何かが炸裂した。

それは宙夜の胸のあたりから巻き起こり、怨霊の髪を引き千切り、吹き飛ばす。目には見えない力の奔流。それが強烈な光を伴い、宙夜の網膜を焼いた。

目が眩む。弾き飛ばされた怨霊の悲鳴が聞こえた。苦しんでいる——いや、泣き叫んでいるのか。その慟哭が光の向こうへ掻き消える。

真っ白な世界の中で、投げ出された宙夜は激しく咳込んだ。体中が痛む。しかし切れ切れになった意識の狭間で、何かが指先に触れた。

チリン、と小さな音がする。

双子鈴。宙夜はそれを掴み取った。

——今度こそ、

「届くわ」

耳元で誰かが囁いた。宙夜はそれに頷き、立ち上がった。

塗り潰したような光と静寂の中、女が一人泣いている。力なく座り込み、長い髪を垂れ、顔を覆いながら。

宙夜はその女へ向けて手を差し出した。掌の上で鈴が転がる。

その音を聞きつけ、女が顔を上げた。それはもう憎しみに狂った怨霊の顔ではなかった。

彼女は宙夜と差し出された鈴とを見比べる。

そうして最後に、微笑（わら）った。

「——ありがとう」

白く細い手が鈴を受け取る。瞬間、光が旋風と化して噴き上げる。

最後の鈴の音が聞こえた。宙夜は両腕で顔を庇いながら、しかし微（かす）かに目を開けた。とっさに背後を振り返る。

そこにはあの日の母がいた。

大好きだった笑顔が、見えた気がした。

◆最終夜

何か暖かくてやわらかいものに、そっと頬を撫でられた。

夏の匂いがする。どうやらそれは風のようだ、と気がついて、宙夜はうっすらと目を開ける。

遠くで蝉が鳴いていた。燦々と窓から注ぐ日の光が、真っ白な部屋に反射して眩しい。

――病院？　靄がかかったような頭で、宙夜が真っ先に思い浮かべた単語はそれだった。

ふと見やった左腕には点滴が打たれ、上腕には包帯も巻かれている。腕の針とつながった透明なチューブの向こうには少しだけ隙間の開いた窓があって、白いカーテンを揺らしながら青空から風が吹き込んでいた。

その、ちょっと信じられないほどよく晴れた空をぼーっと眺めながら、宙夜はここがどこなのか、自分が何故ここにいるのかを思い出そうとする。風が微かに潮の香りを孕んでいるし、窓からは緑の葉を繁らせた木の天辺が見えているから、この部屋があるのはたぶん建物の三階か四階。そんなに大きな病院は加賀稚町に一つだけ。海沿いにある加賀稚総合病院だ。

加賀稚総合病院はこの町唯一の救急病院でもあるから、きっと自分はそこへ運び込まれたのだろう。だが宙夜にはその間の記憶がない。覚えているのはあの暗い此岸と彼岸の狭間で死を覚悟したことだけだ。

あのとき確かに、宙夜の目の前には葦田の怨霊がいた。自分はあれに呑まれそうになったはずだ、と思う。けれども直後、真っ白な光があたりを包んで、その中に――

「――あっ、宙夜！　起きてたの⁉」

そのとき俄然、視界の外から声が上がった。振り向いた先に開け放たれた病室の入り口がある。そこに佇んでいたのは、腕に小さなビニール袋を提げた玲海と燈だった。二人で売店にでも行っていたのだろうか。彼女たちは目覚めた宙夜を見つけると、揃って走り寄ってくる。

「玲海。それに千賀さんも……良かった、無事で」

「それはこっちの台詞！　ていうかどうなの、具合は？　どこか痛い？　体調は？」

「左腕の傷がまだ痛むけど、それ以外は大丈夫だよ」

「本当に？」

「うん。……玲海？」

「……本当に、心配したんだから……」

「うん」

「警察の人が、大怪我した宙夜を連れてきたとき……本気で、心臓が止まるかと思った……」

「うん。――ごめん」

宙夜が短く謝ると、睫毛の上でぎりぎり踏み留まっていた玲海の涙が、ついに溢れた。

――ほんとに良かった。そう言って泣きじゃくる玲海を、隣から燈が抱き締める。その燈の微笑みの上にも零れていく涙があるのを、宙夜は見た。

「千賀さんもありがとう。玲海を守ってくれて」

「う、ううん。そんなことないの。むしろわたしの方が玲海ちゃんに助けてもらった感じで……一人じゃ学校の塀、乗り越えられなかったし」

涙を拭いながらえへへと笑って、燈は恥ずかしそうに頬を赤らめた。そう言われてみれば、燈は玲海を救出に向かうときも自力で校門をよじ登れずにいたから、帰りもまた玲海に引き上げてもらったに違いない。

「それで……あれから一体どうなったの？」

「どうもこうもないよ。私たちがおまわりさんを呼びに行って戻ったら、宙夜が一人であの井戸の底に倒れてたの。それをおまわりさんが引き上げてくれて……その頃には学校での騒ぎも収まってた。そのあと別の意味で大騒ぎになっちゃったけど」

言いながらベッドの脇の椅子に腰を下ろし、玲海は物憂げに目を伏せた。聞けば玲海たちが警察を連れて再び学校に戻った頃には、バレー部の顧問と生徒、合わせて四人が命を落とし、その原因となった戸栗菜穂は姿を消していたという。

どうやらあの事件から既に一夜が明けているようだが、菜穂の行方については未だ何の手がかりもないようだった。加えて事件の当事者となったバレー部員たちに事情を聞こうにも、皆精神的に大きなショックを受けており、まともに話せる生徒がほとんどいない。

この異様な事態には警察もさすがに眉をひそめているようで、玲海や燈から事情を聴取した捜査官などは、ここまで来ると本当に怨霊の仕業なのかもしれないな、などとぼやいていたらしかった。何せ誰に訊いてもあれはサイコさんの呪いだ、という答えが返ってくるのだから、警察も笑って聞き流せるレベルではなくなっているのだろう。

「だけど、それじゃああのお堂につながってた横穴は？　呪いを受けた人はみんなあの屋敷に集まってたみたいだから、あるいは戸栗さんも……」

「うん……わたしたちもそう思って、おまわりさんに横穴のこと教えたんだけどね。そのときにはもう穴の先が塞がっちゃってて、あのお堂には行けなくなってたの。その代わり、穴の先にはこれまで行方不明になった人たちの持ち物がいっぱい詰まってたみたいで……」

「持ち物？」

「うん。鞄とか、靴とかスマホとか……その中に、ゆーたろさんのリュックもあったって」

と、玲海の隣に座った燈がうつむきながら言うのを聞いて、宙夜は体を硬くした。

ということは、悠太朗はやはり――。そう考えた途端、やりきれない思いが宙夜の胸にも込み上げてくる。宙夜たちが今こうしていられるのは、彼が命懸けで遺してくれた手がかりのおかげだ。その悠太朗を、助け出すことができなかった。

「あ……だ、だけどね、実はその中に悠太朗さんのボイスレコーダーもあって。その中身を聞いた警察が今、桐月寺のお坊さんに事情聴取をしてるみたいなの」

「あの住職の？」

「うん。サイコさんの呪い云々は証明できないけど、あの人が悠太朗さんを閉じ込めたのは本当でしょ？　ついでに悠太朗さんの車もお寺の駐車場で発見されたらしいし、これでもう言い逃れはできないと思うよ」

　葦田の怨霊を封じるためだったとは言え、あの住職がしたことは立派な拉致監禁。それも夏休みでほとんど人の出入りがない学校の倉庫に閉じ込めたとなれば、そのまま死んでも構わないという未必の故意があったと見なされるだろう。

　そうなれば玲海の言うとおり、もはや言い逃れの余地はないはずだ。代々この地に根づいてきた寺の住職でありながら、過去の住民たちが犯した過ちごと葦田の呪いを隠蔽していた罪は重い。彼が――あるいは彼の一族が呪いから目を逸らさず、もっと早くに怨霊を供養する方法を見出していれば、こんなにも多くの犠牲者が出ることはなかったのだから。

「それにね、私たち見たの。おまわりさんを連れて戻ったとき、学校から不思議な光がいっぱい空に昇ってくのを」

「光？」

「うん。蛍の光をもっと大きくしたようなの。あれってあの屋敷に囚われてた人たちの魂だったんじゃないかなって、燈と話してたんだ。もしそうだとすれば、悠太朗さんも……」

――彼も最期は、ずっと探し続けていた幼馴染と共に天へ昇れたのではないか。玲海が告げたその言葉が、今の宙夜にはわずかな救いに思えた。

二人の仮説が正しければ、その光の中には蒼太の魂もきっと含まれていたはずだ。だとすれば彼もまた、無事に在るべき場所へ還ることができただろうか。宙夜はあの晩、彼を刺した掌を無意識に見つめる。もう一度、ごめん、と心の中で呟きながら。

「でもああやって魂が解放されたってことは、サイコさんの呪いは全部解けたってことだよね？あれ全部宙夜がやってくれたんでしょ？」

「全部って言うと語弊があるけど、葦田の怨霊はひとまず浄霊できた……と、思う。鈴を、渡したんだ。蔵六ハジメの双子鈴を……たぶんあれで、葦田彩子も蔵六ハジメが向こうで待ってることを分かってくれたんだと思う」

「だけど、それじゃあその怪我は？　ただ鈴を渡すだけならそんな怪我しないでしょ？」

痛いところをずばりと衝かれ、宙夜は小さく苦笑した。どこまで真相を話すべきか迷ったが、結局葦田の怨霊が蒼太の亡骸に取り憑いていたことは伏せ、初めは鈴を渡しても浄霊できなかったことを告げる。

「――二人は〝蠱毒〟っていう呪術を知ってる？」

「こどく?」

「うん。狭い壺や箱の中に毒を持つ生き物を何匹も入れて共食いさせ、最後に生き残った個体の毒を呪いに使うっていう、中国の古い呪術なんだけど……そうして生き残った個体の毒や怨念は、ただの毒より数倍強いって言われてるんだ。俺は、あの屋敷はそれと同じ……大きな蠱毒の壺だったんじゃないかって思ってる」

「蠱毒の壺、って……つまりどういうこと?」

「悠太朗さんが言ってたんだ。サイコさんに呪われた人たちはみんな決まって、心に恨みとか不安とか悲しみとか、そういう強い負の感情を持ってたって。葦田の怨霊はそういう人たちをあの屋敷に集めて、自分の力を高めるために憎しみや苦しみを食らってたんじゃないかな。桐月寺の住職も、最近怨霊の力が強まってるって言ってたみたいだし……」

――だがそうして数多の人間の感情を取り込みすぎたせいで、葦田彩子は次第に自我を失った。最初は自分とハジメを陥れた村人への復讐のために力を蓄えていたはずが、やがてその標的は無差別になり、最後はただの暴走する化け物へと成り果てた。

だから初めは宙夜の言葉が届かなかったのだ。あの屋敷に渦巻く無数の怨嗟の声が、彼女の耳を塞いでいた。あるいは暴れ狂いながら、彼女自身、本当は苦しんでいたのかもしれない。

そういう苦しみを抱えた者は、往々にして深い孤独に蝕まれている。きっとインターネットというツールは、そんな孤独を抱えた者を見つけやすいものだったのだろう。

つまり葦田彩子の正体は、孤独の蠱毒だった。そう考えるのが、宙夜は一番しっくりとくる。

「その怨念と強い呪力に引き寄せられて、あそこにはかなりの数の怨霊が蠢いてた。だけどそれもサイコさんが成仏したことで、一緒に解き放たれたなら……」

「今度こそこれで全部おしまい……ってことだよね？」

「うん。もうネット上でサイコさんに質問しても、答えてくれる相手は誰もいない。それで誰かが呪われることも、行方不明者が出ることも、命を落とすことも……」

宙夜が噛み締めるようにそう言えば、玲海の目に改めて涙が浮かんだ。蒼太に凜子、悠太朗、菜穂と、あまりに多くの犠牲を払ったが、それでも呪いの連鎖は止めることができた……

その事実に安堵と達成感が込み上げたのだろう。玲海は鼻を啜ってうつむくと、右腕でぐいと目元を拭った。けれどもすぐに顔を上げ、いつもの笑顔を作ってみせる。

「だけどほんとに良かった、宙夜が無事に目を覚まして。ちなみに今日、これから学校で保護者を集めた説明会があるみたいでさ。お母さんは一旦そっちに行くって、さっき病院を出てったとこなの。入れ違いになっちゃったね」

「叔母さん、怒ってた？」

「そりゃあもうカンカン！　宙夜、昨日何も言わずに家を飛び出してきたんでしょ？　そういうことは先に大人に言いなさいって、何故か私たちが宙夜の代わりに一晩中怒られたんだから」

「……ごめん」

「ま、お母さんが帰ってきたら、今度こそ直接お説教されると思うけど。今から覚悟しといた方がいーよ？」

ニッと悪意たっぷりに笑った玲海に言われて、宙夜は今からげんなりした。ともえは普段滅多なことでは怒らないのだが、これが一度怒髪天を衝くと大変なのだ。それが我が子であろうと赤の他人であろうと、怒り出したら容赦しない。宙夜は今頃になって、昨夜冷静さを欠いていた自分の行動を後悔する。

「――あのね、玲海ちゃん、宙夜くん。わたし、二人にお話ししなきゃいけないことがあるの」

ところがそのとき、突然燈が口を開いて、宙夜と玲海は目を丸くした。先程から妙に口数が少ないと思ったら、燈は何か思い詰めた様子で姿勢を正し、膝の上に置いた両手を握り締めている。そのただならぬ様子に、宙夜は何となくそうしなければならないような気がして、左腕を庇いながらベッドの上に起き上がった。が、それを見た燈は少し慌てて椅子から腰を浮き上がらせる。

「あ、あ、ま、待って、宙夜くん。宙夜くんは寝ててだいじょぶだから……」

「いや、いいよ。ちゃんと聞く」

そう言って宙夜がすっかり体を起こしてしまうと、燈は少し泣きそうな顔をした。宙夜はそうしてうつむいた彼女の両手が、微(かす)かに震えているのを見る。

同じくその異変に気づいた玲海が、さっと燈の手を取った。玲海や凜子がつらいとき、燈がいつもそうしていたように。

「私も聞くよ、燈。でもつらいなら無理しないで」

「うん。ありがとう、玲海ちゃん。でも二人にはちゃんと話しておきたいの。サイコさんのこと」

「サイコさんのこと？」

思わず、といった様子で玲海が聞き返せば、燈はこくりと頷いた。

それから一度目元を拭うと、意を決したように顔を上げ、言う。

「あのね。わたし、前にみんなで桐月寺に行ったときにね。凜ちゃんと四人で、サイコさんに呪われる人の条件ってなんだろう？　って話になって、友達の話をしたと思うんだけどね……」

「友達の話って……ああ、もしかして、燈の友達にもサイコさんを試した子がいたって話？」

「そう。その子は自分のおうちのことをサイコさんに質問したけど呪われなかったって、確かそんな風に話したと思う。でもね、その話、ちょっぴり嘘でね……サイコさんを試したのは、友達じゃないの。――わたしなの」

宙夜と玲海は、同時に目を見張った。一方の燈は覚悟を決めたように、声を震わせながらもまっすぐこちらを見据えている。

「えっ……ちょ、ちょっと待って。それってつまり、燈もサイコさんをやってたってこと……⁉」

「うん。それも凛ちゃんがサイコさんを試す、ずっと前に。わたし……わたしね。ほんとはね――今のお父さんとお母さんの、本当の子供じゃないの」

言った途端、拭ったはずの涙が一粒、燈の目からぽろりと零れた。そんな燈を唖然と見つめて、玲海は絶句している。その反応を見る限り、どうやらこれは玲海も知らなかった話のようだ。

「わたしは、まだ赤ちゃんの頃にもらわれてきた里子だったんだって。元は天岡の乳児院ってところにいたみたいで……本当のお母さんとお父さんは誰だか分からない。ただ、生まれてすぐに公園のトイレに捨てられてたんだって」

「そ、それって、今のご両親から聞いたの？」

「ううん、違う。サイコさんが教えてくれた」

「なら――」

「うん。どこまで本当かは分からないよ。〝そうだよ〟って言われるのが怖くて、お父さんとお母さんには訊けなかったから。でもね、ほんとはね……心のどこかで、ずっとおかしいなって思ってたの。わたし、お父さんにもお母さんにも似てないし、伯父さんたちはいつ会ってもよそよそしいし。だからどうしてみんなわたしを腫れもののみたいに扱うんだろうって、小さい頃から思ってた。それでサイコさんに訊いてみたの。〝わたしはこの家の子供ですか？〟って――」

――そして、サイコさんから返ってきた答えは「いいえ」だった。

その答えを燈は真夜中に一人、真っ暗な部屋の中で突きつけられたのだという。

そのときの燈の心境を思うと、宙夜たちにはかける言葉が見つからない。

燈の瞳から、また一つ涙が零れた。けれども彼女は、話すことをやめなかった。

「それからわたし、サイコさんにいっぱい質問した。それならわたしはどこで生まれたのか、どうして今のお父さんとお母さんにもらわれたのか……サイコさんはその質問に全部答えてくれたの。わたしがいたっていう乳児院の場所も、わたしが捨てられてたっていう公園の場所も……だからわたし、勇気を出して、その乳児院に電話してみたんだ。今から十七年くらい前に、その公園に捨てられていた子供がいませんでしたかって」

乳児院の職員はその電話を、子供を捨てた母親からの連絡と誤解したのだろう。確かに今から十七年前、その公園に捨てられていた子供がいた。そう答えが返ってきたと、燈は言った。

それ以上のことは恐ろしくて訊けず、燈はその場で電話を切ったそうだ。彼女がサイコさんは本物だと確信したのはそのときだった――そしてすべては、テスト前のあの日に収束する。

「わたし、そのときはサイコさんに質問をしたら呪われるなんて知らなくて……だからあの日、玲海ちゃんや凛ちゃんにもサイコさんの話をしたの。サイコさんの力を借りれば、最近凛ちゃんが何か悩んでるのも解決するんじゃないかって……そしたらわたしも、このことを玲海ちゃんたちに話せるかもって」

「燈――」

「わたし……わたし、そんなずるい気持ちで玲海ちゃんたちを巻き込んだの。このこと、一人で抱えてるのは怖くて……でも、自分から話し出す勇気がなくて……」

「燈」

「だけど、そのせいで凛ちゃんが……他にもたくさんの人を巻き込んだ。玲海ちゃんや宙夜くんのことも、あんなに危ない目に遭わせて……ほんとにごめんなさい……ごめんなさい……っ」

膝の上に置いた両手を握り締めて、燈は泣いた。うつむき、ぽろぽろと大粒の涙を零しながら。声を殺してしゃくり上げながら。

そんな燈を、玲海が何も言えずに見つめている。何か言葉をかけたいが、適当な言葉が浮かばないといった様子だ。だから代わりに、宙夜が言った。

「――だからもう一度サイコさんを呼んだ？　今度こそ自分が呪われるために。自分と引き替えに悠太朗さんを助けるために」

「……え？」

「悠太朗さんの行方が分からなくなった次の日のことだよ。玲海は合宿でいなかったけど、俺、千賀さんと二人で悠太朗さんの家に行ったんだ。悠太朗さんの行き先について、何か手がかりが掴めるかもしれないと思って」

そうして二人が目をつけた、悠太朗のパソコン。しかしそこへログインするためにはパスワードが必要だった。宙夜は思いつく限りの可能性を試してみたが、やはり何のヒントもなく他人のパスワードを特定することなど不可能だと途中で諦めかけたのだ。

けれどもそこへ、燈が突然正解のパスワードを持ってきた。それもあの場にあった情報だけでは決して解けなかったはずのパスワードを。

「千賀さん、あのとき一度一人で部屋を出て行ったよね。俺、あれがずっと引っかかってたんだ。あるいは悠太朗さんのお母さんがパスワードを知っていて、それを教えてもらったのかもと強引に納得してみたけど、それならお母さんが真っ先にあのパソコンを調べていただろうし、それであのファイルを見つけられなかったっていうのはちょっと不自然だったから」

「……！」

「何より気になったのは、悠太朗さんのメモを見つけたあと。あのとき千賀さんは〝蔵六の井戸〟ってメモを見て〝悠太朗さんもそこにいる〟って言ったよね。あれはパソコンのパスワードと一緒に、悠太朗さんの居場所もサイコさんに訊いてたからじゃない？　そして高山詩織さんのときと同じように〝井戸の底〟って答えが返ってきた、とか」

「す……すごい……宙夜くん、どうして分かっちゃうの……？」

「――分かっちゃうの、じゃないでしょ！」

そのとき玲海の張り上げた声が、ぴしゃりと燈の頭を打った。燈はその声に怯んで、思わずびくりと肩を竦める。

「燈、今の話本当なの？　悠太朗さんの行方を知るために、もう一度サイコさんを呼び出したって」

「う、うん……だ、だって、そうでもしなくちゃ……ゆーたろさんがあんなことになったのだって、わたしが……わたしが、ゆーたろさんを急かすようなこと言ったから――」

「――だとしても！　凛子があんな風になったのを見て、燈だってサイコさんを呼べばどうなるか分かってたはずでしょ？　なのになんでそんな危ないことしたの！　凛子をあんな目に遭わせたから今度は自分もって？　そんなの凛子が望んだと思う⁉」

思わず立ち上がった玲海のそれは怒鳴ると言うより、ほとんど悲鳴に近かった。一度感情的になると玲海はなかなか止まらない。

だから宙夜は後ろから彼女に声をかけようとして、しかし、やめた。

そうして視線を向けた先で、燈がまた泣いていたから。

たぶん、燈も分かっていたのだ。分かっていて、そうせざるを得なかったのだ。大好きだった凛子や悠太朗を死なせた自分を許せなかったから。

それなら今の彼女には、玲海の言葉が必要だ。

「少なくとも、私は！　私がもし凛子だったら、燈がそんな風に自分を責めたってなんにも嬉しくない！　悠太朗さんだってそう！　あの人は元からサイコさんのことを調べてて、自分の意思であの井戸まで行ったんだから！　なのに燈が悠太朗さんのために自分を犠牲にして、それであの人が喜ぶと思う⁉」

「そ、それは……」

「ていうかそんなこと言ったらさ、私だって昨日は宙夜や燈のこと危ない目に遭わせたし、蒼太にも凛子にも奈穂にも、何もしてあげられなかった。けどそんな自分が許せないから、今そこの窓から飛び降りるって私が言ったら、燈はどうする？」

「そ、そんなの、絶対ダメ……！」

「――だったら、もう二度と馬鹿なこと言わないで。それでも燈が自分を責めるなら、私、ほんとに飛び降りるから」

目を真っ赤にしながら言い放った玲海の言葉は、一本の刃に似ていた。

その刃に刺されて、燈が泣いている。けれどもそれは、刺された傷が痛いからではない。

宙夜も同じように、これまで何度も玲海の刃に胸を刺された。

しかしその痛みがなければ今日まで立っていられなかったことを、宙夜はよく知っている。

「千賀さん。これはさっきも言ったことだけど」

と、やがて泣きじゃくる燈を玲海が抱き締めた頃、宙夜は窓の外の夏を見やりながら言った。

「サイコさんに呪われる条件は、孤独とか猜疑心とか、そういう強い負の感情を持っていることだった。だけど千賀さんは呪われなかった。千賀さんはさっき、ずるい気持ちで玲海たちにサイコさんの話をしたって言ったけど、もし本当にそんな気持ちの方が強かったなら、たぶんサイコさんに狙われてたよ。でもそうならなかったのは千賀さんが打算だけじゃなくて、佐久川さんのことを本当に心配してたからだと思う」

「……」

「それに千賀さん、サイコさんに自分の出生のことを訊いたんだよね？　それなら自分の本当の親のことも訊いてみようとは思わなかった？」

「それは……ちょっとだけ、思ったよ。でも……でも最後まで悩んで、やっぱりやめたの。わたしにとってのお父さんとお母さんは、今のお父さんとお母さんだけだから……だからわたしは、本当のお父さんとお母さんのことなんて知らなくていい。そう思って、やめたの」

「千賀さんが呪われずに済んだのは、そうやって目の前の人を大事にできるからだよ。逆に言えばそれは今のご両親が、それだけ千賀さんを大事に育ててくれたってことだと思う。俺は玲海ほど過激なことを言うつもりはないけど、そんな風に千賀さんを愛してくれるご両親を悲しませるようなことは、しないで欲しい。千賀さんが今のご両親のことを大切だと思うなら、なおさら」

「……それを宙夜が言う？」

「俺だから言うんだよ」

呆れたように眉を寄せて言う玲海に、宙夜は薄く苦笑してそう答えた。

昨夜、真っ白な光の中で見た懐かしい姿。

あれはもしかしたら、自分の願望が生み出した都合のいい幻想かもしれない。

それでも宙夜は少しだけ、その幻想を信じてみたいと思えた。川辺で聞いた凛子の言葉が甦る。


――でもね。あんたの母親は――


「……あ。そう言えば俺、玲海から返してもらったお守り……」

「あ、そうだった！　あれね、昨日の一件もあったし、古くて袋がボロボロになってたでしょ？

だからお母さんに言って、今朝新しい袋を縫ってもらったの――はい」

そう言って玲海が足元の鞄から取り出したのは、すっかり見た目の変わったお守りだった。

元々薄桃色だった袋は淡い蜂蜜色に変わり、しかも布地が薄くなっている。

だが宙夜が気になったのは、お守りの見た目が変わってしまったことよりも、まったく別のものに移し替えられたことだった。宙夜は玲海から手渡されたお守りをしばし呆然と見つめたあと、どうにか声を絞り出す。

「玲海……これ、袋を新しくしたってことは、中身は？」

「へ？　ああ、もちろん中身はそのままだけど。元の袋に入ってたもの全部そっちに移したよ」

「……」

「……何、その顔？　別に変なものとか入ってなかったでしょ？」

「いや、そうじゃなくて……お守りって普通、開けないだろ……」

「は？」

「開けたらご利益がなくなるって言うし……だから俺、ずっとあのまま持ってたんだけど……」

「……ちょ、ちょっと待って。ってことは宙夜、今までそのお守り開けたことないの？」

「ああ、ないよ」

「……宙夜。それ、本気で言ってる？」

「本気って、何が？」

何やら話が噛み合っていないような気がして、宙夜は思わず聞き返した。するとそんな宙夜の反応を見た玲海が突然額を押さえ、へなへなと椅子に座り込む。彼女はそのままうなだれて、

「どうりで……」と何故か悲痛な声を漏らした。それきり玲海は顔を上げない。眉をひそめた宙夜は目だけで燈に説明を求めたが、玲海の落胆の理由は燈にも分からないようだ。

「あ、あの、玲海ちゃん？　だいじょうぶ？」

「全然大丈夫じゃない……。宙夜さ……私のことよく〝変なところで抜けてる〟って馬鹿にするけど、そう言う宙夜も大概だよね。何でそう迷信深いかな……」

「いや、お守りは普通開けないのが常識だと思うけど……」

「それは神社とかで売ってるちゃんとしたお守りの話でしょ！　元々そのお守り作ったの、うちのお母さんだし！　そもそも宙夜、優史さんからそのお守り渡されたとき、中身を見てごらんって言われなかったの？」

「それは……言われたような、言われてないような……」

真新しく生まれ変わった母の形見を見下ろして、宙夜は記憶を掘り返す。確か自分が父からこのお守りを渡されたのは、母の葬儀が済んだ数日後のことだ。

——これはお母さんの大切な想いが詰まったものだから、大事に持っていなさい。

父の優史はそう言って、当時の宙夜にはちょっと長すぎた白い紐を、そっと首にかけてくれた。

――いいかい、宙夜。もしもこの先どうにもならないくらいつらいことがあったら、このお守りを開けてごらん。そしたらきっとお母さんがお前を助けてくれるから――

そうして優史は宙夜の前にしゃがみ込み、そんなことを言っていたような気がする。気がする、というのは、母の死の前後の記憶が宙夜の中でひどくあやふやになっているからだ。

そのうち父の言葉は宙夜の中で霞んで遠のき、いつの間にか〝お守りは開封してはいけないもの〟という常識が記憶に上書きされた。だから宙夜は今日まで大切にその常識を守ってきたのだが、玲海にはそれが大層気に食わないらしい。

「ああ、もう！　いいからとにかくお守りを開けてみて！　そしたら伯父さんが宙夜にそれを渡した理由も分かるから！」

「いや、でも……」

「でもじゃない！　どうせそのお守りは今朝一回開けちゃったんだし、だったら二回開けようが三回開けようが同じでしょ！　男なら潔く諦める！」

「それはちょっと横暴じゃないかな……」

「いいから早く！　宙夜が開けないんだったら私が代わりに開けるけど!?」

そう言っていきり立った玲海にお守りを奪われそうになり、宙夜はとっさに「分かった」と言ってしまった。本当はまったく気が進まないのだが、玲海がここまで言うからにはきっと何かあるのだろう。きゅっと締まっていた紐を緩めると、中に薄い木の板が入っているのが見えた。

宙夜もこのお守りが手作りのものだとは知っていたから、それが守札などではなく、単に型崩れを防ぐためのものだということは知っている。だがこれの他に一体何が、と袋をひっくり返してみたところで目を丸くした。

重力に逆らえず、膝の上に落ちてきたのは粗末な板切れ。

そして小さく折りたたまれた、一枚の白い紙だ。

「これは……？」

「それ。開けてみて」

宙夜がその紙を手に取ると、横から玲海が促してくる。四つ折りにされた紙は、特に高級そうな和紙とかそういったものではなく、本当にただの紙切れだった。しかも長い年月を経てすっかりくしゃくしゃになってしまっており、少しばかりみすぼらしい。けれども玲海が見ろと言うので、宙夜は慎重にその紙を開いた。

まずは半分。当然のように中身は白だ。

しかしそこから更にもう半分を開こうとしたところで、玲海が言う。

「その手紙はね」

――手紙？　と、宙夜は思わず手を止めて玲海を見た。

「その手紙は、伯母さんが……みなえさんがあの事故のあと、一度だけ病院で目を覚ましたときに書いたんだって」

「……母さんが？」

「うん。伯母さんが息を引き取るまで、傍には伯父さんがついてたから。だから伯母さんはそれを伯父さんに託して、伯父さんは宙夜に託したの。その意味を、よく考えて」

急に、心臓が悲鳴を上げた。宙夜は肺を鷲掴みされたような息苦しさを感じて、思わず手の中の紙に目を落とした――手紙？　この安いメモ用紙のような、小さな小さな紙切れが？

そもそも宙夜は、母があの事故のあと病院で目を覚ましていたことを知らなかった。仮にそれが事実だとしても、あの容態では自力で文字を書くことなどほとんど不可能だったはず——

——見たくない。怯えてそう叫ぶもう一人の自分の声を、宙夜は聞いた。

けれども今の宙夜には、此岸の際で凛子から聞いたあの言葉がある。

自分の指先が嘘のように震えているのを見ながら、宙夜は自らの意思で手紙を開いた。

よれよれになった紙切れの中には、ほんのわずかな文字の羅列。

そこには弱々しく震えた筆跡で、しかしはっきりとこう書いてある。


『ひろやへ　だいすき』


母の筆跡の面影が微かに残った、たった八つの文字。

けれどその八文字を見た瞬間、宙夜は言葉を失った。

宙夜へ。大好き。

その二言が、頭の中で何度もリフレインする。

宙夜へ。大好き。

——あの日、母は、どんな想いで。

自分を死に追いやった息子に、この言葉を遺してくれたのだろう？

「宙夜」

あの日から止まっていた時間が、ようやく動き出した。たぶんそんな形容が一番正しいんじゃないか、と宙夜は思った。うつむいた瞳から、涙が溢れて止まらない。思えば自分は母が死んだときも父が死んだときも、心が凍って泣くことができなかった。

「宙夜くん」

そうして心の奥で冷たくなっていたものが、今、ようやく溶け出したのだ。

手紙を握ったままの宙夜の手に、燈が触れる。そして、すっかりもらい泣きした玲海も。

「あのさ、宙夜。お盆になったらさ――」

泣き笑いになって玲海が言い、燈もそれに頷いた。ふっと窓から風が吹き込んで、ここにいないはずのもう一人が「いいんじゃない？」と笑ってくれたような気がする。

宙夜は母の想いが記された手紙を大切にしまって、その風の来た道を仰ぎ見た。

そこにあるのはあの日と同じ、よく晴れた夏の空だ。


シリジリと熱い太陽が、砂利敷きの道を焼いていた。その夏の陽射しの中に、ぱしゃりと涼やかな水音がする。宙夜がバケツに汲んだ水を、玲海が柄杓で掬い上げた音だ。

玲海はその柄杓をくるりと返して、傍に佇む黒い墓石にたっぷりの水をかけた。

『真瀬家ノ墓』。

八月十三日、木曜日。宙夜は玲海と燈の三人で、天岡市にあるとある墓地を訪れていた。現在目の前にあるその墓は、宙夜の曾祖父の代から続くという由緒正しき真瀬家の墓だ。

「玲海ちゃん、お花、こんな感じでいいかなぁ？」

「うん。伯母さん花が好きだったからさ、こんだけあればきっと喜ぶよ。てか宙夜、お供え物は？」

「今出すところ。それより線香は？　玲海が持ってるって言ってなかった？」

「あ、そうだった！　えっと、確かこっちの袋に……あ、あれ？」

慌てた玲海が柄杓をバケツに突っ込んで、花を入れてきた紙袋をあさり出す。しかし見当違いだったのか線香はすぐには見つからず、結局全員で荷物をひっくり返す羽目になった。

広大な敷地を有する寺の墓地には、宙夜たちの他にもちらほらと墓参りに訪れた人々の姿がある。朗々と鳴く蝉の声が響くのは、墓地の片隅に自生した竹林からだろうか。青々とした竹の群は風が吹く度にざわざわと、波のざわめきにも似た音を雨のように墓地へと降らす。

「はい、じゃあ火つけて！」

やがてすべての支度が整うと、玲海がようやく見つけた線香を配り、ガスマッチで火をつけた。三人で横並びになって、線香を供えた墓前にそれぞれ手を合わせる。この墓には宙夜の父方の曾祖父母と祖父母、そして宙夜の両親であるみなえと優史が眠っている。

「伯母さん。この間は宙夜を守ってくれてありがとうございました。これからは伯父さんと伯母さんに代わって、私たちが宙夜の傍にいます。だから安心して眠ってくださいね」

そうして宙夜がじっと祈念していると、不意に隣からそんな玲海の声が聞こえてきた。宙夜はふと目を開けてそれを振り向きそうになり、やめる。「……それは逆に安心できないんじゃないかな」と小声で言えば、後ろから頭を叩かれた。

「よし！　それじゃあ次は凛子のとこだね。お寺の名前、何て言ったっけ？」

「萬緑寺（ばんりょくじ）。萬緑寺があるのは隣の区だから、一旦天岡駅まで戻って乗り換えだよ。確かサイトには、最寄り駅からバスで二十分って書いてあったと思う」

「うへぇ、じゃあ結構遠いじゃん。早くしないと日が暮れちゃうよ」

「それもこれも、玲海が天岡駅ではぐれたせいだと思うんだけど……」

「だ、だってあのお店、トイレが外にしかないとか言うから！　しかも宙夜が電車に間に合わないって焦らすし！　それに、あの、ほら、地下ってなんか方向感覚なくなるじゃん！　ね、燈！」

「うーん……でもねぇ、玲海ちゃんはねぇ、前に凛ちゃんと三人で遊びに来たときも駅ビルではぐれちゃってねぇ、それで案内所のお姉さんに迷子の放送を……」

「あーーーっ！　ほ、ほら、そんな話してる暇あったら移動しないと！　わ、私、先に行ってバケツとかお寺に返してくるから！」

「あっ、玲海ちゃん、待ってよぉ！　カバン忘れてるよ～！」

まだ半分ほど水が残ったバケツに借り物を突っ込んで、玲海が一目散に駆けていく。その背中を玲海と自分の鞄を持った燈が追っていき、宙夜は墓前に取り残された。

まったく……と呆れながらついたため息は、夏の匂いを孕んだ風に颯爽と攫われていく。

あの一連の事件から、もうすぐ一ヶ月。玲海と燈はすっかり以前の二人だ。すべてが事件の前と同じというわけにはいかないけれど、それでも二人の笑顔は前よりずっと輝いているし、晴れ渡った夏の空も、もう宙夜の胸を掻き乱すことはない。

「……父さん、母さん」

二人の笑い声がすっかり遠のいたのを聞いて、宙夜は最後に、両親の眠る墓へと向き直った。墓石と揃いの花立には、溢れんばかりの桔梗の花。それと同じものを宙夜たちは今朝、加賀稚高校の校門前にも置いてきた。

今から九十四年前、葦田彩子が命を落とした日。彼女も今頃はあの世で蔵六ハジメと再会できているだろうか？　そうであればいい、と思いながら、宙夜は両親に微笑みかける。

「さっき玲海があんなこと言ってたけど、あの二人はあのとおりだから。だから、あんまり安心できないかもしれないけど……加賀稚に帰れば叔母さんもいるし、大丈夫。俺は、元気だよ」

蝉の声が降る。ざわざわと風が鳴っている。

ふと宙夜が黒いサマーニットの胸元から引っ張り出したのは、真新しい手作りのお守り。

「これ……父さんがくれたお守り、叔母さんが新しく作り直してくれたんだ。言われたとおり、あれからずっと大事に持ってる。なのに——気づくのが遅くなって、ごめん」

今頃両親は、自分の頑固さに呆れて笑っているだろうか。だけど俺をそんな風に育てたのは父さんと母さんだ、と心の中で言い訳しながら、宙夜は夏の音を聞く。

「……正直に言うとさ。父さんと母さんは、もっと俺を責めて良かったと思う。許されるのは、つらかった。だけど——それでも母さんの気持ち、受け取ったよ。ありがとう」

「……」

「そう言えば、最近思い出したんだけど。母さんが死んでから、父さん、俺に〝幸せになれ〟って言うのが口癖になってたよね。だけど俺には幸せになるってことがどういうことか、いまいちよく分からなくて……」

——優しい父がいて、母がいる。悩みも悲しみもなく、毎日が心穏やかに過ぎてゆくこと。

幸せというのはたぶんそういうことなのではないかと、幼き日の宙夜はそう思った。そんな暮らしが送れたらどんなに幸福かと、想像を巡らせるだけで眩しかったから。

けれどその頃にはもう母は亡く、ほどなく父もこの世を去った。幸福の条件とも言うべき二人を失った自分に、この先幸せな未来などあるはずもない。心のどこかでそんな風に思っていたことも事実だ。

——だけど。

「だけど、ようやく気づいたんだ。人間、生きていれば当たり前のようにつらいことや苦しいことがある。毎日心穏やかに、なんて、そんなのはどう頑張ったって無理だ。だけど……だけど、それでも――」

「宙夜ー！　何やってんの、置いてくよー！」

そのとき、遠くで呼び声がした。ふと顔を上げて目をやれば、墓地の向こうから玲海たちが手を振っている。それを見た宙夜はちょっと笑って、今行く、と手を振り返した。

そうして最後にもう一度、父と母の墓を顧みる。

「また来るよ」

きらきら光る水滴をまとった桔梗の花が、風にそよいで頷いた。

宙夜はそれを見届けて、残った荷物に手をかける。

瞬間、どこからか鈴の音が聞こえた気がして、宙夜はふと顔を上げた。

けれどその出所を確かめる前に、玲海がうるさい。このままでは本当に置いていかれそうだ。

仕方なく憮然と振り向くと、急かす玲海のすぐ横で燈が無邪気に笑っていた。

夏の陽射しが妙に眩しい。

その輝きに目を細め、宙夜はゆっくり息を吸った。

そうして夏の太陽の下、まばゆさの中へ、明日への一歩を踏み出した。

「!」シリーズの二宮敦人が贈る
新世代ホラーサスペンス!

東京から千キロ離れた羊頭島(ようとうじま)にある刑務所から、五人の囚人が脱走した。彼らはいずれも大量殺人を犯したサイコパスで、放っておけば島の人間を殺戮する恐れがある。事件解決のために集められたのは、隣島の警察官三人。さらに猟奇犯罪対策部の部長の命により、一人の少女が同行することになった。大学生らしいが、年齢よりも幼く見えるその少女――園田ユカこそ、警察が用意した脱走犯に対する最強の切り札。彼女もまた、大量殺人者であり、サイコパスだった――

●定価:本体1200円+税　●ISBN978-4-434-21718-0

illustration:南方純

長谷川 馨（はせがわかおり）
生まれは伊達公のお膝元、育ちは片倉公の城下町。ウェブ上で公開していた「サイコさんの噂」にてアルファポリス第９回ホラー小説大賞大賞を受賞し、同タイトルにて書籍化デビュー。洋画とゲームとお酒が好き。

イラスト：流刑地アンドロメダ

本書は、「小説家になろう」（http://syosetu.com/）に掲載されていたものを、改稿のうえ書籍化したものです。

サイコさんの噂（うわさ）

長谷川馨

2017年 3月 31日初版発行

編集－村上達哉・宮坂剛・太田鉄平
編集長－塙綾子
発行者－梶本雄介
発行所－株式会社アルファポリス
〒150-6005 東京都渋谷区恵比寿4-20-3 恵比寿ｶﾞｰﾃﾞﾝﾌﾟﾚｲｽﾀﾜｰ5F
TEL 03-6277-1601（営業） 03-6277-1602（編集）
URL http://www.alphapolis.co.jp/
発売元－株式会社星雲社
〒112-0005 東京都文京区水道1-3-30
TEL 03-3868-3275
装丁・本文イラスト－流刑地アンドロメダ
装丁デザイン－ansyyqdesign
印刷－中央精版印刷株式会社

価格はカバーに表示されてあります。
落丁乱丁の場合はアルファポリスまでご連絡ください。
送料は小社負担でお取り替えします。

ISBN978-4-434-23150-6 C0093